KiWi PAPERBACK

1204

Das Buch

Der ehemalige Sternekoch Xavier Kieffer hat der Haute Cuisine abgeschworen und betreibt in der Luxemburger Unterstadt ein kleines Restaurant, wo er seinen Gästen Huesenziwwi, Bouneschlupp und Rieslingpaschtéit serviert. Doch dann bricht eines Tages ein renommierter Pariser Gastro-Kritiker tot in seinem Restaurant zusammen – und plötzlich steht Kieffer unter Mordverdacht. Als dann noch sein alter Lehrmeister spurlos verschwindet, beschließt der Luxemburger, die Ermittlungen selbst in die Hand zu nehmen. Dabei stößt er auf eine mysteriöse, außergewöhnlich schmackhafte Frucht, auf gewissenlose Lebensmittelkonzerne und egomanische Fernsehköche. Immer tiefer taucht Kieffer in die von Konkurrenzkampf und Qualitätsdruck beherrschte Gourmetszene ein – und erkennt, was auf dem Spiel steht.

»Gleichermaßen amüsant wie interessant.«
Süddeutsche Zeitung

Der Autor

Tom Hillenbrand, geb. 1972, studierte Europapolitik, volontierte an der Holtzbrinck-Journalistenschule und war Ressortleiter bei SPIEGEL ONLINE. Der begeisterte Hobbykoch und Foodie verliebte sich während eines mehrmonatigen Luxemburger EU-Praktikums in das Großherzogtum. Er lebt in München. »Teufelsfrucht« ist sein erster Roman.
www.tomhillenbrand.de

Weitere Titel bei Kiepenheuer & Witsch

»Rotes Gold. Ein kulinarischer Krimi. Xavier Kieffers zweiter Fall«, 2012, KiWi 1262. »Letzte Ernte. Ein kulinarischer Krimi. Xavier Kieffer ermittelt«, 2013, KiWi 1325. »Schräge Schilder«, 2009, KiWi 1128. »Ich bin ein Kunde, holt mich hier raus. Irrwitziges aus der Servicewelt« (als Tom König), 2012, KiWi 1293.

Tom
Hillenbrand

Teufels-
frucht

Ein
kulinarischer
Krimi

Kiepenheuer
& Witsch

MIX
Papier aus verantwortungsvollen Quellen
FSC® C083411
Verlag Kiepenheuer & Witsch, FSC®-N001512

14. Auflage 2013

Umschlaggestaltung: Barbara Thoben, Köln
Umschlagmotiv: © plainpicture / RelaxImages
Gesetzt aus der Apollo und der Birch
Satz: Buch-Werkstatt GmbH, Bad Aibling
Druck und Bindung: CPI books GmbH, Leck
ISBN 978-3-462-04287-0

Für Cornelia

Prolog

Aaron Keitel beobachtete, wie seine linke Hand den Schlitten der Halbautomatik zurückzog und nach vorn schnappen ließ. Er hob die Waffe über den Kopf und zielte vage auf das Blattwerk des Dschungelbaums, in dem er einen der verdammten Vögel vermutete. Die Vögel schrien, seit Stunden schrien sie, ununterbrochen brüllten sie wütend gegen die kleine Truppe von Fremden an, die sich erdreistete, in ihr abgelegenes Revier einzudringen.

Der Amerikaner legte den Finger an den Abzug und stellte sich vor, wie er das Magazin der Walther P99 in einen der Bäume feuerte, sämtliche 15 Schuss. Er sah vor seinem geistigen Auge, wie Äste, Blätter und blutige Federn in alle Richtungen stoben. Warum eigentlich nicht? Es gäbe einen ohrenbetäubenden Lärm, sicherlich, aber danach hörten die Vögel vielleicht auf zu schreien.

Keitel senkte seine Waffe. Er musste sich zusammenreißen. Ihm war bewusst gewesen, dass die Expedition in die Aramia-Ebene, einen besonders entlegenen Teil Papua-Neuguineas, seinen Körper auslaugen und seine Nerven zerrütten würde. Aber sie stapften erst seit zwei

Tagen durch den feuchtheißen Dschungel, und es war noch ein bisschen zu früh, um den Verstand zu verlieren. Später vielleicht.

Er sicherte die Walther und steckte sie wieder in das Gürtelholster. Jetzt erst fiel ihm das faustgroße Insekt auf, das bereits sein Schienbein hinaufgeklettert war und sich nach einer kurzen Positionsbestimmung nun anschickte, in Richtung seines Schritts weiterzukrabbeln. Keitel schüttelte sein Bein. Es gab ein knirschendes Geräusch, als er den Blutsauger unter seinem Springerstiefel zerquetschte.

Er blieb stehen und schaute sich um. So weit das Auge reichte, erblickte man nichts als von dichten Schlingpflanzen überzogene Bäume und undurchdringliches, mannshohes Gebüsch. Straßen und Siedlungen gab es in der Südprovinz fast keine. Stattdessen war das Land reich an giftigen Insekten und tückischen Sümpfen. Das Gebiet um den Aramia-Fluss galt nicht umsonst als die unerfreulichste Ecke Papua-Neuguineas.

Während Aaron Keitel weiterstapfte, wischte er die schweißnassen Hände an seiner kakifarbenen Survivalweste ab und musste dabei unwillkürlich grinsen. Es gab vermutlich überhaupt keine Ecke Papua-Neuguineas, die nicht unerfreulich war, vielleicht mit Ausnahme des Crowne Plaza in der Hauptstadt Port Moresby. Die ganze verdammte Insel war ein feuchtwarmes Höllenloch.

Nach einer Weile hielt Keitel an und bedeutete seinem einheimischen Führer zu warten. Er schraubte eine Wasserflasche auf, nahm einen tiefen Schluck und goss den Rest über seine von Schweiß und Dreck verklebten blonden Haare. Dann zertrat er einen besonders bizarr aussehenden Käfer von der Größe eines Meerschweinchens.

Das Ungeziefer war ihm für gewöhnlich gleichgültig. Seine Expeditionen hatten ihn unter anderem nach Indochina, Java und in den brasilianischen Regenwald geführt. Über die Jahre hatte er sich an Insekten jeder Art und Größe gewöhnt. Papua-Neuguinea stellte jedoch selbst erfahrene Globetrotter vor eine Herausforderung. Tagsüber war es heiß und feucht, nachts eisig kalt. An Schlaf war in der Wildnis kaum zu denken – zum einen wegen des Klimas, zum anderen wegen des Ungeziefers, das unentwegt versuchte, in sämtliche Körperöffnungen einzudringen.

Er winkte seinen Guide zu sich. »Sekou, wie weit ist es noch?« Anders als der mit modernster Hiking-Kleidung ausgestattete Keitel trug der schmächtige Guineer lediglich Shorts und ein arg verblichenes Trikot des Fußballvereins Manchester United. Weder schwitzte er, noch sah er erschöpft aus. »Nicht weit jetzt, Sir. Tulai haben Lager dort drüben«, sagte Sekou und machte eine unbestimmte Handbewegung in Richtung der vor ihnen aufragenden Wand aus Blättern, Ästen und Lianen. Keitel nickte, warf die Plastikflasche ins Gebüsch und lief weiter.

Die Tulai waren ein Stamm, der auf dem entlegenen Oriomo-Plateau im Südwesten der Pazifikinsel lebte. Fast zwei Monate hatte Keitel in der Hauptstadt und in einem Provinznest namens Daru verbracht, um einen Kontakt zu Ratu Koca, dem obersten Tulai-Häuptling, herzustellen.

Der Stamm bekam normalerweise keinen Besuch von amerikanischen Geschäftsleuten – oder von irgendwem sonst. Nur alle paar Jahre verirrte sich ein Ethnologe oder ein Sprachwissenschaftler in die Gegend, um das

Leben der scheuen Jäger und Sammler oder ihren seltsamen Stammesdialekt zu studieren. Kaum jemand interessierte sich für die Eingeborenen mit der martialischen Gesichtsbemalung und den wunderlichen Kopfputzen.

Hinzu kam die Tatsache, dass die Tulai noch im Jahr 1952 vier auf Missionsreise befindliche Methodistenpriester verspeist hatten – also zu einem Zeitpunkt, als die meisten anderen Stämme Papua-Neuguineas den Kannibalismus schon lange ablehnten. Ob die Tulai dieser kulinarischen Tradition noch anhingen, wusste man nicht so genau. Auch dieser Umstand hielt selbst hartgesottene Dschungeltouristen davon ab, Tulai-Stammesgebiet ungefragt zu betreten.

Auch Keitel waren die Tulai bis zum April dieses Jahres gleichgültig gewesen. Genauer gesagt hatte er noch nie von ihnen gehört, bis er in einem Buch des britischen Ethnologen Leicester Morris etwas über den Stamm gelesen hatte. Der Wissenschaftler hatte in den Siebzigerjahren mehrere Wochen bei den Tulai verbracht und ihre Lebensweise studiert.

Keitel las regelmäßig Erfahrungs- und Reiseberichte, in denen er etwas über die wenig bekannte Flora und Fauna entlegener Gegenden erfahren konnte – das gehörte zu seinem Job. Morris' Tulai-Monografie war zunächst quälend langweilige Lektüre gewesen, und er hatte sich zwingen müssen, sie nicht bereits nach dem ersten Kapitel beiseitezulegen; für Jagdmethoden und Familienstruktur der hiesigen Ureinwohner brachte Keitel ungefähr so viel Interesse auf wie für papuanische Cricketergebnisse. Doch dann war er in Morris' Bericht auf eine Passage gestoßen, die ihn elektrisiert hatte: »Die Tulai ernähren sich vor allem von Fladen, die sie aus dem

Mark der Sagopalme herstellen. Auch Schlangen und Exemplare des Grauen Kuskus (Phalanger orientalis) stehen auf ihrem Speiseplan. Zu festlichen Anlässen servieren sie ferner eine auberginenartige Frucht, welche Chatwa genannt wird. Sie wurde mir anlässlich der Hochzeit eines Häuptlingssohns serviert und gehört zweifelsohne zum Schmackhaftesten, was ich auf meinen bisherigen Reisen gekostet habe. Ich wage sogar zu sagen, dass die Chatwa das Köstlichste ist, was ich in meinem ganzen erfüllten Leben überhaupt je genießen durfte.«

Keitel war ausgebildeter Karpologe – ein auf Früchte und Pflanzensamen spezialisierter Botaniker. Eine Frucht namens Chatwa war ihm jedoch gänzlich unbekannt. Umgehend hatte er den Autor des Buches kontaktiert. Professor Morris war bereits emeritiert, erinnerte sich aber noch lebhaft an Geschmack und Aussehen der mysteriösen Frucht, die er Keitel am Telefon als »ungeheuer würzig und unbeschreiblich köstlich« beschrieb.

Der Karpologe hatte daraufhin alle ihm zugänglichen Datenbanken durchsucht – ohne Ergebnis. Die Frucht, von der Morris schwärmte, war der Fachwelt völlig unbekannt. Die Entdeckung hatte jene fiebrige Euphorie bei Keitel ausgelöst, die sich immer dann einstellte, wenn er eine neue Frucht, Knolle oder Wurzel aufspürte. Diesmal war seine Aufregung allerdings ungleich stärker als sonst. Früchte oder Beeren, die kein Botaniker je zu Gesicht bekommen hatte, waren kaum noch zu finden. Essbare Novitäten waren noch viel seltener und galten in seinem Job bereits als Hauptgewinn. Wenn sie aber in die Kategorie »ungewöhnlich wohlschmeckend« fielen, dann war das der Jackpot.

Keitel fischte eine Marlboro aus seiner Hosentasche.

Einen Jackpot könnte er in der Tat gut gebrauchen. Seit er vor drei Jahren in den Anden eine nussartige Frucht namens Paro entdeckt hatte, die inzwischen in den USA und Europa als Vitaminbombe und Anti-Aging-Wunder galt, hatte er nur noch Kleinkram aufgetrieben – eine Wasserkresse aus Kambodscha, die sich als Salatgarnitur verwenden ließ; eine bläuliche Kastanie aus China, die ungewöhnlich viel Calcium enthielt. Das waren willkommene Neuerungen für die ewig nach originellen Zutaten gierenden Restaurantchefs in Tokio, Paris oder Los Angeles. Aber nichts, was das ganz große Geld verhieß.

Vor ihm rief Sekou etwas in einer Sprache, die Keitel noch nie zuvor vernommen hatte. Er blickte auf und sah drei Männer, die ihnen aus dem Busch entgegenkamen. Das mussten Tulai-Krieger sein. Sie hatten ihre nackten Körper mit schwarzem Schlamm eingerieben und darüber mit weißer Farbe eine aus V-Linien bestehende Verzierung aufgetragen, die Keitel an das Hahnentritt-Muster englischer Tweed-Jacketts erinnerte. Alle drei waren nackt, abgesehen von Holzröhren, die über ihre Penisse gestülpt waren. Jeder der Wilden trug mehrere kurze Wurfspeere in der Hand.

Nach einem kurzen Gespräch mit Keitels Guide machten die drei Tulai kehrt und bedeuteten den Fremden, ihnen zu folgen.

»Was haben sie gesagt, Sekou?«, rief Keitel.

»Sie uns bringen zu Häuptling. Sie sagen, Ratu Koca erfreut von Besuch.«

»Klar ist er erfreut«, knurrte Keitel. »Bei all dem, was wir mitschleppen, macht er das Geschäft seines Lebens.« Das Tulai-Stammesgebiet lag derart abgeschieden, dass es nicht einmal mit den auf Papua-Neuguinea allgegenwärtigen Flugzeugtaxis zu erreichen war. Teil des Deals, den er im Vorfeld über Mittelsmänner mit dem Häuptling ausgehandelt hatte, war eine umfangreiche Warenlieferung, für deren Transport er insgesamt acht Träger hatte anheuern müssen. Auf ihren Rücken schleppten die Männer Kostbarkeiten aus der fernen Zivilisation durch den Dschungel: Kochtöpfe, Messer, Angelhaken – aber auch mehrere aufziehbare Radiogeräte, die ohne Batterien funktionierten, sowie eine Palette Cherry-Cola. Auf Letztere hatte Ratu Koca ganz ausdrücklich bestanden.

»Hast du sie nach der Chatwa-Frucht gefragt? Haben sie ausreichend Exemplare gesammelt? Und auch eine Pflanze ausgegraben, wie abgemacht?« Sekou antwortete nicht, sondern nickte nur. Keitel begann, trotz der Hitze zu frösteln. Er hatte alles in allem wohl fünfzig- oder sechzigtausend Dollar in diese Expedition investiert, der Löwenanteil entstammte seiner Privatschatulle. Wenn die Sache schiefging, war seine bisher recht vielversprechende Karriere als Foodscout vermutlich zu Ende.

Nach einem Fußmarsch von einer weiteren halben Stunde erreichte die Gruppe eine kleine Lichtung. Zur Linken ragten drei hölzerne Hütten empor, die auf Pfählen errichtet worden waren. Zur Rechten befand sich auf dem fest gestampften Boden ein Lager, das mit Bastmatten ausgekleidet war. Dort saßen rund fünfzehn Tulai und musterten die Besucher mit einer Mischung aus Neugier und Ehrfurcht.

»Ist das der Häuptling?«, fragte Keitel und richtete seinen Blick auf einen älteren, weißbärtigen Mann, der in der Mitte des Lagers saß. Auf seinem Kopf saß ein hoch aufragender Strohhut voller bunter Federn, seine muskulösen Arme und sein Oberkörper waren mit gelber Farbe bemalt. »Ja, das ist Chef«, erwiderte Sekou.

Keitel lächelte, ging einige Schritte auf Ratu Koca zu und verneigte sich dann. »Ich grüße den ehrenwerten Häuptling und freue mich, mit ihm Geschäfte machen zu dürfen.« Während Sekou die Höflichkeitsfloskeln übersetzte, sah Keitel sich verstohlen um. Halb im Gebüsch versteckt, entdeckte er, was er erhofft hatte: In einer Art Holztrog lagen Dutzende Früchte, die bläulich schimmerten. Sie hatten die Form von Auberginen, waren jedoch deutlich größer, so lang wie ein Unterarm. Die Chatwa-Frucht. Exakt so, wie Professor Morris sie beschrieben hatte.

Sekous Stimme riss Keitel aus seinen Gedanken. »Häuptling bittet euch, sich zu ihm zu setzen.« Der Amerikaner nahm neben dem lächelnden Häuptling Platz und forderte die Träger mittels Gesten auf, ihre Rucksäcke zu öffnen. Dann zeigte er Ratu Koca die Tauschgüter. Der Häuptling begutachtete die Waren und wies einen seiner Untertanen an, ihm eine Cherry-Cola zu reichen. Ratu Koca öffnete die Dose und nahm einen Schluck. Bevor er die warme Limonade hinunterschluckte, presste er die Cola mehrfach von der einen in die andere Backe. Dabei schaute er wie ein kritischer Sommelier, der sich der Qualität eines besonders teuren Bordeaux versichert. Ratu Koca lächelte – das künstliche Kirscharoma schien seinen Gaumen zu überzeugen. Nachdem der Häuptling seine Degustation beendet hatte, brach Keitel das Schweigen. »Sekou, sag ihm, dass ich von der langen Reise etwas hungrig bin und gerne eine Chatwa probieren würde.«

Als der Häuptling das Wort Chatwa hörte, gab er einer hinter ihm sitzenden Frau einen Befehl. Kurz darauf legte diese ein großes Blatt vor Keitel auf den Boden. Auf dem provisorischen Tablett lagen vier Chatwas, die der Länge nach halbiert worden waren. Offenbar hatte man die Früchte über einem offenen Feuer geröstet. Keitel griff eine und biss hinein.

Er musste sich beherrschen, um den Bissen nicht sofort wieder auszuspucken. Das weiche Fruchtfleisch hatte die Konsistenz einer überreifen Avocado und einen bitteren, öligen Geschmack. Keitel verzog das Gesicht, woraufhin Ratu Koca und seine Untertanen wissende Blicke austauschten und zu kichern begannen.

Der Häuptling unterhielt sich kurz mit Sekou. Der übersetzte für Keitel: »Mister USA zu ungeduldig, meinen Ratu Koca. Er sagt, Chatwa man isst nicht so.« In diesem Moment brachte eine weitere Frau eine Schale mit einer dampfenden, gelblichen Paste. Der Häuptling gestikulierte und griff nach einer der Fruchthälften. Er nahm ein kleines Stück Baumrinde, das neben der Schale lag, und strich damit etwas von der gelblichen Substanz auf die Chatwa. Dann bot er Keitel die präparierte Frucht an. Der griff danach und biss hinein.

Erst als Sekou an seiner Schulter rüttelte, bemerkte Keitel, dass ihm Tränen die Wangen hinunterströmten. Die Frucht in seiner Hand war zur Hälfte verschwunden. »Alles okay, Sir?«

»Ja, alles okay, Sekou.« Keitel biss ein weiteres Stück Chatwa ab. »Es geht mir sehr gut.« Der letzte Satz ging in seinem Schluchzen unter.

1

Von der kleinen Terrasse des »Deux Eglises« hatte Xavier Kieffer einen hervorragenden Blick auf die Straße, die sich vom Europaviertel auf dem Plateau de Kirchberg hinab in Richtung Clausener Unterstadt schlängelte. Es war bereits später Nachmittag, doch kaum ein Auto war zu sehen. Kieffer seufzte und wandte sich, mit einem feuchten Tuch bewaffnet, den Holztischen zu, die im Außenbereich der Gaststätte aufgestellt waren.

Das »Deux Eglises«, dessen Koch und Besitzer er war, galt vielen EU-Beamten als beliebter Treffpunkt. Auf der mit Verwaltungsgebäuden gespickten Anhöhe im Osten der Stadt gab es lediglich einige überteuerte Spesenritterlokale zweifelhaften Rufs sowie eine Cafeteria, die bereits um halb sechs schloss. Kieffers Lokal am Hang des Kirchbergs lockte deshalb viele fonctionnaires an, die auf dem Heimweg noch eine Kleinigkeit essen oder ein Glas Rivaner trinken wollten.

Das war insofern erstaunlich, als Kieffer sich standhaft weigerte, all den zugezogenen Deutschen, Briten oder Spaniern kulinarisch auch nur einen Zentimeter weit entgegenzukommen. Tapas oder Schnitzel suchte man auf der Karte seines »Zwou Kierchen« vergebens. Der in seinen feinschmeckerischen Überzeugungen etwas starrsinnige Kieffer servierte seinen Gästen stattdessen unverdrossen moselfränkische Klassiker wie Judd mat Gaardebounen, Friture de la Moselle und sein persönliches Leibgericht: vor Fett triefende Gromperekichelcher, Luxemburger Kartoffelpuffer.

Kieffer säuberte alle Tische auf der Terrasse – machte sich allerdings wenig Hoffnung, dass an diesem Abend viele Gäste kämen. Vielleicht würden später ein paar Einheimische auftauchen und exotische Spezialitäten wie Kuddelfleck oder Träipen bestellen, die er nicht auf der Karte hatte, auf Nachfrage aber gerne zubereitete. Ansonsten aber würde Kundschaft heute Abend Mangelware sein. Nicht einmal sein Freund und Stammgast Pekka Vatanen würde sich blicken lassen. Auch der war, wie alle wichtigen Luxemburger EU-Beamten, in Brüssel, wo diese Woche das Europäische Parlament zusammentrat.

Auf dem Kirchberg herrschte wegen der Sitzungswoche Grabesstille. Dort war unter anderem der EU-Parlamentsdienst ansässig, der dafür zuständig war, die Abgeordneten mit Zahlen und Fakten zu munitionieren. Die meisten Mitarbeiter waren den Deputierten nach Brüssel gefolgt, wo die Ausschüsse des Parlaments tagten. Die wenigen Zurückgebliebenen nutzten die Abwesenheit ihrer Vorgesetzten, um bereits nach dem Mittagessen still und heimlich die verwaisten Büros zu verlassen.

Erst in der nächsten Woche kam der EU-Wanderzirkus wieder nach Luxemburg. Dann würde sich auch das »Deux Eglises« wieder mit zahlungskräftigen Deutschen, Litauern und Italienern füllen. Bis dahin blieb

Kieffer nichts anderes übrig, als ein bisschen aufzuräumen, die Buchhaltung zu erledigen und seine Bestände an Nahrungsmitteln, Gewürzen und Wein zu überprüfen. Vor allem Letzteres war an einem sonnigen Septembertag wie diesem eine durchaus erfreuliche Perspektive für den weiteren Abend.

Er wischte gerade den letzten Tisch ab, als Claudine die Terrassentür öffnete. Die junge Frau schaute nervös. Claudine arbeitete seit vier Jahren als gardemanger in seiner Küche. De facto konnte sie jedoch alles zubereiten, was auf der Speisekarte stand. Kieffer hatte geplant, ihr an diesem Abend die Küche zu überlassen und sich mit den Bestelllisten sowie einer Flasche fruchtigen Auxerrois' auf die sonnenbeschienene Terrasse zu setzen. Als Claudines Blick den seinen traf, ahnte er, dass daraus nichts werden würde.

»Wir haben einen Gast, den du dir besser mal anschaust, Xavier.«

»Warum? Ist etwas Besonderes an ihm? Gehört er zur großherzoglichen Familie? Oder, noch schlimmer, zur EU-Kommission?«

Claudine rollte mit den Augen. »Ich glaube, es ist ein Kritiker. Er sieht so aus. Franzose, übellaunig, mustert die Karte wie ein Buchprüfer.«

Kieffer setzte die Stühle ab und sah sie überrascht an. »Ist er mit dem Auto gekommen? Hast du seinen Wagen überprüft?«

»Ja, natürlich. Ein großer Peugeot, französisches Nummernschild.«

»Département?«

»38. Isère.«

Kieffer nickte bedächtig und zündete sich eine Ducal

an. Viele Franzosen rümpften die Nase über die Luxemburger Küche, da sie ihnen als zu vulgär, zu derb oder anders gesagt: als zu deutsch erschien. Dennoch waren französische Gäste im »Deux Eglises« keine Seltenheit. Meistens wiesen die Nummernschilder ihrer Autos jedoch den Pariser Départementcode auf, die 75. Oder die 67 für Straßburg.

Aus dem Verwaltungsbezirk Isère und seiner Hauptstadt Grenoble verirrte sich hingegen kaum jemand in das abgelegene Restaurant. Touristen oder durchreisende Geschäftsleute kamen selten hierher. Das Gros der Ausflügler blieb in den Touristenfallen am Place d'Armes kleben; und selbst die abenteuerlustigen unter ihnen, die von der ville haute in die ville basse hinunterfuhren, landeten in jenen kleinen hippen Brasserien, die sich um die restaurierte Brauerei in der Mitte des Unterstadtviertels Clausen angesiedelt hatten.

Kieffers Restaurant zu finden war ohne fundierte Ortskenntnisse nahezu unmöglich. Laufkundschaft hatte er deshalb keine, und selbst mit dem Auto war sein Spezialitätenlokal schwer zu erreichen. Es lag zwar nur ein paar Hundert Meter von der Innenstadt entfernt. Doch aufgrund der steil abfallenden Felswände, die Luxemburgs Ober- und Unterstadt voneinander trennten, musste man zunächst das Stadtzentrum verlassen und auf den östlich des Zentrums gelegenen Kirchberg fahren, um dann durch eine unscheinbare Durchfahrt neben der Philharmonie auf ein abschüssiges Sträßchen namens Milliounewee zu gelangen, das sich den steilen, zugewucherten Hang hinunter ins Alzettetal wand.

Diese Serpentinenstraße endete nach einigen Hundert Metern vor einem kleinen mittelalterlichen Stadttor, das für größere Autos kaum passierbar war. Hatte sich der Fahrer durch das Nadelöhr gezwängt, ging es nur noch im Schritttempo weiter; der Weg am Hang wurde nun noch schmaler und war zudem unbeleuchtet, sodass man vor allem abends leicht die zwei kleinen blauen Laternen verfehlen konnte, welche die Einfahrt zum Parkplatz markierten.

Kieffer zündete sich noch eine Zigarette an. Niemand schneite zufällig hier herein, und das Nummernschild des Peugeot war höchst verdächtig. Jedermann wusste, dass das Gros französischer Leasingfahrzeuge und Mietwagen eine 38 auf dem Nummernschild hatte, weil der größte Autoverleiher Frankreichs dort seine Pkws zuließ. Jeder Gastronom wusste zudem, dass die Tester der beiden großen Gourmetführer, Guide Gabin und Levoir-Brillet, Firmenwagen mit einer 38 fuhren, meistens solche von Peugeot.

»Na denn, Claudine«, sagte Kieffer und trat seine halb gerauchte Ducal aus. »Op an d'Schluecht!«

2

Kieffers Restaurant befand sich in einem dreistöckigen Steinhäuschen, das mit seinem Holzschindeldach, den Schießscharten und der eisenbeschlagenen Eichenpforte wie ein kleines Kastell aussah. Während der napoleonischen Besatzung im 19. Jahrhundert hatten die Franzosen das Gebäude am Hang errichtet, um ihren Wachsoldaten Unterschlupf zu gewähren und nach feindlichen Truppen Ausschau zu halten.

Das eigentliche Restaurant war im Erdgeschoss untergebracht, die Küche befand sich im ersten Stock. Dort stand Xavier Kieffer nun an seinem Platz neben dem Speiseaufzug und wartete auf das Klingeln, das die Ankunft der kleinen Kabine ankündigte. Als es schellte, öffnete er die Klappe und nahm eine kleine Klemmtafel heraus, auf der ein handgeschriebener Bestellzettel befestigt war.

»Was will er?«, rief Claudine aus dem hinteren Teil der Küche, ohne von der Arbeitsplatte aufzusehen, auf der sie mit einem großen Messer in atemberaubender Geschwindigkeit Karotten in hauchdünne Juliennestreifen verwandelte.

»Einen Salat.«

»Nur einen Salat?«

Kieffer sah auf den Zettel, auf dem Jacques die Bestellung des mysteriösen Franzosen vermerkt hatte. Mit einem Kugelschreiber hatte der Kellner eine Reihe von Abkürzungen darauf gekrakelt: »2 Sal, 3 Bou, C4 Pat, 17 Civ m. Grom, 26 Que«. Kieffer kannte seine Speisekarte auswendig. Aus der Bestellung ergab sich folgendes Menü:

Grüner Salat
Bouneschlupp
Rieslingpaschtéit
Civet de lièvre, façon luxembourgeoise
Quetscheflued mat Vanilleglace

»Er möchte eine Bohnensuppe, dann die Pastete, danach Hasenpfeffer und zum Dessert Zwetschgenkuchen.«

»Er ist ein Tester, ich sag's dir.«

»Oder er hat einfach Hunger und kennt unsere Portionen nicht.«

Kieffer ließ Claudine mit ihren Juliennes alleine und stieg die steile Steintreppe in den Schankraum hinunter. Inzwischen waren noch drei weitere Gäste eingetroffen, ansonsten war das Lokal leer. Er griff nach einer Weinkarte und hielt sie seinem Kellner Jacques fragend hin. Der schüttelte den Kopf.

Kieffer klemmte sich die Karte unter den Arm und ging auf den Tisch des mutmaßlichen Gastrokritikers zu. Der Mann, der an einem Ecktisch auf einer Holzbank saß, hatte zurückgegeltes schwarzes Haar und blickte Kieffer durch eine etwas altmodische braune Hornbrille an. Er mochte um die 40 sein und trug ein blaues Button-Down-Hemd, ein schokoladenfarbenes Cord-Jackett sowie eine englische Regimentskrawatte. Ein Franzose, dachte Kieffer, der den englischen Landadeligen mimt? Das kann ja heiter werden.

Weil er sich angesichts dieser Erscheinung ein Grinsen ohnehin nicht verkneifen konnte, setzte Kieffer lieber gleich sein breitestes Chefkoch-Lächeln auf. »Bonsoir, Monsieur. Möchten Sie einen Blick in unsere Weinkarte werfen?«

»Ja, gerne«, sagte der Franzose – in einem Tonfall, der das Gegenteil von Interesse verriet. Er nahm die geöffnete Karte entgegen, schaute gelangweilt auf die aufgeschlagene Seite, um sie dann umgehend zuzuklappen. Er musterte Kieffer. »Was würden *Sie* denn empfehlen?«

»Zu Ihrer Haupt- und Vorspeise würde ein Mosel-Riesling passen, sagen wir, ein Wormeldanger Stiercherg. Zu dem Hasenpfeffer vielleicht ein roter …«

»Was für Spätburgunder haben Sie denn?«, unterbrach ihn der Franzose, der nun, ohne Kieffer eines weiteren Blickes zu würdigen, wieder in der Weinkarte zu blättern begonnen hatte.

»Ich hätte einen Schengener Markusberg.«

»Akzeptabel.«

»Und zum Dessert dann vielleicht eine Mirabelle, Monsieur?«

»Aus welcher Brennerei?«

»Tasselbach, bei Septfontaines, 5000 Flaschen im Jahr, schwer zu bekommen. Meiner Ansicht nach der Beste.«

»Hmmm. Na gut, bringen Sie ihn mal.«

Na gut. Kieffer merkte, wie es in ihm zu brodeln begann. Er besaß ein dickes Fell, und es war nicht einfach, ihn zu beleidigen – außer bei zwei Punkten. Das Erste, was er nicht ausstehen konnte, war ein rüder, herablassender Tonfall. Das Zweite, was ihn auf die Palme brachte, waren Zweifel an der Qualität der von ihm verwendeten Produkte. Er mochte vielleicht nur ein kleines Restaurant betreiben, und seine Speisekarte bestand aus relativ schlichten Klassikern. Aber wenn es etwas gab, worauf er stolz war, dann war es die Auswahl seiner Zutaten.

Kieffer investierte viel Zeit und Energie in entsprechende Recherchen. Dazu gehörten ausgedehnte Streifzüge durch Feinschmeckerregionen wie das Lyonnais oder das Luxemburger Moseltal. Er hatte in seinem Leben sicherlich an die 80 verschiedene Mirabellenschnäpse probiert, und Tasselbacher war der beste. Der Mann vor ihm hatte schlichtweg keine Ahnung. Kieffer atmete tief durch und sagte: »Mit Vergnügen, Monsieur, vielen Dank.«

Verärgert ging er zurück in seine Küche, um nach dem Hasenpfeffer zu schauen. Falls der Franzose tatsächlich ein Restauranttester sein sollte, dann galt es, ihm ein ordentliches Menü vorzusetzen, auch wenn er ein Gimpel war und ein Unsympath obendrein. Vermutlich traf das ohnehin auf die meisten Tester zu. Kieffer öffnete den Ofen und warf einen Blick auf die casserole, in der die marinierten Hasenstücke zusammen mit Räucherspeck, Perlzwiebeln und Rotwein vor sich hin köchelten. Eigentlich musste er sich wegen des Gastrokritikers keine Sorgen machen. Seine Stammkunden kamen schließlich nicht wegen eines Eintrags im Guide Gabin, und sie würden auch in Zukunft kommen. Aber verärgern wollte er den Kritiker, wenn er schon einmal hier war, deshalb natürlich auch nicht. Da ging es ihm einfach um seine Ehre als Koch.

Selbst wenn der Tester von seinem Huesenziwwi angetan sein sollte, würde das kaum Folgen für das »Egliſes« haben. Kieffer war sich völlig im Klaren darüber, dass sein kleines Restaurant es niemals in den Gabin oder den Levoir-Brillet schaffen würde. Er hatte seine Lehre im »Renard Noir« in der Champagne absolviert, einem Ein-Sterne-Restaurant, dessen Chef später sogar einen zweiten Stern ergattert hatte. Deshalb kannte er die Kriterien, die französische Gastroführer anlegten, gut genug, um zu wissen, dass sein Restaurant eigentlich nicht in deren Raster fiel.

Die Befähigung, etwas Köstliches zu kochen, war eine Sache. Aber Sternekoch zu werden war nicht nur eine Frage des Talents. Es setzte vor allem die Fähigkeit voraus, allabendlich ein außergewöhnliches Brimborium zu veranstalten. Edle Einrichtung, teures Geschirr und ein Weinkeller von der Größe der Luxemburger Kasematten waren unumgänglich. Vor dem Essen galt es ausgefallene amuse-gueules zu servieren, zum Kaffee filigrane petits fours. All das war unabdingbar, wenn man einen Gabin-Stern begehrte. Für die notwendigerweise komplexen, vielgängigen Menüs brauchte ein Sterneaspirant zudem eine Armada von sous-chefs, sauciers, pâtissiers und weiteren Postenköchen. Ferner eiserne Disziplin, Organisationstalent und eine autokratische Persönlichkeitsstruktur. Kieffer musste an seinen Lehrmeister denken, den Renard-Chef Paul Boudier. Der Alte war ein fürchterlicher Tyrann. Seinen Mitarbeitern hatte der Franzose immer wieder eingebläut, was er von ihnen erwartete: »Bedingungslos gehorchen sollt ihr, präzise meine Rezepturen befolgen und euch eure eigenen kulinarischen Ideen in den Arsch stecken.«

Das war nichts für Kieffer. Sterneköche konnten sich nicht den halben Abend mit einer Flasche Riesling zu ihren Gästen setzen. Bodenständiges wie Bouneschlupp oder Gromperekichelcher war auch nicht drin. Da kochte Kieffer lieber so, wie er eben kochte, in seinem kleinen Lokal mit einem Dutzend Gerichte auf der Karte, einer Handvoll Mitarbeitern, ganz ohne Sterne oder Häubchen. Aber warum war dieser Gastrokritiker dann hier? Was hatte der Mann bloß in seinem Restaurant verloren?

»Paschtéit fir Dësch véier«, rief Claudine und riss Kieffer aus seinen Gedanken. Er nahm den Hasen aus dem Ofen und musterte den Teller, den Claudine an den Pass, den Abnahmeplatz, gestellt hatte. Zwei dünne Scheiben Rieslingspastete in Teigkruste lagen darauf, nebst einer Salatgarnitur und einem ordentlichen Klecks Soße aus pürierten Maronen und Honig. Die Pastete war eine specialité de la maison. Kieffer war ziemlich stolz auf das Rezept, das er selbst immer wieder verfeinert hatte. Er ging zu Claudines Posten, tauchte einen kleinen Löffel in die Maronensoße und probierte noch einmal. Dann nickte er zufrieden und stellte den Teller in den Aufzug.

Gut zehn Minuten später klingelte das Küchentelefon.

»Xavier, er sagt, er möchte ein Päuschen machen, kannst du den Hauptgang schieben?«

»Geht. Mochte er die Pastete?«

»Er hat beide Scheiben aufgegessen und die ganze Soße aufgetunkt.«

Das musste nichts heißen. Soweit Kieffer wusste, waren Gabin-Tester gehalten, die Gänge nicht nur zu probieren, sondern alles komplett aufzuessen. »Was macht er jetzt?«

»Er steht vor dem Lokal, neben seinem Auto, und telefoniert.«

Kieffer stellte den Hasen warm. Er verschob das Andicken der Soße und begann stattdessen automatisch, seinen Posten zu kontrollieren. Zwar erwartete er an diesem Abend kaum Kundschaft, doch das war kein Grund, bei der Organisation seines Arbeitsplatzes nachlässig zu werden.

Wie jeder Profikoch war Kieffer äußerst eigen, was seine mise en place anging. »Es ist dein Werkzeugkasten, es ist das A und O«, hatte ihn Boudier einmal vor versammelter Mannschaft heruntergeputzt, als Kieffers Posten nicht in Ordnung gewesen war. »Wenn er durcheinander ist, kochst du durcheinander.« Boudier hatte natürlich recht gehabt; die mise en place war die Voraussetzung für fast alles andere. Ein hervorragendes médaillon de veau et foie gras au raisin – eines von Kieffers Lieblingsgerichten – zuzubereiten, verlangte neben guten Zutaten nur ein wenig Geduld und eine Prise Talent. 60 Portionen davon binnen einer Stunde zu servieren, war ohne perfekte Vorbereitung hingegen unmöglich. Wenn man nicht genau wusste, wo sich welche der benötigten Zutaten befanden, war man in einer Restaurantküche verloren. Spätestens nach der dritten oder vierten Sechsertisch-Bestellung ging dann alles den Bach runter, völlig egal, wie begnadet ein Koch sein mochte.

Das Gleiche galt für Köche, die in der Vorbereitung schluderten und gängige Zutaten nicht in ausreichender Menge vorhielten. Wenn die Bestellungen auf ein Team einprasselten wie Granaten, dann blieb keine Zeit, Gemüse für einen mirepoix zu würfeln oder auf die Schnelle das Rosinensößchen für die Kalbsmedaillons herzustellen. Alles musste schon griffbereit dastehen, portioniert, abgemessen, vorgewürzt, mise en place.

Kieffer überprüfte zunächst seine Schüsseln. Rechts neben seinem Herd standen zwölf quadratische Edelstahlbehälter, parallel in zwei Reihen angeordnet. Sie enthielten grobes und feines Meersalz; schwarzen und weißen Pfeffer; Zucker; tomates concassées; Petersilienchiffonade, süßes Paprikapulver; kleine getrocknete Chilis; karamellisierten Knoblauch; ferner Zitronenschnitze und -zesten. Nachdem er die Metallbehälter kontrolliert hatte, öffnete er sechs Tupperdosen, die neben den Schüsselchen standen. Darin waren frische Kräuterzweige: Lorbeer, Thymian, Rosmarin und Minze, außerdem chapelure und Mehl. Er nickte zufrieden und ließ den Blick über seine Arbeitsfläche streifen. Sie bestand aus zwei Plastik-Schneidebrettern, die auf feuchten Küchentüchern ruhten, damit sie nicht verrutschten. Daneben lagen drei japanische Edelstahlmesser, ein kleines Schälmesser, ein großes Allzweck-Küchenmesser sowie ein breitklingiges Santoku. Alle drei hatte Kieffer am Morgen mit einem feuchten Wetzstein geschärft. In der Schublade unter der Arbeitsfläche warteten diverse Fonds, die er gestern in vierstündiger Arbeit hergestellt hatte: heller und dunkler Hühnerfond; zwei Fischfonds, die wie heller und dunkler Wackelpudding aussahen; Kalbs- und Rindsfonds sowie gewürfelte Butter und beurre manié, eine Art halb gefrorene Mehlschwitze, mit der man Soßen andicken konnte. Alles wartete in acht säuberlich mit Deckeln verschlossenen Plastikbehältern auf seinen Einsatz. Nachdem Kieffer zum Schluss noch seine Vorräte an Öl, Essig, Wein und Noilly Prat überprüft und für ausreichend befunden hatte, wandte er sich wieder dem Hauptgang zu. Der französische Engländer hatte nun lange genug pausiert.

Zunächst briet er für die Garnitur einige Pilze in Speck an. Dann holte er die casserole aus dem Ofen. Timing war jetzt wichtig. Sobald er den Bratensaft passiert hatte, würde er Johannisbeergelee, kalte Butter und zerstoßene Lebkuchen hinzufügen. Binnen weniger Sekunden würde die Soße dadurch eine sämige Konsistenz bekommen. Dann musste der Hasenpfeffer schnell auf den Tisch. Just als Kieffer zum Spitzsieb griff, klingelte das Küchentelefon. »Sag mir jetzt nicht, dass die Vier noch länger mit dem Huesenziwwi warten will. Ich bin schon bei der Soße.«

»Vergiss den Hasen. Ich … er …«

»Was ist los, Jacques? Ist er abgehauen?«

»Nein, er ist tot, Xavier.«

3

Von seinem Platz hinter der Theke konnte Kieffer beobachten, wie zwei in weiße Overalls gekleidete Forensiker der Police Judiciaire den Riesling, die Kräuterbutter und das Besteck von Tisch Nummer vier in kleine Plastiktütchen verpackten. Sein Kellner wurde derweil von einem der Beamten befragt. Der Franzose hatte sich laut Jacques nach dem Verlassen des Lokals neben seinen vor dem Haus geparkten Wagen gestellt und dort ein etwa fünfminütiges Telefonat geführt. Danach war er wieder ins Restaurant zurückgekehrt.

Kaum hatte der Franzose die Türschwelle überschritten, war er tot zusammengebrochen. Jacques stand unter Schock. Er war gerade dabei gewesen, dem Mann aus dem Mantel zu helfen, als dieser der Länge nach vornüberkippte. Die Leiche lag noch immer im Eingangsbereich des Restaurants. In kurzen Abständen zuckten Lichtblitze durch den lang gezogenen Speiseraum – ein Polizeifotograf war gerade dabei, sämtliche Details des Tatorts zu fotografieren.

Das »Zwou Kierchen«, ein Tatort. Kieffer hätte jetzt gerne einen Obstbrand von Tasselbach getrunken oder besser gleich zwei. Aber er hielt sich zurück. Zuerst wollte er mit dem Kommissar sprechen. Der Polizist saß seit etwa 20 Minuten mit dem aschfahlen Jacques an einem Tisch am anderen Ende des Restaurants, stellte eine Frage nach der anderen und machte sich Notizen.

Nach weiteren fünf Minuten erhob sich der Kommissar und kam auf Kieffer zu. »Didier Manderscheid, gudden Owend.« Der etwas zu kurz geratene, junge Beamte trug einen modisch schmal geschnittenen Anzug ohne Krawatte sowie ein keckes Menjou-Bärtchen und hatte seit seiner Ankunft noch nicht ein einziges Mal gelächelt. »Was können Sie mir über den Toten sagen, Monsieur Kieffer?«

»Nicht viel, Monsieur le Commissaire. Kein Stammkunde. War zum ersten Mal hier.«

Manderscheid entnahm seiner Jackentasche eine bereits gestopfte Pfeife und hielt ein Streichholz an den Kopf. Er setzte sich auf einen der Barhocker und schmauchte bedächtig. Nach einigen Zügen legte Manderscheid die Pfeife weg, faltete betont langsam seine Hände und sah den Koch prüfend an. »Sie wissen also nicht, wer der Mann ist und für wen er arbeitet? Gearbeitet hat?«

Kieffer beschloss, lieber gleich mit seinem Verdacht herauszurücken – es hatte wenig Sinn, den Ahnungslosen zu spielen. »Nein. Aber eine Vermutung habe ich.«

»Alors?«

»Wir vermuteten, dass er ein Restauranttester ist. War.«

»Warum?«

Kieffer erzählte Manderscheid von dem Nummernschild.

»Sie haben ein gutes Näschen, Haer Kieffer. Nach Angaben unserer Kollegen in Paris heißt der Tote Agathon Ricard, ist 42 Jahre alt und arbeitet für den Guide Gabin, der Ihnen sicherlich ein Begriff ist.«

»Natürlich.«

Der Gabin war nicht irgendein Restaurantführer. Das blaue Buch galt unter Gourmets als Bibel der guten Küche. Die Zentrale des Gabin befand sich in Paris, selbstverständlich, und von dort aus schickte der Guide seine Tester in alle Welt, um die besten Restaurants, die raffiniertesten Zubereitungen und die brillantesten Köche ausfindig zu machen. Für gewöhnliche Restaurants war im Gabin kein Platz, auch für gute nicht – die Tester des Gourmet-Imperiums, allesamt Besseresser mit geschulten Gaumen, interessierten sich nur für Top-Küche. Einmal im Jahr veröffentlichte der Gabin eine aktualisierte Ausgabe, und die gesamte Branche fieberte dem Erscheinungstermin entgegen. Wer einen, zwei oder gar drei Sterne verliehen bekam, musste sich um Reservierungen fortan keine Sorgen mehr machen. Wer von den Gourmetpriestern des Gabin hingegen exkommuniziert wurde, verlor nicht nur sein Gesicht, sondern auch den Großteil seines Umsatzes.

»Ein Gabin-Tester ist hoher Besuch für ein …«, Manderscheid deutete mit der Hand auf den leeren Schankraum und machte eine Kunstpause, »… kleines Restaurant wie dieses, nicht wahr?«

Kieffer zuckte mit den Achseln und deutete auf ein Foto an der Wand, das ihn zusammen mit zwei Mitgliedern der Luxemburger Herrscherfamilie zeigte. »Vergangenes Jahr waren Erbgroßherzog Guillaume und sein Bruder hier. Das würde ich als hohen Besuch bezeichnen.«

Manderscheid schien die flapsige Antwort nicht zu gefallen. »Herr Kieffer, in Ihrem Restaurant ist ein Mensch gestorben. Und der Polizeiarzt bezweifelt, prima facie, dass ihn aus heiterem Himmel der Schlag getroffen hat.«

»Sie meinen, er wurde ermordet?«

Manderscheid senkte seine Stimme wieder etwas. »Ich meine gar nichts. Die Obduktion steht noch aus. Aber wohlgenährte Männer um die vierzig wie Ricard fallen relativ selten mausetot um, wenn man nicht ein wenig nachhilft. Dass ein Gastrokritiker des berühmtesten Gourmetführers der Welt nach einem Dinner in Ihrem Restaurant zusammenbricht, sieht nicht gut für Sie aus.«

»Soll das etwa heißen, Sie verdächtigen mich?«

Manderscheid zuckte mit den Achseln. »Mir mussen Iech verdächtegen. C'est la routine.«

Kieffer schnaubte. »Das ist doch lächerlich. Warum sollte ich einen Tester vergiften?«

»Weil er eine vernichtende Kritik über Ihr Restaurant zu verfassen gedachte?«, schlug Manderscheid vor.

»Deshalb soll ich ihn ermordet haben? Der Gedanke ist absurd – außerdem hat er seinen Vorspeisenteller leer gegessen und die ganze Soße aufgetunkt. Es scheint ihm also geschmeckt zu haben, prima facie, wie Sie wohl sagen würden. Also sah es nicht so übel für uns aus, oder? Als Nächstes hätte ich ihm den Hauptgang serviert, Huesenziwwi, eine unserer Spezialitäten. Der beste Hasenpfeffer, den Sie in der ganzen Stadt bekommen können. Warum sollte ich den Mann vergiften, bevor er den probiert hat? Außerdem ist ein Laden wie unserer gar nicht auf dem Radar von … wie war sein Name?«

»Agathon Ricard.«

»Genau. Wir passen gar nicht in Ricards Beuteschema.«

»Wie meinen Sie das?«

Kieffer griff unter den Tresen und holte die in kobaltblaues Leder gebundene Benelux-Ausgabe des Guide Gabin hervor. Er schlug den Luxemburg-Teil auf und schob das Buch zu Manderscheid hinüber. »Schauen Sie. Der Gabin testet weltweit Tausende Restaurants pro Jahr. Es gibt etwa 1500, die mit Sternen ausgezeichnet werden, davon derzeit 13 in Luxemburg, hier: Das ›Corioli‹ hat zwei Sterne, ›L'Université‹ drei.«

»Was hat das mit dem toten Tester zu tun?«

»Verstehen Sie nicht? ›Deux Eglises‹ ist im Sterneverzeichnis des Guide überhaupt nicht aufgeführt. Das war es noch nie und wird es auch nie sein, egal wie gut unser Hasenpfeffer schmeckt. Diese Tester haben einen sehr vollen Terminkalender. Sie müssen täglich Gaststätten besuchen. Die schon mit Sternen ausgezeichneten Betriebe werden sogar mehrmals im Jahr kontrolliert. Diese Leute haben keine Zeit, einfach mal so in einem gutbürgerlichen Restaurant essen zu gehen.«

Manderscheid legte einen Finger über seine Oberlippe. »Sie wollen mir also sagen, so jemand kommt nicht zufällig in Ihrem abseitig gelegenen Gasthof vorbei, sondern nur auf Weisung oder Empfehlung?«

Kieffer fühlte, wie ihm mulmig wurde. Manderscheid traf den Nagel auf den Kopf. Auswärts zu speisen war für Gastrokritiker stets eine Pflichtveranstaltung; sie gingen nur selten zum Spaß in Restaurants. Ebenso wie Profiköche waren sie froh, an ihren freien Tagen in ihrer eigenen Küche ein schnödes Käsebrot essen zu können. Jemand musste Ricard zum Besuch des »Eglises« geraten haben. Aber wer?

»Das … liegt nahe«, antwortete er zögernd, »aber ich wüsste nicht, wer mich empfohlen haben sollte.«

In diesem Moment trat einer der Forensiker an Manderscheid heran und flüsterte ihm etwas ins Ohr. Dann drückte er dem Kommissar eine kleine Tüte in die Hand, die dieser unter der Theke verschwinden ließ.

»Monsieur Kieffer, ich hoffe, Sie verstehen, dass ich Sie bitten muss, Luxemburg nicht zu verlassen.«

»Ich muss aber regelmäßig nach Frankreich und Belgien, wegen der Einkäufe.«

»Ich befürchte, wir werden Ihre Küche auseinandernehmen und alle Ihre Lagerbestände überprüfen müssen. Solange die Spurensicherung damit beschäftigt ist, müssen Sie ohnehin schließen.«

»Wie lange wird das dauern?«

»Mindestens drei Tage, vielleicht auch länger. Und bitte kommen Sie morgen Nachmittag aufs Präsidium.« Manderscheid strich seinen Notizblock glatt und erhob sich.

»Eine Sache noch, Monsieur Kieffer. Hätten Sie freundlicherweise eine Karte des ›Zwou Kierchen‹ für mich?«

»Sicher«, sagte der Koch und griff in eine Schublade, um dem Kommissar eine seiner auf marmoriertem braunen Büttenpapier gedruckten Visitenkarten auszuhändigen.

»Haben Sie Ricard auch so eine gegeben?«

»Nein, die gibt es standardmäßig erst mit der Rechnung.«

»Interessant«, sagte Manderscheid und hielt Kieffer den kleinen Plastikbeutel unter die Nase, den ihm der Forensiker gegeben hatte. Er enthielt eine etwas verbogene Visitenkarte des »Deux Eglises«. »Somit stellt sich allerdings die Frage, wieso die hier in seinem Auto lag.« Dann steckte der Kommissar seine Pfeife in den Mund, drehte sich um und ging auf die Tür zu. »Äddi, Haer Kieffer.«

4

Kieffer griff nach Pekka Vatanens gläsernem Schwenker und schenkte ihm Eau de Vie nach. Dann goss er sich selbst zwei Fingerbreit des Birnenbrands ein. »Ich weiß nicht recht, was ich jetzt tun soll, Pekka.«

»Du kannst erst mal gar nichts machen. Die Polizei ist am Zug.« Der Finne blinzelte in die Abendsonne. »Ein feiner Tropfen. Trink aus, das beruhigt.«

Kieffer musterte seinen Freund. Vatanen war Mitte vierzig und hatte semmelblondes, schütteres Haar. Obwohl das Wetter seit mehreren Wochen wunderbar spätsommerlich war und die Sonne fast den ganzen Tag schien, hatte der Finne sich eine beinahe leichenartige Büroblässe bewahrt. Nur Wangen und Nase waren etwas gerötet. Kein Sonnenbrand, sondern die geplatzten Äderchen eines Kampftrinkers, dachte Kieffer. Das Obstlerglas des Finnen war schon wieder fast leer.

Kieffer selbst schwirrte nach dem dritten Schnaps bereits ein wenig der Kopf, und er war dankbar für die kühle Brise, die vom Fluss herüberzog. Kieffers Haus in der Tilleschgass war wunderbar gelegen – oder, wie Vatanen es auszudrücken pflegte, eine »bodenlose Frechheit«.

Das gedrungene Steinhäuschen mit der Nummer 27a war über 300 Jahre alt und lag eingeklemmt zwischen der kleinen, mit Kopfsteinpflaster ausgelegten Gasse im Herzen des Unterstadtviertels Grund und dem Fluss Alzette, der hinter dem Gebäude entlangfloss.

Von der Tilleschgass aus konnte man zwischen den dicht aneinandergedrängten Gebäuden nicht hindurchgucken, und auf der anderen Seite des Flusses gab es keine ans Ufer angrenzende Straße. Die Hinterseite des Gebäudes war deshalb vor den neugierigen Blicken der zahllosen Touristen geschützt, die täglich mit Kameras bewaffnet durch den mittelalterlichen Stadtteil stapften.

Der Garten hinter Kieffers Häuschen war eine stille Oase, in der er und Vatanen gerne stundenlang saßen, vesperten, zechten und dem Rauschen der Alzette lauschten. Das Haus hatte Kieffer von seinem Vater geerbt, er selbst hätte sich eine Immobilie in Flusslage niemals leisten können. Es befand sich schon seit Generationen im Besitz der Familie.

Kieffer stellte sein Schnapsglas kopfüber auf den Tisch, zum Zeichen, dass er erst einmal genug hatte. Vatanens Blick hingegen war noch glasklar, wie üblich. Kieffer war immer wieder erstaunt, welch unfassbare Mengen an Alkohol der hagere Mann in sich hineinschütten konnte. Der Obstler des Finnen war inzwischen verschwunden. »Schenk uns nach, mein Freund.«

»Erst, wenn ich etwas zu beißen habe«, erwiderte Kieffer. »Sonst haut es mich um.« Er erhob sich von der Gartenbank, die zwischen zwei struppigen Büschen an der von der Abendsonne warmen Wand seines kleinen Häuschens stand und ging durch die Gartentür in die Küche.

Rasch stellte er dort einige Happen zusammen – französische Oliven, einige saucisses, ein Baguette und ein Glas confit de moulard. Kieffer packte alles mit einem Stück Räucheraal und einigen frisch gepflückten Tomaten aus dem Garten auf ein Tablett und ging zurück zu Vatanen.

»Kippis!«, rief der Finne, was so viel wie prost bedeutete. Dann stürzte er einen weiteren Obstler hinunter. »Ahh, sehr gut. Diese Leckereien verschaffen uns eine gute Basis für den Rest der Flasche.« Vatanen ließ ein Stück Fisch in seinem Mund verschwinden, während er sich und Kieffer mit der anderen Hand nachgoss. »Und nun erzähl.«

»Das meiste weißt du schon. Hast du den Artikel im ›Wort‹ gesehen?«

»Gesehen ja, aber nicht gelesen, er ist auf Deutsch. Sag mir, was drinsteht.«

Kieffer griff nach der aktuellen Ausgabe des »Luxemburger Worts«, die unter der Bank lag. Ausländer waren über die führende Zeitung des kleinen Landes mitunter verwundert, weil sie Artikel in unterschiedlichen Sprachen enthielt. Einige waren auf Französisch verfasst, andere auf Hochdeutsch und im Lokalteil verwendete das »Wort« mitunter Lëtzebuergesch, den moselfränkischen Dialekt der Einheimischen. Dieses bunte Sprachgewirr wirkte auf Auswärtige verwirrend, weil man beim Lesen ständig zwischen drei verschiedenen Sprachen hin und her wechseln musste; für Luxemburger war das ganz normal.

»Wieso lernst du nicht langsam mal Deutsch, Pekka? Du bist jetzt seit acht Jahren hier. Die Sprache könnte vielleicht ganz nützlich sein. Wenn du Deutsch sprächest, müsste ich außerdem deinen entsetzlichen französischen Akzent nicht mehr ertragen.«

»Keine Lust«, sagte Vatanen, während er mit konzentrierter Miene Confitbrocken auf ein Stück Baguette transferierte. »Ihr Luxemburger sprecht doch alle Französisch, das reicht mir. Ich habe bereits dieses Genäsel gelernt und außerdem Schwedisch, Russisch und Englisch. Ich finde, das reicht fürs Leben.«

»Als Beamter der Europäischen Union könntest du etwas mehr Interesse für die Sprache eures größten Mitgliedstaats aufbringen.«

»Als EU-Beamter auf Lebenszeit können mir die Mitgliedstaaten mal ganz gepflegt munin aasi sudelma, allen voran die miesepetrigen Deutschen und die aufgeblasenen Franzosen. Santé!«

»Prost! Also gut, ich übersetze es dir.« Kieffer begann, seinem Freund den Artikel auf Französisch vorzulesen.

Mysteriöser Todesfall am Kirchberg: Gabin-Kritiker stirbt bei Restaurantbesuch.

Luxemburg-Stadt – In der Waldgaststätte ›Les Deux Eglises‹ ist am Dienstagabend ein Gastrokritiker unter mysteriösen Umständen zu Tode gekommen. Wie die Police Judiciaire am Mittwoch mitteilte, brach Agathon R., ein Tester des renommierten französischen Guide Gabin, während seines Besuchs in dem Spezialitätenlokal zusammen und war sofort tot.

›Wir ermitteln in alle Richtungen‹, sagte Hauptkommissar Didier Manderscheid dieser Zeitung. Es sei nicht auszuschließen, dass es sich um ein Gewaltverbrechen handele.

Das ›Deux Eglises‹ am Kirchberg besitzt keinen der heiß begehrten Gabin-Sterne, genießt aber bei Kennern wegen seiner authentischen Luxemburger Küche einen guten Ruf. Restaurantchef Xavier Kieffer erklärte auf Anfrage, der Tod des Kritikers gebe auch ihm Rätsel auf: ›Wir sollten die Ermittlungen abwarten.‹ Das Restaurant bleibe bis auf Weiteres geschlossen, so Kieffer weiter.

Nach Angaben aus gut informierten Kreisen ermittelt die Polizei mit Hochdruck, da der Vorfall erhebliche Wellen schlagen dürfte. Der Guide Gabin gilt als der bekannteste Gourmetführer der Welt. Manderscheid sagte, man werde eng mit der französischen Polizei zusammenarbeiten, um den Fall rasch aufzuklären.

Kieffer faltete die Zeitung zusammen, legte sie weg und seufzte vernehmlich. »Das ist eine Katastrophe! Was soll ich bloß tun? Das Image des ›Zwou Kierchen‹ ist ruiniert.«

»Ach, nur die Ruhe. Könnte schlimmer kommen. Der Artikel scheint die Sache halbwegs korrekt wiederzugeben. Mach dir keine Sorgen – solange sie nicht schreiben, dass er an deinem Essen gestorben ist. Und jetzt erzähl mir noch, was dieser Manderscheid gesagt hat.«

»Nicht viel. Er hat mich Mittwochmittag auf dem Präsidium noch mal befragt, offenbar machen die das gerne zweimal.«

»Wissen die schon, was diesen Ricard umgebracht hat? Ich tippe ja auf deine Pastete, die mit der Maronensoße. Die liegt mir auch immer ganz schön schwer im Magen.«

»Nicht komisch, Pekka. Nein, sie wissen es noch nicht – oder vielleicht haben sie es mir auch nur nicht gesagt. Manderscheid behauptet, die Obduktion habe noch nichts zutage gefördert. Und er hat noch mal betont, dass ich natürlich auch ein Verdächtiger sei.«

»Ach, das sagen sie immer. Die haben nichts gegen dich in der Hand, oh, du mein Leibkoch!«

»Woher willst du das so genau wissen?«

»Erstens bin ich Optimist, und zweitens ist es doch so: Wenn Gift in deinen Pastetchen gewesen wäre oder im Wein, dann hätten die flics es schon gefunden. So was kriegt sogar die kleine Luxemburger Polizei hin. Also für mich bist du aus dem Schneider, ich sprech dich frei. Darauf sollten wir einen heben. Komm, schenk deinem Kameraden ein.«

Kieffer griff nach der Flasche, stellte sie dann aber wieder ab. »Aus dem Schneider? Na ja. Pekka, sauf nicht so viel, ich brauch jetzt deinen Rat. Ich verstehe immer noch nicht, was der Gabin-Mann bei mir eigentlich wollte. Hat ihn jemand geschickt? Und wenn ja – wer?«

Vatanen lehnte sich zurück und blickte durch den Garten auf die vorbeifließende Alzette. Dabei drehte er das Glas in seiner Hand. Nach einer Weile antwortete er: »Wenn er nicht zufällig da war, was du ja ausschließt, dann gibt es eigentlich nur zwei Möglichkeiten: Er wollte irgendwas mit dir besprechen oder dich anbohren, wegen Insiderinfos aus der Gastronomieszene.«

Kieffer schüttelte den Kopf. »Das ergibt keinen Sinn.«

Dann erzählte er Vatanen, wie abweisend sich Ricard ihm gegenüber verhalten hatte. »Der hat kein Gespräch mit mir gesucht, im Gegenteil. Und wenn er brandheiße Gerüchte aus der Szene hätte erfahren wollen – dann wäre er wohl besser in Paris geblieben oder meinetwegen nach Barcelona oder New York geflogen. Da spielt die Musik. Hier ist es … sehr ruhig.«

»Dann gibt es noch Variante drei«, sagte Vatanen und belegte ein weiteres Stück Weißbrot mit confit de moulard. Der Kritiker, so erläuterte der Finne kauend, sei tatsächlich beruflich in Luxemburg gewesen, um Kieffers Restaurant und die Qualität seiner Speisen zu testen.

»Entweder hat ihm sein Vorgesetzter den Termin reingedrückt, oder jemand anders – ein Gabin-Kollege oder einer seiner gastronomischen Kontakte – hat ihm den Tipp gegeben. Sicher scheint mir, dass es jemand ist, mit dem du schon mal zu tun hattest.«

»Warum?«

»Wegen der Visitenkarte. Die gibt es schließlich nur bei dir im Restaurant, richtig?«

»Stimmt.«

»Da du Ricard nicht mehr fragen kannst und Kommissar Manderscheid sich vermutlich ungern in die Karten gucken lässt, wäre es aus meiner Sicht das Beste, direkt beim Gabin anzurufen. Ricards Vorgesetzter könnte informiert gewesen sein – der Ressortleiter, der Chefredakteur oder was weiß ich. Hat der Guide Gabin einen Chefredakteur, Xavier?«

»Eine Chefredakteurin, soweit ich weiß.«

»Ha! Und ich dachte immer, Spitzenküche sei eine Männerdomäne. Wenn du mehr über deinen toten Gast wissen willst, scheint mir die Dame der beste Ansatzpunkt zu sein. Das ist vermutlich das Einzige, was du zurzeit tun kannst – außer im sonnigen Garten deines Hauses zu sitzen, Eau de Vie von Tasselbach zu trinken und dir von mir ein paar finnische Volkslieder beibringen zu lassen.«

Kieffer musste grinsen. Er griff nach der Obstlerflasche. »Vielleicht mache ich beides.«

5

Das Ankunftsterminal des Aéroport Charles de Gaulle bereitete Kieffer Probleme. Wann immer er Paris besuchte, verlief er sich in dem »Beton-Camembert«, wie Spötter das unübersichtliche Flughafengebäude nannten. An diesem Tag kam erschwerend hinzu, dass sein vom vielen Tasselbach noch immer etwas wattiger Kopf nicht mitspielte. Nachdem er drei ebenso blasierte wie gelangweilte Servicekräfte befragt hatte, gelangte er über eine Stunde nach der Landung seiner Luxair-Maschine endlich zu der unterirdisch gelegenen RER-Station des Flughafens und kaufte sich ein Billet für die Bahnfahrt Richtung Innenstadt.

Erschöpft ließ er sich in einen der Abteilsitze fallen. Sein hochprozentiger Abend mit Pekka Vatanen war erst um zwei Uhr nachts zu Ende gegangen, und er erinnerte sich vage, dass sie im Garten luxemburgische und finnische Volkslieder gesungen hatten. Am Vormittag hatte er trotz seines Obstlerkaters die Nummer des Guide Gabin in Paris herausgesucht. Nach dem dritten Espresso hatte er sich zu einem Anruf durchgerungen und das Vorzimmer der Chefredakteurin verlangt.

Dort war Kieffer zunächst bei einer unwirschen Assistentin aufgelaufen, die ihm beschied, Madame la Redactrice en Chef sei den ganzen Tag nicht zu erreichen – und auch in der kommenden Woche gestalte sich die Sache außerordentlich schwierig. Überhaupt sei es ratsam, etwaige Anliegen schriftlich an den entsprechenden Ressortleiter zu richten.

Kieffer hatte sich ein bisschen über den hochnäsigen Tonfall geärgert, verwundert war er indes nicht. Wie viele Restaurantbesitzer oder PR-Leute versuchten wohl, die mächtige Gabin-Chefin auf ihr gastronomisches Angebot aufmerksam zu machen? Vermutlich mehrere pro Tag. Erst als Kieffer den toten Agathon Ricard erwähnte, versprach die Assistentin, seine Nachricht umgehend weiterzuleiten. Fünf Minuten später hatte sie zurückgerufen.

»Monsieur Kieffer, Madame Gabin würde sehr gerne mit Ihnen sprechen«, säuselte die nun äußerst freundliche Sekretärin. »Persönlich. Passt es Ihnen heute Abend, gegen neun Uhr?«

Kieffer war überrascht, ließ sich aber nichts anmerken. »Wo?«

»Kennen Sie das ›Pied de Cochon‹? Nahe Les Halles?«

»Ja, ich bin um neun Uhr da.«

Zwei Stunden später hatte Kieffer bereits im Taxi zum Flughafen gesessen, um den Nachmittagsflug nach Paris zu erwischen. Kommissar Manderscheid hatte ihn zwar gebeten, das Land nicht zu verlassen. Aber er hatte es einfach darauf ankommen lassen – und erwartungsgemäß hatte ihn niemand aufgehalten. Am Luxemburger Flughafen gab es für Flüge nach Paris nicht einmal eine Passkontrolle.

Nun schaute er aus dem Fenster des Regionalzugs. Die tristen Pariser Vorstädte zogen an ihm vorbei. Dass ihn die Gabin-Chefin persönlich würde treffen wollen, hatte er nicht erwartet. Kieffer wusste nur sehr wenig über seine Verabredung. Valérie Gabin war die Enkelin von Auguste Gabin, dem legendären Gründer des Gastronomieführers. Vatanen hatte ihm am gestrigen Abend versprochen, ihren Namen in eine Pressedatenbank einzugeben. Die Zusage war allerdings zu einem Zeitpunkt erfolgt, als die Obstlerflasche bereits gefährlich zur Neige ging – seitdem hatte sich der Finne nicht gemeldet.

Ebenso wie der Wunsch nach einem persönlichen Treffen hatte ihn Gabins Restaurantwahl verwundert. Er war davon ausgegangen, dass die Chefin des mächtigsten Gastronomieführers der Welt ihn entweder in ihr mutmaßlich prächtiges Büro oder in ein bekanntes Edelrestaurant zitieren würde, ins »Le Cinq« oder ins »Lapérouse«, wo man Valérie Gabin sicherlich auch ohne vorherige Reservierung umgehend ein Separee zur Verfügung gestellt hätte. Stattdessen hatte sie eine Brasserie gewählt, eine recht bekannte zwar, aber keine, die man unbedingt als kulinarischen Höhepunkt bezeichnen konnte.

Kieffer wechselte an der Gare du Nord in die Metro und checkte kurz darauf in einem kleinen Hotel nahe der Oper ein, das er seit Jahren frequentierte. Pariser Hotels waren wahlweise gammelig, überteuert oder voller Touristen – oder alles gleichzeitig. Das »Hôtel d'Antin« nahe der Synagoge war eine löbliche Ausnahme: preiswert, sauber und außerdem in Laufweite des achten Arrondissements, wo sich Europas wohl dichteste Ansammlung feiner Restaurants befand.

Während er auspackte und duschte, überlegte Kieffer, ob er versuchen sollte, am morgigen Tag einen Tisch für ein Mittagessen in einem der umliegenden Sternerestaurants zu reservieren. Er hatte sich am Flughafen die aktuelle Frankreichausgabe des Guide besorgt und blätterte ein wenig in dem blauen Band. Vielleicht im »Astrance«. Oder im »Ledoyen«, das unlängst seinen zweiten Stern erhalten hatte? Es war schließlich immer gut, sich ein wenig auf dem Laufenden zu halten. Kieffer schaute auf seine Armbanduhr und legte den Gastronomieführer beiseite. Die haute cuisine würde warten müssen. Es war bereits acht Uhr – Zeit, sich auf den Weg zu machen.

Das »Pied de Cochon« war ein vor allem bei Nachtschwärmern beliebtes Restaurant im ersten Bezirk, unweit des Louvre. Das lag weniger an der reichhaltigen Brasseriekarte als vor allem an den Öffnungszeiten: Das »Cochon« war ein 24-Stunden-Betrieb und damit eine Ausnahmeerscheinung unter Pariser Restaurants. In der Weltstadt an der Seine hatten die meisten Restaurantbetreiber, was die Servierzeiten betraf, höchst rigide Vorstellungen. Mittagessen gab es von eins bis drei, Abendessen von acht bis elf. Wer sich zu einer anderen Stunde zu Tisch begeben wollte, hatte eben Pech – und war in den Augen der Franzosen außerdem nicht ganz richtig im Kopf.

Im »Cochon« hingegen konnte man nachts um drei ein Frühstück einnehmen oder nachmittags um vier eine mit Emmentaler gratinierte soupe d'oignon. Diese für Pariser Verhältnisse ungewöhnliche Flexibilität hatte das Restaurant aus jener Zeit bewahrt, als sich gegenüber noch der »Bauch von Paris« befunden hatte, wie die Franzosen Les Halles nannten, ihren gigantischen Großmarkt in der Innenstadt. Les Halles waren in den frühen Siebzigern geschlossen und durch ein ebenso monströses wie hässliches Einkaufszentrum ersetzt worden; doch noch immer konnte man im »Cochon« zum Fünf-Uhr-Frühstück Steaktartar mit Spiegeleiern bestellen, so wie es die Marktleute bereits vor 60 Jahren getan hatten.

Die Uhr an der Metro-Haltestelle Châtelet zeigte zehn vor neun. Raschen Schrittes passierte er die Kirche Saint Eustache sowie einen mit modernen Statuen verunzierten Platz und ging auf das hell beleuchtete Restaurant mit der knallroten Markise zu.

An einem geparkten Auto hielt er kurz an und musterte sich im Seitenspiegel. Die Anspannung der letzten Tage war ihm deutlich anzusehen. Dunkle Ringe umrahmten seine blauen Augen. Das schulterlange, von grauen Strähnen durchzogene Haar hing ihm wirr ins Gesicht. Doch zumindest seine Kleidung sah tadellos aus.

Beim Packen war Kieffer aufgefallen, dass eine maßgeschneiderte, aber abgetragene Galadinner-Küchenuniform sein einziges repräsentatives Outfit war. Weil er der Hohepriesterin der haute cuisine schlecht in seinem Clausener Clochard-Look aus Jeans und T-Shirt gegenübertreten konnte, hatte er in einer Blitzaktion auf dem Weg zum Luxemburger Flughafen einen kompletten Satz neue Klamotten erstanden: schwarzes Cord-Jackett, blaues Button-Down-Hemd, braune Chinos, Schuhe. Kieffer überprüfte den Sitz seiner Krawatte. Er sah nicht übel aus, fand er.

Gerade wollte er die Straße überqueren, als sein Mobiltelefon klingelte. Es war Vatanen. »Sorry, es hat etwas gedauert, Xavier. Es gibt nicht viel über sie, außer ein paar Artikel in französischen Tageszeitungen.«

Kieffer seufzte. »Ich bin in wenigen Minuten mit ihr verabredet, und ich wette, sie ist die Art von Frau, die ungern wartet. Ich habe nur Zeit für die superkurze Version, Pekka.«

»Verstanden. Valérie Gabin, 36, Enkelin von Auguste. Ihr Vater war der Verlagschef bis 2005. Dann traf ihn der Schlag. Vermutlich eine berufsbedingte Foie-gras-Vergiftung«, gluckste der Finne fröhlich.

»Pekka …«

»Schon gut. Einziges Kind, erst Sainte Geneviève, ein Edelinternat. Dann Schweizer Hotelfachschule, später Studium der Ökonomie und Publizistik an der Columbia University in New York. Danach CIA …«

»… Culinary Institute of America? Nichts Französisches?«

»Nein. Aber nach drei Monaten abgebrochen. Danach hat Valérie Gabin in Venice Beach einen Surfshop eröffnet. Klingt nach Rebellion gegen die hehre Familientradition, wenn du mich fragst. Vielleicht hat ihren Vater auch deswegen der Schlag getroffen. Egal. Auf jeden Fall erbte sie den ganzen Kram, als der Alte mit 54 starb.«

»Ihr gehört der Gabin?«

»Zu 75,1 Prozent – Guide, Reiseführer, Zeitschriften und allerlei anderes Zeug. Den Rest besitzt irgendein Großverlag. Sie ist Geschäftsführerin, Verlegerin und Chefredakteurin.«

»Danke, Pekka. Du hast was gut.«

»Sieh zu, dass du deinen Laden wieder aufsperrst. Ich gedenke, mein Salär in Form von Rivaner und Wildschweinragout einzutreiben. Bis bald.«

Kieffer merkte, dass seine Hände feucht waren. Er wischte sie an den neuen Chinos ab. Dann betrat er das Restaurant und schaute sich um. Das »Cochon« kam dem Prototyp einer Pariser Brasserie ziemlich nahe. Die Wände waren in dunklem Holz gehalten. Fenster, Trennscheiben und Lampen waren mit farbenfrohen Jugendstilmotiven verziert. Es gab eine offene Fischtheke, auf der Langusten und fines de claire angepriesen wurden und viele kleine hölzerne Tische, an denen die patrons ein schnelles Mahl einnehmen konnten.

Als Kieffer dem Maître d' erklärte, er sei mit Madame Gabin verabredet, bemerkte er, wie sich die Haltung des Mannes merklich straffte. Sofort führte dieser ihn zu einem Tisch im Außenbereich des Restaurants, der ein Stück weit von den anderen Plätzen entfernt stand. »Dies ist Madame Gabins Tisch. Sie ist noch nicht eingetroffen. Einen Aperitif für Monsieur?«

Kieffer schüttelte den Kopf, bestellte eine Flasche Wasser und sah sich um. Das »Cochon« füllte sich allmählich. Vor dem Eingang hielten Taxis und dunkle Oberklasse-Limousinen. Er versuchte, durch die Scheiben einen Blick auf die Passagiere im Wageninneren zu erhaschen, als er plötzlich rechts von sich ein mechanisches Klacken hörte.

»Monsieur Kieffer? Ich muss mich entschuldigen, ich bin etwas spät dran.«

Als er sich umblickte, sah er eine junge Frau, die gerade von einem sehr teuer aussehenden Mountainbike abstieg. Kieffer erhob sich von seinem Stuhl und verneigte sich leicht. »Es ist mir eine Ehre, Madame.« Valérie Gabin nahm seine ausgestreckte Hand und musterte ihn belustigt. Dabei schaute sie von oben auf ihn herab –

sie war über 1,80 Meter groß und überragte ihn deutlich.

Nachdem sie sich gesetzt und Getränke bestellt hatten, betrachtete Kieffer die mächtigste Restaurantkritikerin der Welt. Valérie Gabin trug einen vermutlich maßgefertigten dunkelblauen Blazer und ein weißes Stretchtop. Diese Kleidungsstücke schienen ihre einzige Konzession an traditionelle Pariser Eleganz zu sein. Ihre langen Beine steckten in einer Bluejeans. Dazu trug sie weiße Chucks. Teuren Schmuck konnte Kieffer nicht ausmachen. Dabei hatte er vorab mit sich selber gewettet, dass die Gabin-Erbin Perlen tragen würde. Stattdessen baumelte um ihren Hals ein Lederband, an dem ein kleines hölzernes Surfbrett hing. Valérie Gabin entnahm ihrem Rucksack eine Packung Gauloises und zündete sich eine Zigarette an. »Danke, dass es so schnell geklappt hat, Monsieur Kieffer. Ich hoffe, Sie fühlen sich nicht herbeizitiert.«

Kieffer machte eine abwehrende Handbewegung und fischte eine Ducal aus seiner Sakkotasche. »Ach nein, ich komme immer gerne nach Paris. Zudem ist mein Restaurant zurzeit ohnehin geschlossen. Wegen der Spurensicherung.«

Sie senkte die Augen und drehte ihre Zigarette zwischen den Fingern hin und her. »Agathon … er war einer unserer Besten. Ein Trüffelschwein, ein Jäger, immer auf der Suche nach kulinarischen Entdeckungen. Mir ist allerdings noch nicht ganz klar, was genau er in Ihrem Restaurant suchte. Ich habe mir sagen lassen, dass … ›Les Deux Eglises‹, ja?«

»Korrekt.«

»Also, dass Ihr Restaurant eine sehr gute Adresse für

Luxemburger Spezialitäten sei, und … bestimmt ist es hervorragend, verstehen Sie mich nicht falsch, aber …«

»… wir sind kein Sterneaspirant, das stimmt«, kam Kieffer ihr zu Hilfe. »Wir machen keine haute cuisine. Ich habe mir deshalb schon die gleiche Frage gestellt wie Sie, Madame Gabin …«

»… können Sie mich Valérie nennen? Ich komme mir sonst so alt vor.«

»Also Valérie. Xavier, wenn Sie möchten. Um auf Ihre Frage zurückzukommen: Wir hatten noch nie einen Stern, und ich habe auch keine Ambitionen in diese Richtung. Ich weiß nicht, warum Ihr Mann in meinem Restaurant war. Haben Sie ihn denn nicht zu mir nach Luxemburg geschickt?«

Sie schüttelte den Kopf. »So läuft das nicht. Unsere Tester arbeiten sehr selbstständig. Sie haben natürlich eine Liste von sterneverdächtigen Restaurants, die sie in bestimmten Abständen abklappern müssen. Aber Ihr Lokal war, wie gesagt, nicht darunter.« Sie versuchte ein Lächeln.

»Ich verstehe. Also, ich weiß nicht, wie er auf mich gekommen ist. Die Polizei hat in Monsieur Ricards Wagen eine Visitenkarte des ›Eglises‹ gefunden, und es ist mir schleierhaft, wo er die herhatte. Ich weiß auch nicht, was passiert ist.«

Valérie Gabin schaute ihm ein paar Sekunden lang in die Augen, als suche sie dort nach etwas. Dann sagte sie leise: »Sie haben nichts damit zu tun.« Es klang sehr überzeugt.

Sie steckte sich eine weitere Zigarette an und fuhr sich durch die Haare. »Entschuldigung. Seit dieser Sache rauche ich ununterbrochen.«

Sie ist nervös, dachte Kieffer. Er verspürte Mitleid mit der jungen Frau und hätte ihr gerne geholfen. Sie war die Chefin des weltgrößten Gourmetimperiums, ein Job, auf den sie anscheinend nicht erpicht gewesen war. Sie saß vermutlich noch nicht allzu fest im Sattel – und nun musste sie plötzlich Krisenmanagement betreiben und dafür sorgen, dass das Image des altehrwürdigen Gabin keine Kratzer abbekam.

Nach einem Moment des Schweigens sagte Valérie Gabin: »Es ist verrückt, oder? Seit wann bringt denn jemand Restaurantkritiker um?« Sie lächelte dünn. »Ich weiß, was Sie jetzt denken.«

»Und was denke ich?«

»Dass es um manchen Kritiker nicht schade wäre. Profiköche und Gastronomen hassen die Tester des Gabin und des Levoir. Ist doch wahr, oder? Aber in unserer hundertjährigen Geschichte hat, soweit ich weiß, noch nie jemand einen Kritiker wegen einer schlechten Rezension umgebracht. Eher sind es die Köche, die sich umbringen, wenn sie ihren Stern verlieren. Viele empfinden das als Kastration.«

Der Vergleich gefiel Kieffer nicht sonderlich, aber im Prinzip hatte sie recht. Er erinnerte sich an einen Fall vor einigen Jahren, der durch die Presse gegangen war. Der Koch eines Restaurants in Toulouse hatte sich in seiner Küche erhängt, weil er aus dem Guide Gabin zu fliegen drohte.

Der Kellner brachte eine südfranzösische Fischsuppe mit geröstetem Brot und rouille für Valérie Gabin. Kieffer bekam die Hausspezialität, einen im ganzen Stück gegrillten Schweinefuß mit Pommes frites.

»Ich würde gerne wissen, wie sich das alles abgespielt hat«, sagte sie. »Ich muss herausfinden, was Ricard in den letzten Tagen gemacht hat. Die Sache schlägt bereits Wellen, so etwas ist schlecht fürs Geschäft.« Sie rührte unglücklich in ihrer Suppe. »Morgen muss ich zur Pariser Kriminalpolizei, und da möchte ich vorbereitet sein.«

Während des Essens erzählte Kieffer Gabin bereitwillig in allen Einzelheiten von Ricards Besuch. Als der Kaffee serviert wurde, schaute Gabin ihn plötzlich durchdringend an. Kieffer bemerkte, dass sie grüne Augen hatte. »Xavier, darf ich etwas Persönliches fragen?«

»Bitte«, sagte Kieffer und wischte sich zum wiederholten Male unter dem Tisch die feuchten Hände an seiner Hose ab.

»Wieso sind *Sie* eigentlich kein Sternekoch?«

Kieffer seufzte. »Ach, muss es denn immer haute cuisine sein?«

»Nein, überhaupt nicht. Ich mag regionale Küche. Essen, das eine Seele hat. Und wenn ich in die Vereinigten Staaten fliege, dann stopfe ich mich immer mit dem ganzen fettigen Zeugs voll – corn dogs, Philly cheese steaks, po' boys.« Als sie die amerikanischen Gerichte aufzählte, sprach sie mit einem breiten US-Akzent. »Aber ich frage, weil ich das hier im Archiv gefunden habe.«

Gabin griff in ihre Tasche und zog ein etwas vergilbtes Stück weißen Karton hervor und reichte es Kieffer. Unter der Quellenangabe »Le Figaro, 14.07.89« klebte eine kurze Zeitungsmeldung:

Luxemburger gewinnt Preis für junge Köche

Paris – Beim diesjährigen »Concours du meilleur apprenti cuisinier d'Europe« hat der gebürtige Luxemburger Xavier Kieffer den ersten Platz belegt. Der 21-jährige Jungkoch aus dem Département Marne überzeugte die Jury aus acht europäischen Spitzenköchen bei der Endausscheidung in Nizza mit seiner makellosen ballotine de faisan au genièvre sowie seinen oranges soufflées avec meringue. Kieffer wird von Beobachtern eine große Zukunft vorhergesagt.

Nachdem Kieffer den Ausschnitt gelesen hatte, legte er ihn vor sich auf den Tisch. Nach einem langen Moment des Schweigens sagte er: »Ich hätte es vielleicht gekonnt. Aber ich wollte es irgendwann nicht mehr.«

»Aber Sie haben den wichtigsten kulinarischen Nachwuchspreis Europas gewonnen – was zumindest damals noch gleichbedeutend war mit der Welt. Ihr Weg war vorgezeichnet, Xavier.«

»Gerade das«, erwiderte er lächelnd, »ist mitunter eine schwere Bürde, nicht wahr?«

Nun war es an Gabin, erst einmal nichts zu sagen. Sie fuhr sich mit der Hand erneut durch die hellbraunen Haare und steckte sich eine weitere Gauloises an – die siebte, wenn Kieffer richtig gezählt hatte.

»Ich glaube, ich verstehe, was Sie meinen. Ich hätte Sie das auch gar nicht fragen sollen, es geht mich nichts an. Bitte entschuldigen Sie, Xavier. Ich bin manchmal sehr neugierig.« Sie schaute ihn an. »Wenn ich jemanden interessant finde, neige ich dazu, ihm ein Loch in den Bauch zu fragen.«

»Macht nichts. Der alte Boudier, das ist mein Lehrmeister, der hat es bis heute nicht verwunden, dass ich der sogenannten Spitzenküche den Rücken gekehrt habe. Er hat mir immer wieder gesagt, was für ein Idiot ich sei – und dass es noch nicht zu spät für mich wäre …«

Gabins Augen weiteten sich. »Sagten Sie gerade Boudier? Paul Boudier?«

»Ja, ihm gehört das ›Renard Noir‹ in Châlons-en-Champagne. Dort habe ich meine Lehrjahre absolviert. Was ist mit Boudier?«

»Ricard war bei ihm zum Essen. Am Tag, bevor er starb.«

6

Die Schallschutzmauer entlang der Autobahn von Paris in die Champagne war in wechselnden Farbtönen gestrichen und sollte dem Auge des vorbeizischenden Autofahrers auf der eintönigen Route etwas Abwechslung bieten. Zugleich sollte das Farbenspiel den Fahrer beruhigen und aggressives Verhalten verhindern. Das zumindest war die Idee irgendeines Verkehrspsychologen gewesen, der dieses Farbsystem in den Siebzigerjahren entworfen hatte. Kieffer beruhigten die ineinander übergehenden Blau-, Rot- und Grüntöne überhaupt nicht, er nahm sie kaum wahr. Sein Gehirn war vollends damit beschäftigt, die Informationen und Ereignisse der vergangenen Tage zu sortieren – und gleichzeitig dafür zu sorgen, dass sein Wagen die Spur hielt. Gab es eine Verbindung zwischen Ricard und ihm? Führte sie über Boudier? Und wenn ja, warum?

Agathon Ricard hatte bei Kieffers altem Küchenchef Paul Boudier zu Abend gegessen, am Montag, dem 5. September. Valérie Gabin und ihre Redaktion hatten recherchiert, dass Ricards Besuch in Boudiers »Renard Noir« die letzte Station einer Tour durch die Champagne und die Ardennen gewesen sein musste. Ricards Ressortleiter hatte dem Tester aufgetragen, die Region im Nordosten Frankreichs zu durchkämmen, für die nächste Ausgabe des Guide.

Kieffer war zu lange in der Gastronomie, als dass ihm die Gabin-Chefin die von Ricard abgeklapperten Stationen hätte aufzählen müssen. Da er über sieben Jahre lang in der Gegend gearbeitet hatte, waren ihm die meisten guten Restaurants der Region Champagne-Ardenne geläufig. Neben Boudiers »Schwarzem Fuchs« mit seinen zwei Sternen würde der verstorbene Kritiker das »Mirabelle« in Vitry-le-François aufgesucht haben. Ferner das auf Wild spezialisierte »Grand Cerf« bei Sedan und das abgelegene, aber hervorragende »Estoque« in Vertus.

Kieffer schaute auf das Navigationsdisplay des Mercedes, den er gemietet hatte. Er passierte gerade Reims. Bis Châlons-en-Champagne waren es noch etwa 70 Kilometer. Kieffer fuhr viel zu schnell, raste mit fast 200 Stundenkilometern die Autoroute de l'Est entlang.

Zu Hause hatte er einen alten Lieferwagen, und er wusste, dass er den Mietwagen nicht so schnell fahren sollte. Ihm fehlte die Übung, und er war müde. Das sagte ihm sein Kopf, doch sein Bauch riet ihm etwas anderes. Er hatte das unerklärliche Gefühl, es gebe keine Zeit zu verlieren.

Kieffer dachte noch einmal über den gestrigen Abend nach. Nach dem Essen hatten er und Valérie Gabin eine Bar in der Nähe des Pont Neuf aufgesucht und noch zwei Flaschen Bordeaux getrunken. Die unerwartete Verbindung zu Boudier hatte sie beide gleichermaßen überrascht.

»Hast du mit Boudier denn bereits telefoniert?«, hatte Kieffer sie gefragt. Nach der ersten Flasche Margaux hatten sie aufgehört, sich zu siezen.

»Nein, warum auch? Ricard hat dort gegessen, sonst nichts. Ich habe bis eben nicht im Traum daran gedacht, dass der Besuch im ›Renard‹ mit seinem Tod zusammenhängt.«

»Hatte Ricard denn bereits einen Bericht an die Redaktion geschickt, der vielleicht Aufschluss über seinen Besuch bei Boudier geben könnte?«

»Nein, das ist nicht üblich. Die Tester absolvieren ihre Tour, machen sich Notizen oder schreiben abends im Hotel auf dem Laptop ihre Rezensionen. Ihr Ressortleiter bekommt die Texte dann einige Wochen nach dem Testessen, ich für gewöhnlich noch später, kurz vor Drucklegung.«

»Ricards Laptop und sein Notizbuch befinden sich vermutlich in der Asservatenkammer der Luxemburger Polizei, oder?«

Sie schaute, als ob sie fröstelte. »Ja, wahrscheinlich. Wer weiß, was da drinsteht.«

»Wenn der Computer bei der PJ liegt, dann weißt du vermutlich gar nicht, was dein Mann in den vergangenen Wochen da draußen in der Champagne gemacht hat, oder?«

Gabin schüttelte den Kopf und streckte in einer Art Offenbarungseid ihre Hände von sich. »Eigentlich wissen wir nichts. Hinzu kommt, dass er … kein sehr redseliger Typ war. Eher ein Grantler, ein einsamer Wolf. Aber er war eben auch ein guter Tester, sehr akribisch, geradezu detailversessen, mit einer profunden Kenntnis klassischer französischer Küche. Na, und weil er so zuverlässig war, haben wir ihn an einer sehr langen Leine laufen lassen.«

Als sich Valérie Gabin verabschiedete, gab sie ihm ihre Handynummer und bat ihn, sie anzurufen, sobald er etwas Neues erführe. Dann verschwand sie auf ihrem Mountainbike in der Pariser Nacht.

Kieffer lag in seinem Hotel daraufhin lange wach. Gegen vier Uhr morgens wurde ihm klar, dass er mit Boudier sprechen musste, am besten persönlich. Am besten sofort. Gegen halb fünf checkte Kieffer aus und machte sich auf den Weg zur Gare du Nord, wo es eine 24 Stunden besetzte Leihwagenstation gab.

Inzwischen war es sechs Uhr, es wurde gerade hell. Der Himmel war wolkenlos, es versprach ein prächtiger Spätsommertag zu werden. Kieffer fuhr an einer Raststätte auf den Parkplatz, kaufte sich an einem Automaten einen wässrigen café noir und zog sein Handy aus der Tasche. Kein Koch eines Sternerestaurants konnte es sich leisten, an einem Samstagmorgen länger als bis sechs Uhr zu schlafen. Und falls Boudier wider Erwarten doch noch in den Federn liegen sollte, dann würde Kieffer jetzt eben den Weckdienst spielen.

Er durchsuchte das Adressbuch seines Telefons nach Paul Boudiers Handynummer, ohne Ergebnis. Er fluchte, denn er wusste, dass er die Nummer besaß – und nun fiel ihm auch wieder ein, wo er sie hatte: Sie war mit Kugelschreiber auf eine zerknitterte Renard-Visitenkarte gekritzelt, die Kieffer mit einer Reißzwecke an der Korkwand in seinem Weinkeller befestigt hatte, neben dem Regal mit den deutschen Weißweinen.

Er musste an seinen finnischen Zechkumpan denken. Der technikbegeisterte Vatanen machte sich immer wieder darüber lustig, dass Kieffer ein »Papierfetischist« sei und seine Geschäfte immer noch ohne Buchhaltungssoftware und Smartphone erledigte.

Er versuchte es stattdessen mit der Büronummer des »Renard«, die er auswendig kannte. Gegen sieben Uhr, spätestens aber gegen halb acht würde Boudier mit einer Gitanes im Mundwinkel an seinem Schreibtisch sitzen und die erste Inventur des Tages machen: Wie viele Kilogramm Rinderfilet habe ich noch? Gibt es Rückmeldungen von meinen Lieferanten? Wie voll ist das Reservierungsbuch für heute?

Falls sich größere Gesellschaften angekündigt hatten, würde der Chefkoch möglicherweise schon jetzt vor Ort sein. Einen Versuch war es wert. Kieffer ließ das Telefon achtmal klingeln und wartete darauf, dass der Anrufbeantworter ansprang. Nichts. Er legte auf, wiederholte die Prozedur. Nach dem zwanzigsten Rufton unterbrach der Computer der Telefongesellschaft automatisch die Verbindung. Kieffer stieß einen deftigen Fluch auf Lëtzebuergesch aus und warf den halb leeren Kaffeebecher weg. Dann sprang er in den Leihwagen und startete den Motor.

Das »Renard« lag etwas südlich von Châlons-en-Champagne, an einer Flussschleife. Es gab nur zwei Möglichkeiten, das abgelegene Restaurant zu erreichen: per Auto oder per Boot. Die ehemalige Jagdhütte eines Comte aus dem 17. Jahrhundert besaß einen eigenen Anleger, und es war erstaunlich, wie viele von Boudiers betuchten Kunden diesen im Sommer tatsächlich nutzten und mit Motorjachten von der Größe eines Buckelwals zum Dinner vorfuhren.

Laufkundschaft, das wusste Kieffer aus seiner Lehrzeit, gab es im »Renard« nicht. Kaffeetrinkende Tagesausflügler hatte Boudiers edles Restaurant auch nicht nötig. Die Anziehungskraft seiner zwei Gabin-Sterne und der wunderbare, direkt an der Marne gelegene Garten zogen Gourmets aus Metz, Reims und sogar aus dem 200 Kilometer entfernten Paris an. Aus der Hauptstadt brauchte man für den Hin- und Rückweg bis zu vier Stunden – vielen Gourmets erschien solch eine Fahrzeit für ein exzellentes Dinner durchaus vertretbar. Das galt umso mehr, wenn man einen Chauffeur hatte, der einem das Fahren abnahm.

Das Navigationssystem des Mercedes brauchte Kieffer jetzt nicht mehr. Erstens war er inzwischen wieder hellwach, zweitens kannte er auf der Landstraße von Châlons-en-Champagne zum »Renard Noir« jede Kurve in- und auswendig. Zwar war es einige Zeit her, dass er das Restaurant seines ehemaligen Chefs zuletzt besucht hatte; doch während seiner dreijährigen Lehrzeit und der vier Jahre als Postenchef war er die Rue des Alliés viele Hundert Male entlanggefahren. Kieffer kam nun deutlich langsamer voran, weil inzwischen viele Pendler auf der Straße waren. Nachdenklich blickte er auf den Fluss, der neben der Straße vorbeizog. Er erinnerte sich an seinen letzten Höflichkeitsbesuch bei Boudier. Damals hatte sein Lehrmeister nicht gut ausgesehen.

7

Zwei Jahre zuvor

Es war die Zeit zwischen 15 und 17 Uhr, die sich Kieffer für seine Stippvisite ausgesucht hatte, jene kostbaren Stunden, wenn der mittägliche Ansturm vorüber ist und der abendliche Wahnsinn aus Überbuchungen, À-la-carte-Essen und Zehn-Gänge-Menüs noch erfreulich weit weg scheint. Die Augustsonne brannte und der Garten des »Renard Noir« war fast menschenleer. Während er auf Boudier wartete, genehmigte sich Kieffer einen frühen Pastis mit viel Eis und schaute auf die Marne, die in 20 Metern Entfernung gemächlich vorbeifloss.

Seit er das kleine Spezialitätenrestaurant in seiner Heimatstadt eröffnet hatte, war er nicht mehr hier gewesen. Auf den ersten Blick erschien ihm das »Renard« unverändert, wie aus der Zeit gefallen. Im Speiseraum standen die gleichen, mit zu viel Gold verzierten Louis-XIV-Möbel, hingen die gleichen vorrevolutionären Ölschinken mit den gepuderten Adligen und den hochherrschaftlichen Jagdszenen. Er war durch das fast leere Restaurant geschlendert und hatte den einen oder anderen ihm noch von früher bekannten Kellner freundlich begrüßt und ein wenig in der Speisekarte geblättert. Auch hier schien alles beim Alten. Doch dann waren ihm gewisse Nachlässigkeiten aufgefallen.

Es waren Kleinigkeiten, welche die meisten Gäste nicht bemerken würden. Er sah, wie ein Kellner einen Dessertteller mit einer Eiskreation vorbeitrug. Am Rand des Tellers lief Soße herunter. Dann bestellte er ein Stück von Boudiers viel gerühmter tarte Tatin nouvelle. Sie schmeckte nicht wie früher – der Kuchen war sicherlich ordentlich, aber meilenweit von jenem Dessert entfernt, das der Gastrokritiker des »Figaro« vor zehn Jahren als »die bemerkenswerteste Neuerfindung eines französischen Dessertklassikers seit Auguste Escoffiers Reinterpretation des soufflé français à la vanille« bezeichnet hatte.

Bei seinem Gang zur Toilette sammelte Kieffer weitere Indizien dafür, dass Boudiers Equipe möglicherweise nicht mehr jene Präzision und Akkuratesse an den Tag legte, die für ein Sternerestaurant unabdingbar waren. Ihm fiel der Bezug eines Louis-XIV-Stuhls auf, der am Rand aufgeplatzt war. In der Nähe des Likörwagens wies der Teppich deutlich sichtbare Flecken auf. All das waren Kleinigkeiten, die das »Renard« jedoch einen Stern kosten konnten, wenn ein aufmerksamer Restauranttester sie bemerkte.

Kieffer dachte gerade über einen weiteren Pastis nach, als Boudier durch den Garten auf ihn zukam. Der Alte sah müde aus, zwang sich aber zu einem Lächeln. »Xavier, willkommen.« Boudier klopfte seinem Zögling auf die Schulter und ließ sich in einen der Gartenstühle fallen. Kaum hatte er sich gesetzt, begann er zu husten. Durch ein besticktes Taschentuch, das sich sein Mentor umgehend vor den Mund hielt, konnte Kieffer jenes bellende Hack-hack-hack vernehmen, das sich nach der sechsten oder siebten nicht auskurierten Erkältung einstellt.

»Alles in Ordnung, Paul? Soll ich meine Zigarette ausmachen?«

»Mon dieu, non, gib mir lieber eine. Tut mir leid, aber ich bin ein wenig überarbeitet. Mein Gott, war das eine Nacht! Ich brauche dringend Kaffee.« Boudier winkte einen der Kellner zu sich herüber und orderte Espresso. Kieffer beobachtete, wie Boudier nach seinen auf dem Tisch liegenden Ducal griff und sich mit fahrigen Handbewegungen eine Zigarette ansteckte.

»Wie geht es dir, Xavier?«

»Nicht übel, mein Restaurant läuft von Monat zu Monat besser.«

»Hmmm. Was kochst du so?«

»Heimische Klassiker. Gromperekichelcher, Judd mat Gaardebounen, solche Sachen.«

»Kartoffelpuffer und Kasseler mit Saubohnen? Himmel, Xavier, das ist doch meilenweit unter deiner Würde. Du bist etwas aus der Übung, klar – und auch aus dem Leim, wenn ich das sagen darf. Aber du könntest immer noch in jedem Pariser Einsterner einen Posten als Souschef bekommen, vielleicht sogar als Küchenchef. Ich kann dir sofort ein Empfehlungsschreiben ausstellen.« An dieser Stelle wurde Boudier von einem weiteren, krampfartigen Hustenanfall geschüttelt, worüber Kieffer nicht unglücklich war. Er hatte diesen Sermon bereits hundertmal gehört und war nicht besonders erpicht darauf, ihn nochmals vorgetragen zu bekommen. Deshalb wechselte er rasch das Thema.

»Sag mal, ist wirklich alles in Ordnung? Ich will mich nicht in deine Geschäfte einmischen – aber ich habe fleckige Teller gesehen und noch einige andere Sachen, die mir nicht optimal erscheinen.« Boudier schüttelte ärgerlich den Kopf. »Ach was, das ist nichts, das kommt wieder in Ordnung. Mein Maître d' hat gewechselt, vor drei Wochen, deshalb knirscht es ein wenig im Gebälk, nichts weiter. Es geht mir prächtig. Ich habe gerade ein paar Dinge festgezurrt, die uns die zwei Sterne auf sehr lange Zeit sichern werden.«

»Was denn?«

Boudier setzte ein selbstzufriedenes Grinsen auf und griff erneut nach Kieffers Zigaretten. »Du bist ja – leider, muss ich sagen – kein Konkurrent, deshalb kann ich es dir erzählen. Warte einen Moment.« Der Sternekoch beorderte einen der Kellner zu sich und flüsterte ihm etwas zu. Der Mann nickte und verschwand.

»Die Zeiten sind anders geworden, Xavier. Ganz anders! Mit raffinierten Wildgerichten oder der Reinterpretation einer Apfeltorte lockt man niemanden mehr hinter dem Ofen hervor. Die Leute sind übersättigt. Sie sehen den ganzen Tag diese Köche im Fernsehen, die Zeitschriften sind voll mit exotischen Rezepten. Und all die exklusiven Zutaten, wegen derer wir vor zehn Jahren noch durch halb Europa gekurvt sind, die kriegst du jetzt in jedem Supermarkt hinterhergeschmissen. Du musst deinen Gästen etwas ganz Neues bieten, etwas Einzigartiges. Und da gibt es nur zwei Wege. Der erste ist, das Essen so auseinanderzunehmen, dass du es nicht mehr wiedererkennst. So wie es dieser Laborant aus Spanien macht.«

»Du meinst Ramirez? Vom ›Perro Pastor‹?«

»Genau. Hast du von seinem aire de zanahoria gehört? Das ist Spanisch und bedeutet Karottenluft. Er nimmt Karottenpüree, jagt es durch eine Industriezentrifuge, quirlt es dann zu Tode und serviert seinen Gästen die Schaumbläschen.«

»Ja, großer Quatsch, wenn du mich fragst.«

»Eben nicht, du Luxemburger Bauernschädel. Diese Karottenluft – oder was auch immer sich der Hexer als Nächstes ausdenkt – ist etwas, was noch niemals zuvor irgendjemand gegessen hat. Genau darum geht's! Er hat begriffen, dass die Leute etwas völlig Neues wollen.«

In diesem Moment musste der füllige Boudier wieder heftig husten, was seinen Redefluss jäh unterbrach. Als er sich wieder etwas gefangen hatte, lehnte er sich nach vorne und sah Kieffer durchdringend an.

»Falls du kein Chemielabor in deinem Restaurant betreiben willst, gibt es aber noch eine zweite Möglichkeit. Sie ist ziemlich banal, aber wirkungsvoll.«

Kieffer sah Boudier interessiert an. »Natriumglutamat?«

»Wie immer gebricht es dir an Ernsthaftigkeit, Xavier«, erwiderte Boudier tadelnd. »Keine chemischen Geschmacksverstärker, jamais! Sondern Folgendes: Ich nehme Zutaten aus der Natur, die noch niemand vor mir benutzt hat.«

»Was ist daran so ungewöhnlich?«

»Eigentlich nichts. Schon Bocuse hat die Leute vor 20 Jahren zum Ausflippen gebracht, indem er seinen Schinken in frischem Heu kochte. Vergangenes Jahr habe ich eine kulinarische Tour durch Asien gemacht. Hongkong, Bangkok, Schanghai und so weiter. Dort habe ich Früchte und Gemüse gesehen, die du hier nicht mal auf dem Rungis findest, Xavier«, sagte Boudier in Anspielung auf Frankreichs riesigen Großmarkt, ein über 200 Hektar großes Gelände südlich von Paris. »Es war unglaublich.«

In diesem Moment kam der Kellner zurück und stellte vor dem chef de cuisine eine kleine, braun glänzende Pappschachtel ab, die aussah wie die Geschenkpackung einer Confiserie. Boudier öffnete sie und hielt Kieffer triumphierend eine grüne Frucht vor die Nase, die den Luxemburger entfernt an eine Sanduhr erinnerte. »Eine vietnamesische Min Xien, Xavier. Schon mal gesehen?«

»Nein, noch nie.« Kieffer nahm die Frucht in die Hand und begutachtete sie. Die Min Xien roch ein wenig nach Erdbeere, mit einem Hauch von Papaya. Sie fühlte sich sehr fest an, wie eine grüne Tomate. »Riecht nicht schlecht. Schmeckt sie denn gut?«

»In etwa wie unreife Schattenmorellen – ziemlich ungenießbar. Man muss sie entkernen, der Länge nach in dünne Scheiben schneiden und mit einem Berg von Zucker ankaramellisieren. Und dann mit hellem Port ablöschen, am besten mit einem süßlichen Colheita. Dann bekommst du ein halbwegs essbares Kompott zustande.«

Kieffer schnaufte ärgerlich. »Halbwegs essbar? Ist das dein Anspruch?«

»Mein Anspruch ist es, die Gäste zu begeistern, ferner die Tester und die Journaille. Und ein volles Reservierungsbuch ist mir ebenfalls wichtig, Xavier. Deshalb habe ich ein Geschäft ausgehandelt, um diese extravaganten Früchte regelmäßig zu bekommen. Und alle paar Monate bekomme ich neue Produkte, die so exotisch sind, dass du sie höchstens in einem halben Dutzend Restaurants auf der ganzen Welt bekommst. Das ist wahre Exklusivität.«

»Schon möglich. Aber ist es auch haute cuisine?«

»Ich sage ja. Du sagst nein. Spielt beides keine Rolle. Mal sehen, was die Gäste sagen.«

8

Der Anblick des vertrauten kleinen Waldwegs, der von der Rue des Alliés zum »Renard Noir« führte, riss Kieffer aus seinen Gedanken. Er bremste ab und lenkte den Wagen auf den Feldweg. Auf dem abschüssigen Pfad konnte er die trockenen Äste unter den Reifen der Limousine knacken hören. Langsam bewegte er sich auf das noch hinter den dicht stehenden Bäumen verborgene Restaurant zu. Als sich das Geäst nach einigen Hundert Metern lichtete und den Blick auf das Waldschlösschen freigab, stieg Kieffer unwillkürlich auf die Bremse, sodass der schwere Mercedes ein Stück den Kiesweg hinunterschlitterte. Das Giebelwerk des »Renard« bestand nur noch aus einigen verkohlten Balken. Die zerborstenen Fenster waren rußgeschwärzt. Das einst so imposante Gebäude erinnerte ihn an eine Karkasse, an einen ausgeschlachteten Kapaun, von dem verfressene Gäste nur ein paar Knochen und die angesengte Hülle übrig gelassen hatten.

Nachdem Kieffer einige Zeit still dagesessen und zwei Zigaretten geraucht hatte, stieg er aus und lief auf das Gebäude zu. Ein Blick durch eines der mannshohen Fenster im Erdgeschoss bestätigte den Eindruck, der sich aus der Ferne geboten hatte: Das »Renard Noir« musste lichterloh in Flammen gestanden haben. Das einstmals extravagante Interieur hatte sich in eine Ansammlung aus verkohlten Louis-Möbeln, zu Asche zerfallenen Wandbaldachinen und zerbrochenem, rußverschmiertem Porzellan verwandelt. Zwischen den von der Decke herabgestürzten Balken und Ziegelsteinen lagen Silberbesteck und zerborstene Kristallschwenker verstreut.

Vor der Eingangstür bemerkte Kieffer einen gelben Plastikstreifen mit der Aufschrift »Police technique et scientifique – zone interdite«. Er ging um das Haus herum, um den Garten in Augenschein zu nehmen. Die Terrasse und der Anleger schienen unversehrt – abgesehen von einer Schicht aus Asche und Rußflocken, welche die weißen Gartengarnituren und die rosafarbenen Sonnenschirme zentimeterdick bedeckte. Es war sehr still.

Er entfernte das schmutzig feuchte Polster von einem der Stühle und setzte sich unter einen Gartenschirm. Ein Restaurantbrand war nichts Außergewöhnliches. Und wenn es sich um ein so abgelegenes Haus wie das »Renard« handelte, dann konnte man davon ausgehen, dass die Feuerwehr viel zu spät eintreffen würde. Nachdem er eine weitere Zigarette geraucht hatte, ging er erneut um das Gebäude herum und spähte durch die ausgebrannten Fenster. Er dachte nach. Trotzdem würde es eine Weile dauern, bis ein Gebäude dieser Größe lichterloh in Flammen stand und das Dach einstürzte. Das galt umso mehr für ein Bauwerk mit soliden Steinmauern. Das »Renard« musste also eine ganze Zeit gebrannt haben, ohne dass jemand versucht hatte zu löschen. Das wiederum setzte voraus, dass der Brand zu einer Zeit ausgebrochen war, als sich niemand im Restaurant befand, was eigentlich nur zwischen halb drei nachts und sieben Uhr morgens der Fall gewesen sein konnte.

Inzwischen hatte es angefangen zu regnen. Kieffer beschloss, in das etwas weiter südlich gelegene Saint-Martin-aux-Champs zu fahren. Dort hatte Boudier seine Wohnung. Als er die Auffahrt in Richtung seines Wagens hinaufschritt, kamen ihm ein Mann und eine Frau entgegen. Beide trugen dunkelblaue Windjacken mit einem weißen Querstreifen, die sie als Polizisten auswiesen. Sie kamen rasch auf ihn zu. »Guten Morgen, Monsieur, dies ist ein abgesperrter Tatort«, sagte die Frau und musterte den inzwischen bereits durchnässten Kieffer misstrauisch. »Ist das Ihr Fahrzeug?«

»Das ist ein Leihwagen. Ich bin mit Paul Boudier befreundet, dem Besitzer dieses Restaurants. Was ist hier passiert?« Statt ihm eine Antwort zu geben, sagte der Polizist, ein grau melierter Mann Mitte vierzig: »Das mit dem Auto haben wir schon überprüft. Ihren Ausweis würden wir trotzdem gerne sehen.«

»Können Sie. Aber ich würde ungern länger im Regen stehen.«

Der Polizist nickte und bedeutete Kieffer, ihm zu folgen. Kurz darauf saßen sie in einem Polizeibus. Während die Polizistin Kieffers Personalausweis und Führerschein studierte, erklärte ihr Kollege: »Ich bin Commissaire Pierre Vascaud, Police Judiciaire. Das Restaurant Ihres Freundes ist abgebrannt, in der späten Nacht auf Dienstag, so gegen vier Uhr morgens.«

Das war vor vier Tagen gewesen; am Dienstagabend hatte Ricard Kieffers Restaurant besucht. »Es wurde völlig zerstört«, fuhr der Kommissar fort, »die Feuerwehr konnte nur noch verhindern, dass der umliegende Wald in Flammen aufgeht.«

»Ist denn jemand zu Schaden gekommen, Commissaire?«

»Die Spurensicherung hat keine Leichen gefunden. Aber das heißt nichts. Manchmal findet man Opfer erst später, wenn der Schutt beiseitegeräumt wird.«

»Um diese Zeit war mit ziemlicher Sicherheit niemand im Restaurant.«

»Wieso nicht? Wie kommen Sie darauf?«

»Ich habe sieben Jahre dort gearbeitet.«

»Interessant. Wann war das?«

»1986 bis 1993. Erst als Lehrling, dann als Postenchef.«

»Das heißt, Sie kannten Monsieur Boudier sehr gut, ja? Dann können Sie uns sicherlich einen Hinweis geben, wo er sich aufhalten könnte?«

Kieffer schüttelte den Kopf.

»Er ist nämlich seit der Brandnacht verschwunden, und wenn es stimmt, was Sie sagen, dann können wir mit ziemlicher Sicherheit ausschließen, dass er bei dem Feuer zu Tode gekommen ist.«

»Früher hatte er eine Wohnung, südlich von hier, in …«

»Da waren wir bereits«, schnitt ihm Vascaud das Wort ab. »Und dort ist er nicht. Es sieht so aus, als hätte sich Ihr Freund, der Sternekoch, in der Nacht auf Dienstag aus dem Staub gemacht. Deshalb meine Frage an Sie, Monsieur Kieffer, der Sie nach eigenen Angaben doch ein enger Weggefährte von Maître Boudier sind: Wohin könnte er geflohen sein? Ins Ausland? Oder hat er vielleicht ein Häuschen, irgendwo à la campagne?«

»Geflohen? Sie meinen …«

»… dass er den Brand gelegt hat? Vieles spricht dafür.«

»Das ist doch absurd. Wieso sollte einer von Frankreichs angesehensten Köchen sein eigenes Restaurant abfackeln?«

Vascaud schaute auf seinen Karoblock, den er während des Verhörs mit Kringeln und Quadraten zu füllen begonnen hatte. »So etwas passiert öfter, als Sie vielleicht denken. Und wenn er das Feuer nicht gelegt hat, warum ist er dann verschwunden?«

Kieffer schüttelte den Kopf. »Commissaire, Ihre Theorie leuchtet mir nicht ein. Die logischste Begründung ist doch wohl, dass Paul Boudier selbst das Opfer eines Verbrechens geworden ist.« In dem Moment, in dem er den Satz ausgesprochen hatte, verfluchte der Luxemburger sich innerlich. Bisher hatten die beiden Polizisten offenbar keine Ahnung, warum er wirklich hier weilte – und dass er Zeuge des Mordes an einem Gastrokritiker war, der wenige Stunden vor dem Brand im »Renard« gespeist hatte.

Vascaud hatte ihn provoziert und aus der Reserve gelockt. Der Polizist lächelte. »Das müssen Sie mir jetzt aber schon genauer erklären, Monsieur Kieffer. Wer könnte es denn auf Boudier abgesehen haben?«

»Ich weiß es nicht, Commissaire. Spitzenküche ist ein harter Wettbewerb. Da gibt es dauernd Anfeindungen und Eitelkeiten. Postenköche und Servicekräfte werden von den Chefs häufig wie Leibeigene behandelt. Insofern ist es denkbar, dass jemand einen Groll gegen ihn hegte.«

»Wie war Boudier denn als Chef?«

Kieffer missfiel es, dass der PJ-Mann von seinem Ziehvater bereits in der Vergangenheitsform sprach. »Er ist ein Autokrat. Niemand, der Widerspruch duldet.«

»Hat er Sie schlecht behandelt?«

»Manchmal, ja, aber ich hatte keinen Grund, ihm etwas anzutun. Das ist schließlich über 15 Jahre her. Und außerdem bin ich lange genug im Geschäft, um zu wissen, dass es gar nicht anders geht. Auf solch hohem Niveau zu kochen, jeden Abend – dafür sind Disziplin und klare Befehlsstrukturen unerlässlich.«

Das schien dem Mann von der Staatspolizei einzuleuchten. »Nun gut, Monsieur Kieffer. Sie können jetzt gehen. Es wäre jedoch sehr freundlich, wenn Sie uns eine Nummer hinterlassen würden, unter der wir Sie erreichen können.«

Kieffer gab dem Kommissar seine Handynummer und ging zurück zum Auto. Nachdem er die Nationalstraße erreicht hatte, war sein erster Impuls, mit dem Mietwagen direkt zurück nach Luxemburg zu fahren. Das war zwar ein teurer Spaß, aber er wollte nach Hause. Stattdessen bog er nach rechts ab, Richtung Saint-Martin-aux-Champs, wo Boudier wohnte. Gewohnt hatte. War Paul tot? Untergetaucht? Hatte er etwas mit dem Mord an Ricard zu tun? Oder war er selbst einem Verbrechen zum Opfer gefallen?

Kurz vor der Ortschaft hielt Kieffer an einem kleinen Landgasthof, der etwas versteckt abseits der Straße lag. Dort aß er eine Kleinigkeit, obzwar er keinen echten Hunger verspürte. Dabei beobachtete er vom Restaurant aus den Zufahrtsweg. Es war durchaus denkbar, dass die Polizei ihm folgte. Und was er als Nächstes vorhatte, erforderte Diskretion.

9

Kieffer saß in dem Zimmer, das er kurz entschlossen in dem Landgasthof gemietet hatte, und sah aus dem Fenster. Es hatte sich eingeregnet und die Maisfelder verschwanden hinter grauen Schlieren. »Hat Boudier vielleicht ein Haus à la campagne?«, hatte Vascaud ihn gefragt – und es war Kieffer in jenem Moment nicht leichtgefallen, ruhig zu bleiben.

Boudier hatte tatsächlich früher einmal ein Landhaus im Luberon besessen, das nach seiner Scheidung vor einigen Jahren aber an Madame Boudier gefallen war. Seitdem hatte Kieffers Mentor keine Zweitwohnung mehr gehabt – wohl aber eine Art Geheimversteck. In Saint Martin hatte Boudier vor langer Zeit ein kleines Bistro betrieben, bevor er vor über 20 Jahren das »Renard« eröffnete. Schankraum und Esszimmer des Bistros wurden seitdem nicht mehr genutzt, und offiziell galt das Lokal als leer stehend. In Wahrheit benutzte Boudier die Küche des Etablissements aber weiterhin als Kochlabor.

Wie viele Spitzenköche ließ sich Paul Boudier bei seinen Experimenten ungern in die Töpfe schauen; niemals hätte er, wie Kieffer wusste, eine neue Idee in der Küche seines Waldschlösschens ausprobiert, wo nie Ruhe herrschte und ihm stets ein halbes Dutzend neugieriger Postenköche über die Schulter schaute, nur darauf aus, die jüngste Kreation des Großmeisters zu kopieren und gegen einen Judaslohn an die Konkurrenz zu verschachern. Zumindest glaubte Boudier, dass dies der Fall war. Deshalb hatte er sein Bistro, ein sanctum sanctorum, dessen Existenz er geheim hielt.

Dort wollte Kieffer sich heute Abend ein wenig umsehen. Der Kommissar hatte das Bistro nicht erwähnt, und Kieffer war sich ziemlich sicher, dass es außer ihm nur ganz wenige Menschen gab, die von Boudiers kleinem Küchenlabor wussten. Als ehemaliger Postenchef des »Renard« hatte er Kenntnis von dem Bistro gehabt; er schätzte, dass bestenfalls noch zwei oder drei Lieferanten ahnten, dass Boudier dort arbeitete, und vielleicht noch der aktuelle Souschef. Oder vielleicht auch nicht.

Kieffer erinnerte sich an die seltsame vietnamesische Frucht und an Boudiers Heimlichtuerei bei ihrem letzten Treffen. Der Alte war in den vergangenen Jahren immer paranoider und verschlossener geworden.

Gegen 23 Uhr verließ Kieffer sein Zimmer und fuhr in Richtung Saint Martin. Der Regen hatte inzwischen aufgehört. Kieffer parkte hinter der Dorfkapelle und ging den etwa einen halben Kilometer langen Weg bis zu seinem Ziel zu Fuß. Er wollte auf Nummer sicher gehen – wenn sich ein neugieriger Einheimischer das Kennzeichen des Mercedes notierte, könnte er später Ärger bekommen.

Kieffer begegnete keiner Menschenseele. Das winzige Dörfchen war bereits geschlossen zu Bett gegangen. Er erreichte das Bistro. Die Fenster waren mit Holzplatten verrammelt, die Tür mit einer schweren Eisenkette verschlossen. Über dem Eingang stand auf einem dunkelgrünen Holzschild in kaum noch lesbaren blattgoldenen Lettern: »La Tanière du Renard«. Der Fuchsbau.

Kieffer vergewisserte sich, dass die Straße wirklich menschenleer war, und ging dann um das Haus herum. Die Hintertür war erwartungsgemäß verschlossen. Er zündete ein Streichholz an und musterte den Boden links von der Tür, bis er fand, wonach er suchte. Verborgen unter einigen Gartengeräten, einer Schubkarre und etwas Laub befand sich eine Falltür, über die man Vorräte in den Kellerraum schaffen konnte.

Kieffer räumte das Gerümpel so leise wie möglich beiseite und stieg hinab in den dunklen Keller. Er verfluchte sich, weil er keine Taschenlampe mitgenommen hatte. Im Untergeschoss roch es feucht und muffig, Spinnweben streiften seine Wange. Er entzündete ein weiteres Streichholz. Neben allerlei Gerümpel sah er mehrere verstaubte Holzkisten mit der Aufschrift »Chateau Figeac« – Wein aus Bordeaux.

Das Streichholz begann zu flackern. Rasch wandte Kieffer sich nach rechts, wo sich nach seiner Erinnerung der Aufgang ins Erdgeschoss befinden musste. Mithilfe seiner letzten beiden Zündhölzer schaffte er es bis in den Gastraum. Hinter der Bar fand Kieffer Kerzen. Er zündete eine an und klebte sie mit etwas flüssigem Wachs auf den zinc, den verzinkten Tresen.

Der Schankraum wies die schnörkellose Standardausstattung eines ländlichen Bistros auf. Acht rechteckige Tische mit schiefergrünen Resopalplatten standen im Raum verteilt, die abgenutzten Holzstühle waren kopfüber darauf platziert. An der Wand hingen zwei Emailletafeln. Die eine bewarb einen Pastis der Marke Pernod, die andere war eine alte Tabakwerbung und verkündete: »Je ne fume que les Gitanes.« Die bernsteinfarbenen Wände dokumentierten, dass die Gäste des Lokals zu ihren petit noirs und Aperitifs über die Jahre hinweg die Ernte einer ganzen Tabakplantage hatten in Rauch aufgehen lassen.

Kieffer öffnete alle Schubladen unter dem Tresen und durchwühlte danach den kleinen Vorratsraum, der sich hinter dem zinc befand. Dort stapelten sich Putzmittel und abgelaufene Konserven. Er fand nichts Interessantes, abgesehen von einer Stange Gitanes, die noch recht neu aussah und nicht wie alles andere mit Staub bedeckt war. Boudiers Marke.

Kieffer nahm sich eine Zigarette, griff nach der Kerze und ging zu der Treppe, die ins Obergeschoss führte. Er hatte eigentlich auch nicht erwartet, im Erdgeschoss etwas zu finden, was ihm weiterhalf. Er wollte lediglich sichergehen, dass er nichts übersah. Wenn Boudier in letzter Zeit im Fuchsbau gewesen sein sollte, dann hatte er zweifelsohne die meiste Zeit in seiner Experimentalküche im ersten Stock verbracht. Wenn es hier irgendwo einen Hinweis auf das Verschwinden seines Ziehvaters gäbe, dann vermutlich dort.

Als er die Treppe emporstieg, zählte er im Kopf die Stufen mit. Auf der achten hielt er inne, bückte sich und fuhr mit dem Zeigefinger unter den abgewetzten Treppenläufer. Kieffer atmete erleichtert auf, als er den Sicherheitsschlüssel ertastete, der früher stets dort gelegen hatte und immer noch an seinem Platz war. Ohne den Schlüssel wäre der weitere Weg schwierig geworden.

Am Kopf der Treppe befand sich eine Brandschutztür mit einem Sicherheitsschloss. Kieffer stellte seine Kerze auf einem der Treppenpfosten ab und schloss auf. Quietschend öffnete sich die Tür. Sobald er eingetreten war und sie wieder geschlossen hatte, drückte er auf den Lichtschalter. Im Schankraum hatte er sich nicht getraut, die Lampen einzuschalten, weil man dies von draußen unter Umständen hätte sehen können. Hier oben, in der, wie er wusste, völlig fensterlosen Küche, war diese Vorsichtsmaßnahme überflüssig.

Kieffer kniff die Augen zusammen, als das Neonlicht brutal aufflammte, und wartete, bis er sich halbwegs an die gleißende Helligkeit gewöhnt hatte. Die etwa 25 Quadratmeter große Küche des »Tanière du Renard« bestand aus einer Kochzeile in der Mitte und einer den ganzen Raum umlaufenden Anrichte mit mehreren Waschbecken und zahlreichen Schränken. Wer das schäbige Bistro von außen sah, würde nie vermuten, dass sich im Inneren eine dermaßen gut ausgestattete Küche verbarg.

Boudier hatte mehrfach neue Geräte einbauen lassen, nichts Extravagantes, aber alles solide. Von einem Induktionsherd über mehrere Öfen bis zu einem Salamander und diversen Grills war alles vorhanden, was ein Profikoch benötigte. Kieffer ging im Uhrzeigersinn an der Wand entlang und schaute in alle Schränke. Er konnte nichts Ungewöhnliches entdecken. Die Edelstahloberflächen waren blitzblank, nur der Küchenboden klebte ein wenig. Als er am Kopfende des Raums angekommen war, fiel sein Blick auf den Herd und die Arbeitsplatte in der Mitte des Raums.

Hier hatte vor nicht allzu langer Zeit jemand gekocht. Auf dem Herd standen zwei Töpfe und eine Pfanne, einige Messer und ein Stapel karierter torchons aus Leinen lagen daneben. Was jedoch mehr als alles andere Kieffers Aufmerksamkeit auf sich zog, war die mise en place. Sie war unverkennbar Boudiers, und es hätte genauso gut seine eigene sein können: Die chiffonade stand ganz unten rechts, damit man sie mit einem lockeren Schwung über den links abgestellten Teller werfen konnte; der Noilly Prat stand zwischen Weiß- und Rotwein – alles war immer noch exakt so angeordnet, wie Kieffer es aus seiner Lehrzeit kannte.

Wann war Boudier hier gewesen? Anhand des Zustands der Zutaten musste sich das relativ leicht feststellen lassen. Kieffer machte einen Schritt auf den Posten zu, als es hinter ihm laut und vernehmlich knackte. Das Geräusch hatte metallisch geklungen und war wohl von außen hereingedrungen. Plötzlich hörte er Türquietschen. Die Hintertür. Jemand musste das rostige Schloss aufgebrochen haben.

Kieffer rannte zur Küchentür und presste sein Ohr gegen das Metall. Er meinte, Schritte zu hören. Schnell löschte er das Licht; möglicherweise konnte man den hellen Schein durch den Türspalt sehen.

»Lass uns zuerst oben nachsehen.«

»Gilbert, du bist ein Idiot. Immer erst das Erdgeschoss sichern. Ich dachte, du warst mal bei den Legionären, was haben die euch da eigentlich beigebr…«

»Ist ja gut, du hast recht. Aber hier unten ist bestimmt nichts.«

Kieffer spürte, wie sich seine Beine in Gelee verwandelten. Es gab nur einen Ausgang aus der Küche – und er hatte den Schlüssel außen stecken lassen. Er musste die Tür folglich öffnen, um von innen abschließen zu können. Er hatte die Klinke bereits heruntergedrückt, als er sich an das hässliche Quietschen erinnerte, das die metallenen Scharniere vorhin von sich gegeben hatten. Er ließ die Klinke wieder los, rannte zu Boudiers mise en place und tastete im Dunkeln nach den Flaschen. Erste Flasche – Riesling. Zweite – Wermut. Dritte – Côtes du Rhône. Vierte – vierge extra. Er griff nach dem Olivenöl und ging zurück zur Tür. Rasch kippte er aus der metallenen Tülle etwas davon über das obere Scharnier, dann über das untere. Es musste einfach klappen.

Als er die Tür einen Spalt öffnete, ächzten die Scharniere trotz der Behandlung mit dem provenzalischen Olivenöl leicht, doch die beiden Männer im Erdgeschoss schienen nichts davon mitzubekommen. Rasch nahm er den Schlüssel an sich, schloss die Tür wieder, sperrte sie von innen zu und zog den Schlüssel ab. Schwer atmend stand Kieffer hinter der Küchentür und überlegte, ob er sich irgendwo verstecken könnte. Vielleicht gelänge es ihm, sich in einen der Schränke zu zwängen? Kein gutes Versteck. Irgendwie hatte er eine Ahnung, dass die beiden Männer im Erdgeschoss keine normalen Einbrecher waren. Sie würden das ganze Haus systematisch auseinandernehmen und in jeden Schrank, in jede Schublade schauen. Er saß in der Falle.

Kieffer wischte sich den Schweiß von der Stirn. Nachdem er einige Minuten in der stockfinsteren Küche herumgetapst war, fand er ein Feuerzeug, mit dem er seine Kerze wieder anzünden konnte. Die Deckenbeleuchtung ließ er vorsichtshalber ausgeschaltet. Dass man den fahlen Schein der Kerze draußen nicht wahrnehmen würde, dessen war sich Kieffer relativ sicher. Und selbst wenn – er hatte ohnehin keine Wahl. Wenn er noch länger im

Dunkeln herumsaß, würde er hier auf keinen Fall rauskommen.

Plötzlich hörte er ein Knarren. Die Treppe ächzte unter den Schritten der beiden Männer. Kieffer löschte nun doch die Kerze. Kurz darauf hörte er, wie jemand die Klinke betätigte. Unter der Tür schien Licht hindurch.

»Sie ist verschlossen.«

»Tritt sie halt ein.«

»Vergiss es, das ist eine Brandschutztür. Hol das Stemmeisen. Ich warte hier.«

»Verdammt, Gilbert. Jeder Pfadfinder kann das besser. Ich hole das Eisen, du gehst nach unten und sicherst.«

»Reg dich ab. Das ist ein Scheißbauernhaus, nicht der verdammte Kongo!«

»Das war ein Befehl, Gilbert«, zischte die andere Stimme. »Wenn du nicht augenblicklich …«

»Jawohl, Chef.«

Kieffer hörte die beiden Männer die Treppe wieder hinuntersteigen. Ihm blieben vielleicht zwei, drei Minuten. Er entzündete erneut seine Kerze und ging auf den Herd zu. Theoretisch musste es möglich sein, durch den Dunstabzug auf das Dach zu gelangen. Der Abzug befand sich mittig über der Küchenzeile. Hier liefen vier kleinere Abzugsrohre zusammen und vereinten sich zu einem etwa einen Meter messenden, quadratischen Schacht, der senkrecht nach oben führte. Er hatte als Lehrling mehrfach den unteren Teil solcher Ventilationsschächte säubern müssen und wusste, dass es darin in der Regel eine kleine Stiege gab, über die man weiter nach oben gelangen konnte.

Als er auf den Herd kletterte, fiel sein Blick nochmals auf die mise en place. Kieffer stutzte. Im blassen Schein des Kerzenlichts nahm er lediglich die Umrisse der Schalen und Schüsseln wahr, doch irgendetwas veranlasste ihn, nochmals zu Boudiers Posten zurückzugehen. Dort standen zwölf Edelstahlbehälter und sieben Tupperboxen.

Sieben. Nicht sechs.

Er hörte Schritte. Kieffer öffnete die Schublade des Kühlfachs, das unter dem Arbeitsplatz angebracht war.

Neun Fondboxen. Nicht acht.

Nun fiel ihm auf, dass eine der Tupperschüsseln sowie ein Fondbehälter mit Deckeln in einer anderen Farbe verschlossen waren. Sie gehörten eindeutig nicht zu Boudiers mise en place.

Sie kamen die Treppe herauf. Kieffer griff nach dem andersfarbigen Fondbehälter sowie der Tupperbox, kletterte keuchend auf den Herd und löste die Flügelschrauben des Abzugsgitters. Er hörte, wie sich die Männer an der Küchentür zu schaffen machten. Kieffer öffnete die Luke und löschte die Kerze. Dunkelheit umfing ihn.

10

Schweißgebadet und am ganzen Körper zitternd öffnete Kieffer die Tür seines Pensionszimmers. Er fiel mehr über die Türschwelle, als dass er hinüberschritt, und er musste sich an der Kommode festhalten, so sehr taumelte er. Nachdem er sich aufs Bett gesetzt und eine Zigarette geraucht hatte, fühlte er sich etwas ruhiger. Erst jetzt wurde er der Erscheinung gewahr, die ihn aus dem großen Ankleidespiegel gegenüber dem Bett anglotzte.

War das wirklich er? Er sah aus wie einer jener weißen Schauspieler aus alten amerikanischen Stummfilmen, die einen Schwarzen mimten. Das Gesicht und die Hände waren mit einer zähen, melasseartigen Substanz bedeckt – jener Mischung aus Ruß, Öl und verbrannten Fetten, die sich nach Jahrzehnten täglichen Kochens in einem Küchenabzug ansammelt. Die schulterlangen blonden Haare waren verklebt, seine Sachen hatten die gleiche braun-schwärzliche Färbung wie sein Gesicht. Er befürchtete, dass die cremefarbenen Sitzbezüge seines Leihwagens nicht viel besser aussahen.

Während Kieffer ausgiebig duschte, dachte er nach. Sollte er die Polizei rufen? Er entschied sich dagegen.

Weder wollte er den Beamten erklären, warum er in Boudiers Allerheiligstes eingebrochen war, noch konnte er die Geschichte mit den bewaffneten Häschern beweisen. Wessen Leute waren das gewesen? Hatten sie Boudier gesucht? Ein wagemutigerer Mensch als er hätte nach der Flucht durch den Kamin auf dem Dach ausgeharrt, hätte sich das Autokennzeichen der Männer notiert, hätte sich gemerkt, wie sie aussahen. Kieffer hingegen war hastig die Regenrinne hinabgeklettert und gerannt, so schnell er konnte, den ganzen Weg bis zu seinem Auto, um dann mit stark überhöhter Geschwindigkeit die dunkle Route Nationale entlangzubrausen.

Es musste nun etwa vier Uhr morgens sein. Kieffer war begierig darauf, die beiden Boxen in Augenschein zu nehmen, die er aus dem Fuchsbau hatte mitgehen lassen. War Boudier wegen ihres Inhalts etwas zugestoßen? Er würde das Zeug untersuchen, aber dazu benötigte er eine Küche. Seine Küche. Kieffer legte eine Notiz auf den Nachttisch, in der er dem Besitzer der Pension seine überhastete Abreise mit einer dringlichen familiären Angelegenheit erklärte. Unter den Zettel legte er einen 100-Euro-Schein.

Dann ging er vors Haus, warf seine Tasche auf die Rückbank des Mercedes und fuhr los. An der ersten Nachttankstelle kaufte er eine Kühltasche und zwei Beutel Eis. Kieffer wusste nicht, wie lange sich Boudiers mysteriöse Zutaten bereits in der Küche des Fuchsbaus befunden hatten. Doch er bezweifelte, dass sie bei Zimmertemperatur allzu lange haltbar waren.

Nachdem er die Eiswürfel in die Kühltasche gefüllt hatte, warf er einen Blick auf die kleinen Boxen. In dem Blechgefäß aus der Fondsschublade befand sich ein gelblicher Brei, der ihn entfernt an Crème brûlée erinnerte. Die Masse war in der Schublade die ganze Zeit gekühlt worden und sah noch recht ansehnlich aus. Kieffer öffnete die Tupperdose. Darin lag etwas, das auf den ersten Blick wie in kleine Würfel geschnittene Mango aussah. Der Inhalt befand sich in einem deutlich schlechteren Zustand, da die Box bei Zimmertemperatur auf der Anrichte gestanden hatte. Unter den Würfelchen lagen einige größere Stücke, die noch in etwas besserer Verfassung zu sein schienen. Kieffer verschloss beide Behälter, legte sie auf das Eis und versiegelte die Kühltasche. Dann stieg er wieder in den Mercedes. Bis Luxemburg-Stadt waren es rund 200 Kilometer. Die Straße war noch wie leer gefegt, und Kieffer schaffte die Strecke in 90 Minuten. Kurz nach sechs schloss er die Tür des »Deux Eglises« auf, stieg die Küchentreppe hinauf und machte sich an die Arbeit.

11

Vatanen schaute ihn erstaunt an, als er gegen Mittag Kieffers Restaurant betrat. »Es kommt nicht oft vor, dass du mich zum Lunch in deinem Restaurant einlädst. Eigentlich nie. Was ist der Anlass? Feierst du deinen Freispruch? Oder hat dir der Gabin einen Stern verliehen?«

Kieffer schüttelte den Kopf. »Weder noch – ich war bei Boudier, Pekka.«

»Das ist der Sternekoch, bei dem du gelernt hast, richtig? Der tyrannische Franzose?«

»Genau. Ihm ist möglicherweise etwas zugestoßen, genau wie Ricard. Ich weiß nicht, ob Boudier noch am Leben ist. Und ich glaube, dass die ganze Geschichte hiermit zu tun hat.«

Kieffer deutete auf einen Tisch, der für zwei Personen eingedeckt war. Der Restaurantbesitzer hatte bereits eine Flasche Pinot Noir dekantiert – Coteaux de Schengen, 1995, einen von Vatanens Lieblingsweinen. In der Mitte des Tisches stand eine Suppenterrine.

»Wir haben den Laden ganz für uns«, erklärte Kieffer. »Ich hatte die Polizei auf dem Anrufbeantworter. Erst ab Donnerstag darf ich wieder öffnen.«

»Was gibt es denn?«, fragte Vatanen und musterte voller Argwohn die Terrine. »Doch nicht etwa diese fettige Luxemburger Bohnensuppe?«

»Sie heißt Bouneschlupp, ist eine Delikatesse – und sie als fettig zu bezeichnen, ist eine Frechheit. Nein, das hier ist eine Gemüsecreme. Setz dich, den Hauptgang bringe ich später.«

Vatanen tat, wie ihm geheißen, und griff zum Dekanter. »Dieser Spätburgunder kommt mir äußerst gelegen. Ich habe nämlich nachher eine Telefonkonferenz mit der GD 4.« Als er merkte, dass Kieffer ihn verständnislos anschaute, fügte er hinzu: »Europäische Kommission, Generaldirektion Landwirtschaft, Abteilung C5. Die befassen sich mit der Normierung von Nüssen, heute geht es um Erdbeeren. Da muss vermutlich nachnormiert werden.«

»Wieso das?«

»Stichproben in Supermärkten haben eine unerfreulich hohe Varianz beim Umfang des erweiterten Blütenbodens, vulgo Fruchtfleisch, zutage gefördert. Das geht natürlich nicht.«

»Warum nicht?«, wandte Kieffer ein. »Schmecken die Beeren dann nicht?«

»Die Erdbeeren schmecken bestimmt vorzüglich, aber darum geht es ja nicht. Wo kommen wir hin, wenn jeder Bauerntölpel in Spanien oder Holland einfach Früchtchen mit x-beliebigem Durchmesser produziert? Dafür gibt's schließlich europäische Richtlinien. Nun muss entschieden werden, ob man die fraglichen Länder verwarnt, oder ob man stattdessen laxere Normierungen des Erdbeerumfangs festschreibt. Politisch eine recht heikle Frage.«

»Aber wenn es um Erdbeeren geht – was genau hat dann eure Nussknacker-Abteilung damit zu schaffen?«

»Man merkt, dass du keine Ahnung von Karpologie hast. Erdbeeren sind Scheinbeeren, eigentlich handelt es sich um Nüsse, botanisch betrachtet. Aber was ich eigentlich sagen wollte: Der chef d'unité, also gewissermaßen die Obernuss, ist ein griechischer Olivenbauer – niemand weiß, wie er an den Posten gekommen ist. Er spricht fast kein Englisch und weiß überhaupt nichts über Erdbeeren oder gar von supranationaler Gesetzgebung. Das wird ihn jedoch nicht davon abhalten, nachher mehrere Stunden lang auf uns einzureden. Der Spätburgunder macht mir diese Aussicht deutlich erträglicher. Aber jetzt Schluss mit diesem Brüsseler Ausschuss-Quatsch. Erzähl von Boudier. Ich fange unterdessen schon mal an zu essen, sonst wird unsere Suppe kalt.«

»Sie ist schon kalt. Es ist Vichyssoise.«

»Wie überaus praktisch. Dann kann sie ja warten.«

Kieffer erzählte seinem Freund im Schnelldurchlauf, was er erfahren hatte. Er berichtete von der reizenden Madame Gabin und davon, dass der Restaurantkritiker Ricard vor seinem Hinschied im »Deux Eglises« zuletzt in Boudiers Restaurant gesichtet worden war. Er erzählte von dem abgebrannten »Renard Noir«, dem Einbruch im Fuchsbau und seiner überhasteten Rückreise.

»Interessant, mein Lieber. Ob dir diese ganze Aufregung bekommt, steht allerdings auf einem anderen Blatt. Ich vermute eher nicht. Du siehst fürchterlich aus.«

»Vielen Dank, Pekka.«

»Und trotzdem bist du, wenn ich das richtig sehe, nicht viel schlauer als vorher, hast aber zwei mysteriöse Tupperdosen erbeutet. Was war da drin?«

»Eine Art Frucht. Es ist schwer zu erklären … nimm dir von der Suppe, dann wirst du es verstehen.«

Vatanen füllte etwas von der cremigen weißlichen Suppe in seinen Teller und probierte. Der Finne schmatzte vernehmlich. Kieffer wusste sofort, dass es sich nicht um einen Ausdruck des Genusses handelte, sondern um einen Höflichkeitsschmatzer. »Köstlich, Xavier. Also, wenn man kalte Suppen mag, meine ich. Gazpacho ist mir allerdings lieber, die schmeckt fruchtiger. Das hier ist mir persönlich einen Tick zu sämig.«

»Du findest sie grauenhaft.«

»Stark verkürzt gesagt: ja.«

Kieffer griff nach einem silbernen Töpfchen, das auf dem Tisch stand, und nahm den Deckel ab. Darunter verbarg sich ein dunkelbraunes Etwas von der Größe eines Golfballs.

»Was ist das? Ein Trüffel?«

»So was Ähnliches.« Kieffer ging um den Tisch herum und hobelte Vatanen mit einer kleinen Trüffelreibe hauchdünne Flocken der braunen Substanz auf die Suppe. »Jetzt kannst du noch mal probieren.«

Gespannt beobachtete Kieffer Vatanens Gesicht, als der Finne mit zweifelnder Miene den Löffel in seinen Mund schob. Zunächst weiteten sich seine Augen vor Überraschung. Dann entglitten ihm die Gesichtszüge – sein Mund öffnete sich leicht, seine Unterlippe zitterte.

»Sataan Helvetti! Das ist … was ist das?«

»Ich habe keine Ahnung, Pekka. Ich nehme stark an, dass es eine Frucht ist, in der Tupperbox waren sechs faustgroße Stücke. Sie sind gelb und leicht faserig, irgendwo zwischen Mango und Ananas. In dem Fondbehälter war ein gelber Brei. Textur und Geschmack nach zu schließen, ist er wahrscheinlich aus den Früchten in der Box hergestellt worden.

»Kann ich das Zeug mal sehen?«

»Sicher, komm mit in die Küche.« Beim Aufstehen bemerkte Kieffer, dass Vatanens Teller komplett leer war.

»So ist es mir bei den ersten zwei Tellern auch ergangen.«

»Was?«

»Du hast die Suppe heruntergestürzt wie in Trance. Ist dir das nicht aufgefallen?«

»Nein, Xavier, ich … eigentlich mag ich keine Vichyssoise. Das ist die erste Suppe, die mir unheimlich ist.«

Kurz darauf schaute sich Vatanen in Kieffers Küche die mysteriöse Frucht an. »Ich mache seit 15 Jahren EU-Agrarpolitik und war auch schon in Südamerika und Asien unterwegs, aber ich habe diese Frucht noch nie gesehen. Hast du davon keine ganze?«

»Nein, nur das, was bei Boudier herumlag. Vielleicht war im Mülleimer die Schale, daran habe ich angesichts der Schläger vor der Tür leider nicht gedacht. Aber jetzt ist sie bestimmt weg. Ich würde wetten, die Typen haben alles mitgenommen.«

Vatanen sah sich missbilligend in der Küche um. Alle Arbeitsflächen waren mit Küchenutensilien wie Messern, Pürierstäben und Mandolinen bedeckt, überall standen dreckige Schüsseln.

»Ich denke, du hast noch zu? Sag mal, Xavier, seit wann werkelst du hier herum?«

»Seit gestern früh. Ich koche seit gestern früh. Ich habe fast überhaupt nicht geschlafen.« Kieffer griff den einzigen Schemel, den es in der Küche gab, und setzte sich. »Ich habe alles mit dieser Frucht gemacht, Pekka.

Ich habe sie gekocht, frittiert, mariniert – in Pasteten gebacken, als Schäumchen zubereitet, für Sorbet geeist.«

Kieffer vergrub sein Gesicht in den Händen. Er war so entsetzlich müde. »In meinem Eisschrank findest du fruit mystérieux – braisé, feuilleté, poêlé – jede verdammte Scheißzubereitung, die man sich vorstellen kann. Alles sinnlos, geschmacklich bestenfalls eine Nullnummer. Man muss sie bräunen, das habe ich herausgefunden, unter dem Salamander oder auf dem Grill, erst dann entfaltet sie ihr Aroma. Es hat vermutlich irgendwas mit den Röststoffen zu tun.«

Vatanen kniete sich neben ihn und legte Kieffer die Hand auf die Schulter. »Das ist alles ziemlich faszinierend, kulinarisch betrachtet. Aber du musst jetzt schlafen, mein Freund. Wenn ich das richtig sehe, bist du seit über 48 Stunden fast ununterbrochen auf den Beinen. Trink noch einen Schluck Burgunder, rauch noch eine Zigarette und sieh dann zu, dass du zehn Stunden schläfst.«

Kieffer stand abrupt auf und schüttelte ärgerlich die Hand des Finnen ab. Verstand Vatanen nicht, was für eine Entdeckung er gemacht hatte? »Pekka, du hast nur ein paar Krümel auf deiner Suppe gehabt – die du eigentlich grauenhaft fandest. Und dann hast du sie reingelöffelt, als ob es kein Morgen gäbe. Dieses Zeug ist Zauberei!«

Vatanen nickte. »Wir brauchen einen Experten, der dein Früchtchen genau untersucht. Ich weiß auch schon, wer der perfekte Mann dafür ist. Aber jetzt musst du schlafen.« Er seufzte. »Und auf mich wartet der Erdbeer-Monolog.«

12

Nachdem Vatanen ihn vor seinem kleinen Häuschen in Grund abgesetzt hatte, legte sich Kieffer aufs Bett und schlief sofort ein. Draußen war es bereits dunkel, als er vom Klingeln seines Mobiltelefons geweckt wurde. Es war Valérie Gabin. Sie klang wütend.

»Wieso hast du mich nicht angerufen? Du warst bei Boudier und hast mir nichts gesagt!«

»Valérie, es tut mir leid. Ich wollte dich anrufen, aber das mit Boudier hat mich etwas durcheinandergebracht, und dann …« Kieffer schwieg einen Augenblick. Valérie sagte nichts, aber er konnte durch die Leitung ihren Atem hören. Sie war auf hundertachtzig. »Es ist noch etwas anderes passiert. Ich werde es dir gerne in allen Details erzählen. Aber es ist eigentlich kein Thema fürs Telefon.«

Die Gabin-Chefin klang nun etwas versöhnlicher. »Sorry, entschuldige, dass ich mich so aufrege. Aber mir wird das hier alles gerade ein bisschen viel. Vorhin war die Polizei noch mal bei uns im Büro. Sie haben mir von dem Brand und von Boudiers Verschwinden erzählt und mich damit total überrumpelt. Sie haben auch nach dir gefragt.«

»Was wollten sie wissen?«

»Na ja, ob er wirklich dein Lehrmeister war, was du so für ein Typ bist, solche Sachen.«

Kieffer hatte seinen Standort während des Gesprächs vom Schlafzimmer in die Küche verlagert. Er legte den Kippschalter seiner monströsen Vibiemme um und griff nach dem Espresso. »Und was hast du ihnen gesagt? Dass ich ein zwielichtiger Charakter bin?«

»Quatsch, die Wahrheit. Dass du mal bei Boudier gearbeitet hast, dass du ein Restaurant in Luxemburg besitzt. Und dass du Sternekoch hättest werden können, aber lieber authentische Lokalküche zubereiten wolltest. Aus Heimatverbundenheit.«

Kieffer musste grinsen. Der letzte Punkt war weit entfernt von der kompletten Wahrheit, aber auch keine Lüge.

»Hör zu, Xavier. Ich hab am Samstag einen Termin bei dir in der Nähe. Eine Preisverleihung in Metz. Ich ... ich würd dich gerne sehen. Wir könnten am Sonntag zusammen frühstücken gehen. Dann erzählst du mir alles, ja?«

»Ja, das wäre schön, Valérie.«

Kurz war es still in der Leitung.

»Und über Ricard müssen wir auch noch mal reden.«

Sie verabredeten sich in einem Café in der Luxemburger Innenstadt, dann legte sie auf.

Kieffer schob eine Espressotasse unter den Siebträger und beobachtete, wie die schwarze Flüssigkeit in das Gefäß rann. Vatanen hatte ihm zehn Stunden Schlaf verordnet. Er hatte höchstens sieben absolviert, fühlte sich aber schon ausreichend erfrischt.

Nachdem Kieffer den Espresso ausgetrunken hatte,

ging er ins Wohnzimmer und ließ sich mit einer Flasche Mousel-Bier und einer Tüte Pistazien auf das Sofa vor dem Fernseher fallen.

Beim Zappen durch die deutschen und französischen Kabelkanäle stieß er zunächst auf mehrere amerikanische Krimiserien, die alle nach dem gleichen Schema abzulaufen schienen. Stets waren junge, weiß bekittelte Forensiker damit beschäftigt, halb verweste Leichen zu sezieren oder Blut und Haare mit irgendwelchen Gerätschaften zu analysieren. Das alles wurde in Großaufnahme gezeigt.

Noch schlimmer fand er allerdings die Kochshows. Kieffer schaltete an insgesamt vier Sendungen vorbei, in denen um die Wette gebrüht und geschnippelt wurde. Nach dem Kochmarathon der vergangenen Nacht gab es kaum etwas, was er derzeit weniger sehen wollte, als Männer mit weißen Mützen, die sich für die Kamera in lächerliche Posen warfen und über das Einreduzieren von Fonds fachsimpelten.

Erst als er auf einen alten Bogart-Streifen stieß, lehnte er sich entspannt zurück. Er kannte den Film noch nicht. Bogart spielte einen Seemann, der in der Karibik Touristen durch die Gegend schipperte. Kieffer griff sich eine Handvoll Pistazien und hoffte darauf, dass Lauren Bacall auftauchte. Kurz danach war er eingeschlafen.

In seinem Traum hackte er an seinem Posten Petersilienchiffonade und versuchte dabei, sich an ein kompliziertes Rezept zu erinnern. Währenddessen fuhr die Bacall auf einem Mountainbike durch seine Küche und zwinkerte ihm mit ihren grünen Augen aufreizend zu. Sie trug ein Sommerkleid und Chucks. Als Kieffer ihr ein Stück Mangotarte anbot, wurde sie zornig und beschimpfte ihn auf Finnisch.

13

Gegen fünf Uhr morgens kam er wieder zu sich und war sofort hellwach. Für acht Uhr war er mit Vatanen verabredet. Da er bis dahin noch reichlich Zeit hatte, beschloss er, zu seinem Restaurant zu laufen und dort klar Schiff zu machen.

Einer der großen Vorteile des Lebens in der Luxemburger Unterstadt war für Kieffer, dass er viele Wege zu Fuß zurücklegen konnte, vor allem den zur Arbeit.

Wenn es nicht gerade schüttete oder schneite, verließ er allmorgendlich sein kleines Häuschen in der Tilleschgass und überquerte die alte, steinerne Brücke über den Fluss Alzette. An diesem Morgen war es noch dunkel, und die kleine Gasse war menschenleer. Kieffer wandte sich hinter der Brücke nach links und erklomm die mit Kopfstein gepflasterte Rue de Trèves, die sich steil den Berg hinaufwand.

Als er an der Stadtmauer angekommen war, gönnte er sich einen Blick zurück auf die den Stadtteil Grund dominierende, mit Scheinwerfern angeleuchtete Abbaye de Neumünster und die darüber thronende Oberstadt. Dann schlug er einen Haken, um über eine kleine Stiege in der sogenannten Wenzelsmauer, der Befestigungsanlage, hinunter zum Fluss zu gelangen.

Hier begann jener Teil seines Wegs, der Kieffer am liebsten war. Ein kleiner Pfad schlängelte sich an der Alzette entlang, bis in den Stadtteil Clausen. Die über dem Weg hängenden Ahornzweige und der Fluss mit seiner am rechten Ufer aufragenden Felswand übten stets eine beruhigende Wirkung auf ihn aus.

Nach einigen Hundert Metern gelangte er zur Mousel-Brauerei, dem Zentrum Clausens. Um ihn herum drängten sich kleine Häuschen an den Felswänden. In den Faubourgs zu leben, dachte Kieffer, hatte ein bisschen Ähnlichkeit mit dem Leben in einem Schweizer Alpental. Man konnte von keinem Punkt aus den Horizont sehen. Auswärtigen wurde das meist nach einiger Zeit unbehaglich, doch Kieffer verspürte beim Anblick der steil aufragenden Hänge und der von Wehrgängen durchlöcherten Kasematten stets ein Gefühl der Geborgenheit.

Er passierte die Brauerei und gelangte durch ein altes Stadttor auf die Rue Malakoff, die sich zum »Deux Eglises« emporschlängelte. Wenn ihm nach Trödeln zumute war, bestellte er im Pub an der Ecke gerne noch einen Kaffee und schaute dem morgendlichen Treiben zu. Heute aber war er viel zu früh dran.

Als er an seinem Restaurant ankam, dämmerte es allmählich. Kieffer ließ den Blick über das verschlafene Clausen streifen, das sich unterhalb seines Restaurants erstreckte. Die Fachwerkhäuschen mit ihren viereckigen Türmchen lagen noch im Halbdunkel.

Weiter gen Westen, wo sich die Oberstadt auf ihrem Felsplateau über die ville basse erhob, färbte die Sonne bereits die drei Spitzen der Notre Dame golden. Sie war es, die dem »Deux Eglises« zusammen mit der Clausener Kirche Sainte Cunégonde seinen Namen gab.

Als Kieffer sich den Namen für sein Restaurant ausgedacht hatte, war dies mehr aus einer Laune heraus geschehen. Ähnlich wie jetzt hatte er vor dem am Hang gelegenen Lokal gestanden und den Blick über seine Stadt genossen, mit den zwei von hier gut sichtbaren Kirchen, eine zum Greifen nah, die andere weit entfernt.

Nun fiel ihm auf, wie gut der Name nicht nur zu seinem Lokal, sondern zur ganzen Stadt Luxemburg passte – d'Stad, wie die Einheimischen sagten. Dort droben, in der hoch gelegenen Altstadt, residierte die prächtige Notre Dame. Wie schon seit Hunderten von Jahren gingen hier die wohlhabenden Luxemburger zur Messe, um danach bei ihrem Sonntagsspaziergang an den feinen Boutiquen und Cafés der ville haute vorbeizuflanieren.

Hier unten hingegen kauerte die gebeugte, verwitterte Kunigunde, eine Kirche für die kleinen Leute, mit knarrenden Bänken und bröckelndem Stuck. Dass man das Clausener Gotteshaus ausgerechnet der Schutzheiligen der kranken Kinder geweiht hatte, war wohl kein Zufall.

Die Faubourgs genannten Viertel im Alzettetal waren stets der dunkle Unterbauch der Stadt gewesen – eine Ansammlung von Gerbereien, Manufakturen und Fabriken, erfüllt von üblen Gerüchen und Lärm, voller Cholera und Tuberkulose. Grund und Clausen wurden bewohnt von Arbeitern, für welche die über ihnen liegende funkelnde Oberstadt zwar stets sichtbar, aber dennoch völlig unerreichbar blieb. Auch das städtische Zuchthaus hatte sich hier unten befunden, in Grund. »Am Gronn sinn« war früher ein Synonym für »im Gefängnis sitzen« gewesen – wer in der ville basse wohnte, der hatte nichts zu lachen gehabt.

Über Jahrhunderte waren die Menschen in den Faubourgs für Luxemburgs Mächtige praktisch unsichtbar gewesen. Wie sonst ließ sich erklären, dass sie Eisenbahnbrücken und Autobahnen über das Alzettetal gespannt hatten, sodass den Bewohnern der ville basse bis zu diesem Tag stets Züge und Pkws über die Köpfe hinwegdonnerten?

Inzwischen war die Sonne über den EU-Gebäuden auf dem Kirchberg aufgegangen und ließ die Alzette funkeln. Kieffer würde, das spürte er, hier niemals wegziehen. Er kannte jedes Häuschen, jede Gasse. Es müsste viel passieren, dass er freiwillig fortginge.

Zumal es seit einiger Zeit aufwärtsging mit der Unterstadt: Fabrikschlote und Abdeckereien waren verschwunden. Künstler und Bohemiens hatten den Einheimischen ihre verfallenen Häuser abgekauft – zunächst zu Schnäppchenpreisen, denn viele waren nur zu froh gewesen, ihr heruntergekommenes Viertel endlich verlassen zu können.

Nun waren Grund und Clausen nicht mehr schäbig und schmutzig, sondern, wie Kieffer unlängst einer deutschen Zeitung entnommen hatte, »pittoresk und pulsierend«. Der Autor hatte sich gar zu der Behauptung verstiegen, Clausen sei auf dem Weg, eines der angesagtesten Szeneviertel Europas zu werden.

Auf der einen Seite freute sich Kieffer als gebürtiger Unterstädter natürlich, dass es seinem Viertel nun deutlich besser ging als früher – und dass sich der Wert seines elterlichen Hauses am Fluss binnen fünf Jahren fast verdoppelt hatte.

Auf der anderen Seite machte ihm der rasante Aufstieg der Unterstadt Angst. Wenn es sich sogar schon bis in deutsche Zeitungsredaktionen herumgesprochen hatte, dass Clausen auf dem Weg nach oben war, dann konnten jeden Moment Busse voller Touristen dort auftauchen.

Kieffer riss sich vom Anblick des Stadtpanoramas los und schloss die Vordertür auf. »Wenn Reisegruppen aus Texas mein Restaurant stürmen«, murmelte er zu sich selbst, »dann ziehe ich vielleicht doch noch weg.«

14

Kurz nach acht klopfte Vatanen an die Tür des »Eglises«. Er sah etwas zerknittert aus, aber für den EU-Beamten war dies freilich auch eine recht frühe Stunde, dachte Kieffer. Soweit er wusste, ging der Finne kaum je vor zehn Uhr ins Büro, und nur selten blieb er allzu lang. In der Regel saß Pekka jeden Abend um 18 Uhr an Kieffers Bar und ließ sich den Greiveldanger Rivaner schmecken, mit dem er seinen Feierabend gerne offiziell einläutete.

Vor der Tür parkte Vatanens betagter Volvo-Kombi. Kieffers Freund machte eine einladende Handbewegung in Richtung des schwarzen Ungetüms. »Steig ein, Monsieur. Wir müssen ein ganzes Stück fahren.«

»Wo wollen wir denn hin?«, fragte Kieffer und ließ sich in den Beifahrersitz sinken.

»Nach Hohenheim.«

»Ist das in Deutschland?«

»Ja, bei Stuttgart, Universität Hohenheim. Max-Planck-Institut für Lebensmitteltechnologie. Dort arbeitet unser Mann.«

»Dein Bekannter macht da was genau? Ist er Chemiker?«

Vatanen nickte und startete den Volvo, der etwas schwerfällig den kleinen Kiesweg zur Straße hinabrollte. »Klaus Scheuerle, Doktor der Chemie und der Biologie. Studium in den USA und der Schweiz. Summa cum laude et cetera pp. Stellvertretender Institutsleiter. Er arbeitet des Öfteren für uns, für die STOA.«

Kieffer stöhnte. »Eine weitere kryptische EU-Abkürzung.«

»Genau. Steht für Scientific Technology Options Assessment. Die Abteilung überprüft, was passiert, wenn man ein genetisch verändertes Lebensmittel oder Saatgut zulässt – was passieren könnte. Aber auch, welche Auswirkungen Taschencomputer auf traditionelle Familienstrukturen haben. Ich glaube, der allgemein gängige Begriff dafür ist Technikfolgenabschätzung.«

»Klingt gar nicht uninteressant.«

»Nein, ist es auch nicht – im Gegenteil. Zum Teil faszinierendes Zeug. Schade nur, dass es keiner liest.«

Nachdem sie Luxemburg-Stadt verlassen hatten, fuhren sie ein gutes Stück auf der Autobahn Richtung Osten. Bei Mannheim bogen sie nach Süden ab, Richtung Stuttgart. Die Straße war erfreulich leer, in Baden-Württemberg waren noch Sommerferien. Vatanen trat das Gaspedal durch.

»Ist dein Freund vertrauenswürdig? Wird er uns helfen?«

»Ich würde ihn eher als Arbeitsbekanntschaft bezeichnen. Bisschen schräger Vogel, aber wir kennen uns schon über zwei Jahrzehnte. Ich denke, er ist okay. Wir hatten schon als wissenschaftliche Mitarbeiter des Öfteren Kontakt. Haben sogar einmal einen Aufsatz über Saatgut zusammen verfasst. Und als ich dann beim Landwirtschaftsministerium in Helsinki war, haben wir uns immer auf irgendwelchen internationalen Konferenzen getroffen. Und uns gegenseitig unter den Tisch getrunken. Außerdem haben wir Scheuerle und seinem Institut in den letzten Jahren eine beträchtliche Zahl an EU-Aufträgen zugeschanzt. Wir sind einer der wichtigsten Drittmittel-Geber seines Instituts. Schon deshalb wird er uns nicht hängen lassen, denke ich. Zumal deine Geschichte ja auch ziemlich interessant ist, aus Sicht eines Botanikers.«

»Was hast du ihm denn am Telefon gesagt?«

»Na, die Wahrheit. Der Typ hat ein viel zu großes Gehirn, als dass ich ihn bescheißen könnte. Ich habe ihm gesagt, dass die Sache etwas heikel ist, weil das Zeug auf Umwegen in deinen Besitz gelangt ist.«

»Und dass die Sache etwas delikat ist, hat diesen Scheuerle nicht gestört?«

»Nein, ich habe ihn darauf hingewiesen, der Fairness halber, damit er im Zweifelsfall gleich sagen kann, dass er nichts mit der Geschichte zu tun haben will. Aber er hat nur erwidert, die meisten interessanten Dinge seien ja irgendwie dubios. So ist er. Und der Umstand, dass ein Profikoch mit über 20 Jahren Berufserfahrung diese seltsame Substanz noch nie vorher zu Gesicht bekommen hat, scheint ihn ebenfalls neugierig gemacht zu haben.«

Gegen kurz nach elf erreichten sie die Universität. Vatanen gab Scheuerle über sein Handy Bescheid, dass sie gleich einträfen. Das Max-Planck-Institut war in einem jener Zweckbauten aus den Sechzigerjahren untergebracht, die aussahen, als seien sie komplett in einem Stück aus Stahlbeton gegossen worden. Es befand sich nicht im allerbesten Zustand: Um das Gebäude herum hatte man Gitterzäune aufgestellt, Schilder warnten vor herabstürzenden Fassadenteilen. Die verspiegelten Fenster waren teilweise erblindet und schimmerten in der Vormittagssonne in einem stumpfen Kupferton.

Schon bevor sie durch das Hauptportal das Foyer betraten, ahnte Kieffer, wie das Innere des Gebäudes aussehen würde. Er wurde nicht enttäuscht: Er erblickte abgehängte Decken mit rußig schwarzen Lüftungsschlitzen, abgetretene, grau marmorierte Bodenfliesen und eine einstmals vermutlich senfgelbe Sitzgruppe, auf der ein Mann saß und gelangweilt in einer Illustrierten blätterte.

Als er die beiden Besucher sah, sprang er auf und kam lächelnd auf sie zu. Scheuerle war ein etwas verwittert aussehender, braun gebrannter Mittvierziger mit bereits deutlich ergrauter Löwenmähne. Über einer schwarzen Jeans und einem dunkelgrauen Button-Down-Hemd trug er einen Chemikerkittel, der ungewöhnlicherweise ebenfalls schwarz war. Am Revers steckten mehrere bunte Buttons. Auf einem stand: »Chemists do it periodically«.

Er begrüßte Vatanen mit einem herzlichen Handschlag und klopfte dem Finnen auf die Schulter. »Pekka, es freut mich, dich zu sehen«, sagte er auf Englisch. »Willkommen. Und das muss dein Freund sein, der Koch.«

Scheuerle nickte Kieffer kurz zu und schüttelte ihm die Hand. »Sagen wir du? Wir sind ja alle im gleichen Alter. Ich bin Klaus.«

»Gerne. Xavier, freut mich.«

»Sehr gut. Ist Englisch für euch als Sprache okay?«, fragte Scheuerle.

»Also von mir aus können wir auch Französisch sprechen«, bot der Finne an, doch der Chemiker schüttelte den Kopf so energisch, dass seine grau melierte Haarpracht in Bewegung geriet.

»Skandinavier sollten kein Französisch sprechen. Das ist wider ihre Natur.« Dabei setzte er ein schelmisches Grinsen auf. »Eine seelische Grausamkeit, auch für die Gesprächspartner. Außerdem ist mein Französisch zu mies, um wissenschaftliche Zusammenhänge zu erklären. Da fehlt mir das Fachvokabular. Und deswegen seid ihr ja hier, oder? Englisch also. Aber bevor wir weiterreden, gehen wir vielleicht besser erst mal in mein Büro. Hier kann man nämlich kein diskretes Gespräch führen. Diese Wissenschaftler sind schlimmer als meine 15-jährigen Zwillingstöchter, alles schnatternde Klatschbasen.«

Scheuerle führte Kieffer und Vatanen eine Treppe hinauf und geleitete sie einen langen grauen Gang entlang, der von Neonlicht ausgeleuchtet wurde und keine Fenster besaß.

»Modernes Mönchstum, jeder schmort in seiner eigenen kleinen Zelle vor sich hin«, erklärte Scheuerle. Er schloss eine Tür zur Rechten auf. »Hereinspaziert.«

Es war nicht ganz einfach, in das Büro des Wissenschaftlers zu gelangen. Fast der gesamte Boden war mit Fachzeitschriften bedeckt, die zu etwa einen Meter hohen Türmchen gestapelt waren. Der restliche Platz wurde von einem massiven alten Direktorenschreibtisch aus Kirschholz eingenommen, auf dem nicht weniger als drei Computerbildschirme standen. Auf der einzig verbleibenden Freifläche stellte Scheuerle zwei Klappstühle auf. Dann brachte er den Besuchern Kaffee und setzte sich in seinen Ledersessel.

»Also, Xavier. Wenn ich Pekka richtig verstanden habe, dann ist dir etwas zugeflogen, was ein ausgebildeter Karpologe, also ich, sich einmal ansehen soll.«

»So ist es. Ich habe dieses Zeug noch nie zuvor gesehen«, sagte Kieffer und stellte eine kleine Kühltasche vor sich auf den Tisch. »Der Großteil der Probe, die ich noch habe, ist hier drin. Ich habe sie aus den Tupperschüsseln herausgenommen, in denen sie sich ursprünglich befand. Dann habe ich alles in Ziploc-Beutel umgefüllt und auf Eis gelegt. Ich hoffe, das war die richtige Vorgehensweise.«

Scheuerle neigte den Kopf zur Seite, zog eine Packung Zigarillos aus der Tasche und steckte sich einen an. »Das sollte zumindest dafür gesorgt haben, dass uns der Kladderadatsch nicht sofort vergammelt. Okay, ich sehe mir das gleich im Labor an.« Scheuerle musterte Kieffer mit zusammengekniffenen Augen. »Wo kommt das Zeug her?«

Kieffer schaute zu Vatanen hinüber. »Ich würde das lieber nicht …«

»Lieber Xavier, der Hintergrund interessiert mich eigentlich nicht. Aber zumindest die allgemeinen Umstände müsste ich kennen, das könnte mir helfen, die Sache schneller einzugrenzen.«

Kieffer nickte, das leuchtete ihm ein. »Es handelt sich um eine Frucht, soweit ich das beurteilen kann. Allerdings um eine, die ich noch nie in meinem Leben gesehen habe. Sie stammt von einem anderen Koch, aus dessen Küche. Dort befand sie sich in Vorratsbehältern – für die weitere Zubereitung präpariert, also in Stücke geschnitten, ein Teil auch püriert oder verkocht. Woher der andere Koch die Frucht hatte, das weiß ich nicht.«

»Okay.« Scheuerle deutete auf die Kühltasche. Kieffer schob sie zu ihm hinüber. Der Wissenschaftler öffnete sie und warf einen Blick auf die insgesamt sechs Beutelchen, die dort zwischen mehreren Kühlelementen lagen.

»Noch eine Frage. Was ist so aufregend an dieser gelblichen Frucht? Wenn ihr Karpologen wärt, dann könnte ich vielleicht verstehen, dass ihr angesichts dieser Entdeckung ganz aus dem Häuschen seid. Aber ich nehme an, ihr seid nicht scharf auf den Entdeckerruhm, oder? Ihr hofft vermutlich nicht, dass die Frucht nach euch benannt wird – Mangifera kieffera oder so was.« Er kicherte vergnügt. »Was also ist so toll daran?«

Einige Sekunden herrschte Stille. Dann sagte Kieffer: »Sie … schmeckt gut.«

»Okay, aber …«

»Entschuldigung, ich drücke mich nicht klar genug aus. Diese Frucht oder genauer gesagt alles, was man mit ihr würzt, schmeckt großartig. Fantastisch.«

Klaus Scheuerle schaute skeptisch auf die gelblichen Würfel in Kieffers Kühltasche. Kieffer konnte ihm das nicht verdenken. Die Fruchtstücke waren bereits matschig und an den Ecken bräunlich verfärbt. In einem normalen Haushalt wäre der Inhalt der Plastikbeutel umgehend in der Biotonne gelandet.

»Klaus, wie Pekka dir erzählt hat, bin ich Koch. Ich habe viele Jahre in der Gastronomie gearbeitet, die meiste Zeit davon in Sternerestaurants. Folglich habe ich eine ganze Menge leckere Sachen gegessen. Man könnte sogar sagen, dass ich so ziemlich alles probiert habe, was ein an gutem Essen interessierter Mensch in seinem Leben kosten sollte.

Ich kenne das betörende Aroma weißer Alba-Trüffel

aus dem Piemont, die völlig zu Recht über 15 000 Euro je Kilo kosten. Ich habe bretonische Austern geschlürft, die der Fischer erst Minuten zuvor aus dem Wasser geholt hatte.

Ich habe ein perfektes Soufflé von Paul Bocuse genossen. Und einmal, da habe ich mit meinem Kollegen Paul Perrain eine daube zubereitet, einen südfranzösischen Schmortopf, den wir dreieinhalb Tage lang in einer casserole haben vor sich hin köcheln lassen. Ich dachte bislang, diese daube sei das Leckerste, was ich in meinem ganzen Leben gegessen habe.«

Kieffer zeigte auf die Kühltasche. »Aber das ist überhaupt nichts gegen dieses Zeug. Dagegen ist meine daube ein Mikrowellengericht. Diese Frucht macht jedes Mahl zu einem Festessen. Und sie schmeckt jedes Mal anders. Sie akzentuiert, verfeinert, verbessert. Ich habe sie für Braten, Suppen und Eintöpfe verwendet, und es war jedes Mal eine Offenbarung. Sogar bei schnöden Bratkartoffeln.«

»Es stimmt«, schaltete sich Vatanen ein. »Ich habe sie auch probiert, Klaus. Dieses Zeug ist anscheinend eine Art Aromaverstärker. Es war unglaublich. Eine Geschmacksexplosion.«

Kieffer erzählte Scheuerle mit stockender Stimme von seinem mehr als 24-stündigen Kochexperiment, von seinen Fehlversuchen und von seiner Vermutung, dass die Wirkung der Frucht etwas mit ihren Röststoffen zu tun haben könnte.

Scheuerle sagte die ganze Zeit nichts, hörte nur zu und blies Rauchkringel in die Luft. Als Kieffer geendet hatte, schaute er ihn und Vatanen an. Dann stand er auf und gluckste. »Ihr beiden seid spitze. Ihr findet dieses mysteriöse Zeug, das ich jetzt umgehend von einem Kollegen analysieren lassen werde. Mit aller gebotenen Vorsicht, versteht sich. Wer weiß, ob es giftig ist. Oder gar«, er schaute Kieffer und Vatanen grinsend an, »irgendwie psychoaktiv. Theoretisch ist das ja möglich. Aber ihr habt euch keinen Kopf gemacht, ihr habt es euch einfach reingezogen wie die Erstsemester. Das nenne ich Rock 'n' Roll.«

Scheuerle griff das Kühltäschchen und bedeutete ihnen, ihm zu folgen. Das Labor befand sich in einem Nebentrakt des Gebäudes. »Das ist besser, falls mal was explodiert«, erläuterte der Wissenschaftler ungefragt. Als sie angekommen waren, händigte er die Kühltasche einem Assistenten aus und wies ihn an, die Proben vorzubereiten und einzulagern. Dann wandte er sich Xavier zu.

»Ich kann nichts versprechen. Aber die Sache klingt verdammt interessant, deshalb werde ich alle Register ziehen. Trotzdem würde ich mir an deiner Stelle keine allzu großen Hoffnungen machen. Wenn es wirklich eine ganz normale Frucht aus Gottweißwo ist, dann stehen unsere Chancen ziemlich schlecht.«

»Was genau wirst du denn mit der Probe machen?«, fragte Kieffer.

»Erst einmal fotografieren wir sie. Dann wird sie schockgefroren und in hauchdünne Scheiben geschnitten. Die kommen unters Mikroskop und werden diversen Samplingverfahren unterzogen. Das mache ich der Gründlichkeit halber, zur eindeutigen Sortenbestimmung. Aber ich bin da, wie gesagt, eher skeptisch.«

»Aber stehen nicht alle Früchte der Welt in irgendwelchen Lexika?«

»Die bekannten schon. Ich habe zusammen mit einem Kollegen vor zwei Jahren ein Bestimmungsbuch für alle wissenschaftlich dokumentierten Früchte auf CD-ROM veröffentlicht, und wenn diese dabei gewesen wäre, dann hätte ich sie bereits erkannt. Vermutlich. Aber man kann ja nie wissen, das alte Gehirn lässt allmählich nach, deshalb machen wir die Tests.«

»Wie wahrscheinlich ist es denn, dass es sich um eine nicht kategorisierte Art handelt?«, fragte Vatanen.

Scheuerle schürzte die Lippen, blickte an die abgehängte Decke und verharrte einige Sekunden, so als ob er eine komplexe Rechenoperation in seinem Kopf durchführte.

»Wissen wir nicht. Wir haben jetzt September, und in unserer karpologischen Datenbank, die alle Neuentdeckungen aufnimmt, sind seit Anfang des Jahres etwa 350 neue Früchte eingepflegt worden. Wir nehmen nur solche, die wirklich neu sind. Eine Kartoffel, die dank Züchtung ein kleines bisschen anders ist als die altbekannte Solanum tuberosum, die zählt nicht. Im Schnitt haben wir 500 Neuzugänge pro Jahr. Das bleibt relativ konstant.«

»Müssten es nicht weniger werden?«, fragte Kieffer. »Ich dachte, inzwischen ist so ziemlich alles erforscht.«

»Das denkt der Mensch in seiner Hybris, aber es gibt noch Gegenden im südamerikanischen Regenwald, in Polynesien oder Nordwest-Sibirien, wo selbst heutzutage noch nie ein Mensch vorbeigeschaut hat.«

Scheuerle grinste. »Und auch kein Wissenschaftler. Da draußen sind ganz sicher noch Tausende unbekannter Pflanzen, ach was, Zehntausende. Aber neue essbare Früchte, die sind schon recht selten.«

»Und der Geschmack? Wirst du das Aroma auch untersuchen?«

»Ja, das ist das Zweite, was wir machen werden, und das ist auch der Ansatz, von dem ich mir mehr verspreche. Wir werden versuchen herauszufinden, wie diese Frucht funktioniert, also chemisch gesehen. Wobei das unter Umständen sehr lange dauern kann. Das Wort Aroma ist in diesem Zusammenhang nämlich ein bisschen irreführend.

Selbst ein einfacher Orangensaft enthält über zweihundert verschiedene Aromastoffe. Wie viele davon dieses Zeug hat, wann sie Wohlgeschmack hervorrufen, in welcher Wechselwirkung mit anderen Inhaltsstoffen sie stehen – das zu erforschen, dauert seine Zeit. Aber wir haben hier ein paar gute Flavouristen, die setze ich darauf an.«

»Flavouristen?«, sagte Kieffer und blickte etwas angewidert. »Aromadesigner? Ich dachte, solche Typen arbeiten nur bei großen Lebensmittelkonzernen. Um fade Tiefkühlpizzen essbar zu machen.«

»Oder um aus Sägespänen Erdbeeraroma zu erzeugen. Moderne Alchemie!«, fügte Scheuerle hinzu. »Das können wir theoretisch auch, aber wir beschäftigen uns eher mit reverse engineering. Wir nehmen die durchdesignten Lebensmittel wieder auseinander. Zu Forschungszwecken. Und um zu erfahren, was in so einer Tiefkühlpizza wirklich drin ist.«

»Ich bin dir sehr dankbar für deine Hilfe, Klaus, und ich will nicht unverschämt wirken, aber ...«

»... wann es Ergebnisse gibt?«

»Das war meine Frage, ja.«

»Morgen wird die Sortenbestimmung fertig – wobei

das Ergebnis, wie bereits angedeutet, zu 99 Prozent ›unbekannte Frucht‹ lauten wird. Dann kommen die richtigen Tests. In drei Wochen wissen wir mehr.«

Drei Wochen. Kieffer sackte innerlich in sich zusammen. Scheuerle sah es ihm offenbar an. »Sorry, aber schneller geht es nicht. Sonst fällt's auf. Ich habe hier zwar eine gewisse Narrenfreiheit, aber ich kann nicht das gesamte karpologische Institut zur Erforschung eurer Mango vom Mars abstellen. Dazu sind wir personell zu schlecht ausgestattet. Dann träte mir der Präsident auf die Zehen. Also müssen wir ein bisschen aufpassen.«

Scheuerle begleitete sie zurück zum Empfang und versprach, sich so bald als möglich zu melden. Dann stiegen sie ins Auto und fuhren zurück nach Luxemburg. Auf der Rückfahrt sagte Vatanen: »Der alte Obstsammler ist Feuer und Flamme.«

»Findest du? Ich hatte fast den Eindruck, wir waren ihm ein bisschen lästig.«

»Oh nein, der ist immer so. Wenn er das alles für Quatsch hielte, hätte er uns schon nach zwei Minuten hinauskomplimentiert.«

»Ich bin mir nicht sicher, ob ich drei Wochen warten möchte, Pekka.«

»Helvetti, was willst du denn noch alles tun? Du hast doch schon alle abgeklappert. Warst bei Gabin, bei Boudier, und ein Max-Planck-Institut arbeitet seit eben für dich. Und dann ist da ja auch noch die Luxemburger Polizei. Was machen die eigentlich für ihr Geld?«

»Keine Ahnung, Pekka, die haben sich nicht mehr bei mir gemeldet. Aber es gibt noch eine weitere Informationsquelle. Eine Möglichkeit, die ich schon viel früher hätte in Betracht ziehen sollen. Aber ich habe es bisher vermieden, auch nur darüber nachzudenken.«

»Und die wäre?«

»Ich muss mit Esteban sprechen.«

»Wer ist Esteban?«

»Leonardo Esteban, der Fernsehkoch. Du hast bestimmt schon von ihm gehört.«

»Ja, natürlich habe ich das. Meine Büronachbarin schwört auf seine Kochbücher. Und den kennst du persönlich?«

Kieffer atmete tief aus und lehnte sich zurück. »Oh ja. Leider sogar ziemlich gut.«

15

Schon beim Gedanken an seinen ehemaligen Kollegen Leonardo Gutierrez Esteban bekam Kieffer für gewöhnlich schlechte Laune. Die Vorstellung, mit dem Mann von Angesicht zu Angesicht stehen zu müssen, gar freundlich zu ihm zu sein, versetzte ihn umgehend in Rage.

Sie waren zu dritt gewesen, als sie Mitte der Achtziger ihre Lehre bei Boudier begannen: Kieffer, Esteban und der glücklose Paul Perrain. Ihr Chef hatte sie oft »meine drei Musketiere« genannt, halb im Scherz, halb als Zeichen der Anerkennung.

Zwar beschäftigte der frisch gekürte Sternekoch damals bereits eine Armee von entremetiers, potagiers, aboyeurs, aides de cuisine und chefs de parties. Doch Boudier hatte schnell erfasst, dass seine drei jungen commis de cuisine etwas Besonderes waren, jeder auf seine Weise.

Kieffer selbst zauberte bereits im ersten Lehrjahr bessere Soßen und Fonds, als die meisten altgestandenen sauciers je zustande bringen würden; Perrain besaß ein beinahe mystisches Gespür für Süßspeisen, das ihn als geborenen pâtissier erscheinen ließ. Und Esteban? Seine kulinarischen Talente waren nach Ansicht Kieffers stets äußerst überschaubar gewesen. Aber Esteban besaß ein phänomenales Organisationstalent und die notwendige Portion Rücksichtslosigkeit, die mitunter erforderlich war, um Vorhaben trotz aller Widerstände und Widrigkeiten durchzusetzen.

Wenn die Bestellungen wie Granaten einschlugen, wenn einem der gesamte Küchenablauf um die Ohren zu fliegen drohte, dann konnte jemand wie Esteban einem das Leben retten. Er eilte, wilde Flüche in mehreren Sprachen ausstoßend, von Posten zu Posten, instruierte die Köche, prüfte die Listen eingegangener und überfälliger Bestellungen, befahl Wendemanöver und leitete Rettungsmaßnahmen ein.

Während Esteban all das tat, ruderte er drohend mit den Armen und verlieh seinen stets in enormer Lautstärke gebellten Befehlen mit einem hölzernen Kochlöffel Nachdruck, den er erbarmungslos auf Häupter, Rücken und Unterarme allzu begriffsstutziger Küchenkräfte niedersausen ließ.

Esteban war hochgewachsen, fast zwei Meter groß, mit irre funkelnden blauen Augen und einer ungebändigten schwarzen Mähne. Wie ein Derwisch wirbelte er zwischen brodelnden Töpfen umher und setzte die Anweisungen seines Herren mit gnadenloser Grausamkeit durch. Und irgendwie schaffte er es, währenddessen auch noch zu telefonieren und säumigen Lieferanten absurde Drohungen entgegenzuschleudern.

Es fehlten einige Pfund Lammcarré oder ein Sack Schalotten? Esteban forderte ihre unverzügliche Anlieferung, binnen zehn Minuten. »Ansonsten rott ich dich aus«, war eine der Standarddrohungen, die er in den Hörer brüllte. »Ich rott dich aus und deine ganze Familie gleich mit, ich mach aus deiner Tochter Frikassee!«

Mit diesem Wahnsinnigen hatte Kieffer mehrere Jahre seines Lebens auf engstem Raum verbracht. Er hatte gehofft, nie wieder mit Leonardo sprechen zu müssen. Aber nun ließ es sich nicht vermeiden.

Am Freitagmorgen setzte sich Kieffer in seinen Wagen und fuhr Richtung Deutschland. Bei Trier bog er in Richtung Bitburg ab. Es entbehrte nicht einer gewissen Ironie, dass der am wenigsten Talentierte von Boudiers Musketieren zum von den Medien gefeierten Starkoch avanciert war.

Ihm selbst war der Stress der Sterneküche zu viel geworden, er hatte sich nach Luxemburg zurückgezogen und kochte lieber in Ruhe Reíhämmchen und Kanéngche mat Moschterzooss. Paul Perrain, ein Südfranzose, hatte in Paris nach seiner Lehre ein Restaurant und eine noble Konditorei eröffnet, die schnell mehrere Patisserie-Preise einheimste. Bald besaß Perrain mehrere Filialen, doch als Manager seines Zuckerbäcker-Imperiums verhedderte er sich hoffnungslos. Nach vier Jahren war er pleite und warf sich vor einen TGV.

Leonardo Gutierrez Esteban hingegen hatte es ganz nach oben geschafft. Er moderierte im französischen Fernsehen zur besten Sendezeit am Samstagabend seine eigene Kochshow. Esteban hatte einen italienischen Vater und eine argentinische Mutter – kulinarisch keine uninteressante Kombination, wenn man sie dem Publikum richtig verkaufte, was ihm mühelos gelang. Sobald die Kamera lief, verschwand Estebans cholerische Seite völlig; stattdessen ließ er seinen südamerikanischen Charme spielen und vermittelte den Zuschauern das Gefühl, er koche nur für sie. Er gab den perfekten TV-Koch ab.

Perrain hatte Kieffer einst folgenden Witz erzählt: »Wie begeht ein Argentinier Selbstmord? Er klettert einfach auf sein Ego und springt runter.« Das Vorurteil passte auf keinen besser als auf Esteban. Es fiel dem geltungssüchtigen, selbstverliebten Koch auch deshalb so leicht, sich den Medien als Gottes Geschenk an die Gastronomie zu präsentieren, weil er sich selbst dafür hielt.

»Dabei kann der Idiot überhaupt nicht kochen«, knurrte Kieffer zu sich selbst. Trotz oder vielleicht wegen seiner immensen Abneigung gegen Esteban hatte er den Aufstieg seines ehemaligen Mitlehrlings genauestens verfolgt, wenn auch mit wachsender Fassungslosigkeit.

Nach seiner Lehre war Esteban zunächst Souschef im »Renard Noir« gewesen und hatte dort, ausgestattet mit der Machtfülle eines Vizechefs der Küche, ein beispielloses Terrorregime errichtet. Hinter seinem Rücken nannten ihn die anderen Angestellten »Pinochet«. Kieffer war sich sicher, dass Esteban auf den Vergleich mit dem chilenischen Diktator sogar stolz gewesen wäre, hätte er je davon erfahren.

Dann heiratete Esteban eine Deutsche, Susanne von Ritterdorf. Er hatte sie beim Polo kennengelernt. Sie war weder besonders hübsch noch sonst irgendwie bemerkenswert. Allerdings war die Adlige Alleinerbin eines in der Südeifel gelegenen Brauereiimperiums, was den aus einer nur mittelmäßig begüterten Cowboy-Familie stammenden Esteban auf einen Schlag in die finanzielle Oberliga katapultierte. Außerdem verschaffte die Vermählung dem Italo-Argentinier einen Adelstitel. Fortan firmierte er als Leonardo Esteban von Ritterdorf und wurde in der Klatschpresse als »Pampa-Prinz« rasch eine feste Größe.

Derart prächtig mit Titeln und Pfründen ausgestattet, konnte Esteban aus dem Vollen schöpfen. Er eröffnete ein Restaurant namens »La Revolución« in der Nähe von Bitburg. Seinen Mangel an gastronomischen Ideen und kulinarischer Finesse kompensierte er, indem er eine Armada talentierter Köche aus anderen Restaurants abwarb. Ein ehemaliger poissonnier Estebans hatte Kieffer erzählt, dass das »Revolución« doppelt so viele Leute beschäftigte, wie eigentlich notwendig waren.

Ähnlich verfuhr Esteban bei den Zutaten. Sicherlich kam nur dann ein exzellentes Gericht zustande, wenn man auch exzellente Zutaten verwendete; aber Esteban war nach kurzer Zeit in der gesamten Branche für seine Verschwendungssucht berüchtigt.

Auf dem Pariser Großmarkt wurden die Langusten knapp? Esteban hatte sie alle aufgekauft. Gesuchte Jahrgänge gewisser Grands Crus Classés aus dem Bordeaux gingen zur Neige? Esteban hatte eine Château-Tour gemacht und genug Rebensaft erstanden, um damit mehrere Schwimmbäder zu füllen. Und natürlich hatte er mehr gezahlt, als üblich war, und auf Jahre hinaus die Preise ruiniert.

Mit dieser Taktik kam der Argentinier zwar betriebswirtschaftlich gesehen nicht auf seine Kosten, aber auf ein gewisses Qualitätsniveau. In diversen Feinschmecker-Magazinen wurde »La Revolución« über den grünen Klee gelobt – wobei es vermutlich nicht schadete, dass die fraglichen Blätter von einem gewissen Brauereiimperium überreichlich mit Anzeigen versorgt wurden.

Einen Gabin-Stern ergatterte Esteban allerdings nicht – und nach Kieffers fester Überzeugung würde er auch nie einen erhalten. Esteban war schlichtweg zu unoriginell. Das »Revolución« war bekannt für seine guten Steaks und für sein Seafood – beides war beim Publikum zwar beliebt, aber für Sterneküche schlichtweg zu banal, zu unrevolutionär. Der zweite große französische Restaurantführer, der Gabin-Konkurrent Levoir-Brillet, attestierte Estebans Lokal aber immerhin »sehr gute Küche« und verlieh ihm 14 von 20 möglichen Punkten.

Auch hier munkelte man, es seien Gelder geflossen. Doch selbst wenn das nicht stimmte: Auf solch eine Wertung kamen allein in Deutschland über 200 weitere Restaurants. Die löbliche Erwähnung in einem französischen Top-Führer reichte nach Estebans Selbsteinschätzung aber auf jeden Fall aus, um sich selbst fürderhin als »Spitzenkoch der Extraklasse« anpreisen zu können.

Seit »Estebans Küchenrevolution« zur beliebtesten Kochshow im französischen Fernsehen aufgestiegen war, waren auch die letzten Zweifler verstummt. Weil der Starchef dank Redegewandtheit und Sprachtalent die Zubereitung seiner argentinischen Rinderhüftsteaks auch in Spanisch, Italienisch, Deutsch und Englisch erläutern konnte, tänzelte er bald durch mehrere Shows auf der ganzen Welt.

Kieffer fühlte sich mitunter von Esteban verfolgt. Das lag daran, dass man dem enorm populären »Leonardo der Küche«, wie sich der Argentinier inzwischen nannte, kaum mehr entrinnen konnte. Esteban fuchtelte im Fernsehen auf mehreren Kanälen am Herd herum, sein makelloses Keramikgebiss grinste Kieffer an jedem Zeitschriftenstand und in jedem Buchladen entgegen.

Auch im Supermarkt war es kaum möglich, dem Pampa-Prinzen zu entgehen. Vom Etikett seiner Gewürzmischung »Asado Patagónico« schaute Esteban auf ihn herab, mit spöttischem Blick musterte er Kieffer von der Packung seiner Mikrowellen-Empanadas.

Kieffer befand sich inzwischen auf einer kleinen Landstraße, die westlich an Bitburg vorbei zu einem Country Club mit Golfanlage führte. Im auf dem Gelände liegenden Luxushotel, das zu den umfänglichen Liegenschaften des Ritterdorf-Clans gehörte, befand sich Estebans Restaurant.

Es war nicht ganz einfach gewesen, einen Termin beim Küchen-Leonardo zu ergattern. Die Vorzimmerdame hatte Kieffer darüber unterrichtet, dass ihr Chef derzeit an einer Eventtour teilnehme, bei der Esteban und seine Equipe sechsgängige Dinner in einem durch ganz Europa reisenden Varieté-Zirkus servierten.

Kieffer hatte dennoch eine Nachricht hinterlassen und einen Tag später die Information erhalten, dass der »Jahrhundertkoch« am Freitag für einige Stunden in der Eifel weilen werde. »Viel Zeit hat er natürlich nicht, aber er sagte mir, ich solle Ihnen einen Twenty-Minute-Slot geben«, hatte Estebans Assistentin erklärt.

Er war sich nicht sicher, ob das im estebanschen Raum-Zeit-Kontinuum eine lange Periode war – angesichts des eng getakteten Terminkalenders seiner Hoheit vermutlich schon. Kieffer hatte sich nicht beschwert. Schließlich würde es ihm schon schwerfallen, nur zehn Minuten mit dem argentinischen Gimpel zu ertragen.

16

Kieffer parkte vor dem Hotel. Es handelte sich um eines jener in den Neunzigerjahren errichteten Wellnesshotels, deren Fassade aus mit künstlicher Patina versehenen Rotklinkersteinen und riesigen Glasfronten bestand. Vor dem Eingang thronten zwei milde lächelnde Buddhas aus Sandstein. In die Glastüren war ein großes Om-Symbol eingraviert.

Kieffer durchschritt zügig die Lobby und ließ sich vom Concierge den Weg zum »Revolución« beschreiben. Das Restaurant lag in der obersten Etage des Hotels. Der Luxemburger hatte in einem Magazin gelesen, dass die Einrichtung von Estebans Edelsteakhaus »exzentrisch-südamerikanisch« sei. Kieffer glaubte sich folglich vorbereitet. Als er aus dem Fahrstuhl stieg, verschlug es ihm dennoch den Atem.

Direkt vor ihm befand sich ein dunkel gemaserter Tresen, der aus einem einzigen, riesigen Urwaldbaum gefräst zu sein schien und eine Breite von gut und gern zwölf Metern aufwies. Dahinter hing ein im Sowjetstil der Dreißigerjahre gehaltenes Ölgemälde. Es war derart wuchtig, dass es den Tresen beinahe klein erscheinen ließ. Das Bild zeigte vier kantige Männerköpfe, die mit nach vorne gerecktem Kinn und der Zukunft zugewandten Augen dem Horizont entgegenblickten. Im Hintergrund wehte eine rote Fahne.

Kieffer brauchte nicht lange, um die stilisierten Gesichter zu erkennen. Jeder Koch kannte sie. Ganz zur Linken befand sich Taillevent, der im 14. Jahrhundert »Le Viandier« geschrieben hatte, das erste Kochbuch in französischer Sprache – vielleicht überhaupt das erste derartige Werk auf der ganzen Welt.

Daneben erkannte er die Hakennase Marie-Antoine Carêmes. Der Franzose war gewissermaßen der erste Starkoch gewesen. Erst hatte er als Leibkoch Talleyrands gedient, später Napoleon Bonaparte bekocht und danach für den russischen Zaren Alexander I. und Kaiser Franz I. von Österreich Galadinner ausgerichtet. Rechts von Carême war das Konterfei Georges Auguste Escoffiers abgebildet, jenes Genies, das im 19. Jahrhundert die französische Haute Cuisine, so wie man sie heute im Wesentlichen kennt, erfunden hatte.

Der Maler hatte sich durchaus Mühe gegeben. Die drei Küchentitanen waren äußerst detailgetreu nachgebildet, angefangen bei den Gesichtszügen bis hin zu den Utensilien, mit denen man sie assoziierte. Taillevent hatte seinen mittelalterlichen Küchenfolianten unter dem Arm; der Vielschreiber und Rezeptfanatiker Carême war mit einem Federkiel dargestellt; und Escoffier hatte eine Wachsblume, sein liebstes Dekorationselement für festliche Diners, am Revers stecken.

Der vierte Koch war Esteban.

Jemand tippte Kieffer auf die Schulter. »Entschuldigen Sie bitte. Darf ich vorbei?« Offenbar betrachtete er den Ölschinken bereits eine ganze Weile und blockierte dabei die Lifttür. Er trat einen Schritt beiseite und warf einen letzten Blick auf das Bild. Der Maler hatte Estebans öliges Grinsen recht gut getroffen. Dann ging er zum Empfang. Dort war eine äußerst gut aussehende junge Dame gerade damit beschäftigt, über einen Touchscreen Reservierungen einzugeben.

»Guten Tag, Madame.«

»Guten Tag, Monsieur. Wie kann ich Ihnen helfen?«

»Ich bin um 14.30 Uhr mit Leonardo Esteban verabredet. Xavier Kieffer ist mein Name.«

Ohne aufzusehen, tippte sie etwas in ihren Computer. »Monsieur Kieffer, bien sûr, er erwartet Sie. Das heißt, gerade ist er noch kurz in seinem Appartement.«

Zur Erklärung fügte sie hinzu: »Hier im Haus, er besitzt eine Dauersuite. Es kann sich nur um wenige Minuten handeln, bis er zu Ihnen stößt. Bitte folgen Sie Janice, Sie wird Ihnen etwas zu trinken bringen.«

Kieffer fand die Idee, sich mit einem Aperitif für den Auftritt des Pampa-Prinzen zu wappnen, ganz ausgezeichnet. Er folgte einer weiteren aparten jungen Dame, die sich neben ihm materialisiert hatte, ohne dass es ihm aufgefallen war. Die Kellnerin trug eine Art Uniform, die einem Mao-Anzug ähnelte. Sie geleitete ihn zur Bar.

Kieffer setzte sich. Der Barkeeper nickte ihm freundlich zu. Er sah fast genauso aus wie die Kellnerin, der gleiche Chinesen-Anzug. »Darf ich Ihnen unseren Hauscocktail anbieten?«, fragte der Barmixer.

»Und der wäre?«

»La Propaganda Dulce. Champagner mit Erdbeermark, Angostura und einem Schuss Legui, das ist ein argentinischer Likör.«

»Klingt verlockend, aber ich glaube, ein Ricard würde mir jetzt mehr helfen.«

»Kommt sofort.«

Während Kieffer seinen Pastis trank, hatte er Zeit, sich ein wenig umzuschauen. Abgesehen von dem albernen Revolutionsmotto und den viel zu üppigen Blumengestecken, die überall herumstanden, gefiel ihm Estebans Lokal gar nicht so schlecht. Kieffer bestellte einen weiteren Pastis und zündete sich eine Ducal an. Er hatte die Speisekarte noch nicht in Augenschein genommen, ging aber davon aus, dass Esteban seine Kundschaft nach allen Regeln der Kunst ausnahm.

Der Argentinier hatte ihm einmal seine kulinarische Grundeinstellung erläutert – nämlich, dass er Gäste von Edelrestaurants grundsätzlich für dumm und frech halte. »Dumm, weil sie Unmengen von Geld für winzige Portionen ausgeben. Und frech, weil sie dafür auch noch Frische und Qualität wollen.«

Kieffer konnte sich folglich vorstellen, wie Estebans Standardware aussah. »Leonardos fünfgängiges Empfehlungsmenü« oder so ähnlich. Er würde den Leuten zunächst einen Standardsalat vorsetzen, Rauke oder Lollo rosso, den er mit ein paar ungewöhnlichen südamerikanischen Früchten garniert und in so viel Vinaigrette oder Kernöl ertränkt hatte, dass man ohnehin nichts mehr schmeckte. Als Nächstes käme eine Suppe – vermutlich getrüffelt und monté au beurre. Flüssigkeiten kurz vor dem Servieren mit reichlich kalter Butter aufzuschlagen, sorgte stets für einen satten Geschmack und war gewissermaßen die kulinarisch akzeptable Variante des Natriumglutamats.

Dann würde ein kleiner Hauptgang folgen, ein Primo.

Vielleicht gab es eine Pasta mit etwas Languste, das machte immer etwas her. Die Pasta konnte man vorkochen und fix in Olivenöl abschwenken, bevor man sie auf den Teller knallte. Die ebenfalls schon am Morgen präparierte Languste wanderte aus dem Kühler für 30 Sekunden in die Mikrowelle, bevor sie auf den dampfenden Tagliatelle Platz nahm. Das war ein Gang, den im Notfall sogar ein plongeur anrichten konnte.

Höhepunkt würde sicherlich ein monströses argentinisches Filetsteak sein, ein bife de lomo. Das war ein relativ teurer Brocken, der aber den Vorteil hatte, dass ein gewiefter Postenkoch ihn binnen weniger Minuten und in fast beliebiger Stückzahl raushauen konnte. Nach diesem Fleischgang mochte ein Nachtisch folgen, vielleicht Crème brûlée oder, was wahrscheinlicher war, eine argentinische Spezialität wie dulce de leche oder Süßkartoffelpudding mit Vanille.

Bis auf das Steak konnte man alle Komponenten dieses Menüs problemlos am Vortag vorbereiten. Mithilfe einer Armee emsiger Garnierer und gardemangers sowie des ungehemmten Einsatzes von Industriemikrowellen und Salamander-Grills ließ sich beim Gast dennoch der Eindruck erzeugen, alles sei gerade eben erst frisch für ihn zubereitet worden. Der Unterschied war selbst für einen geübten Gaumen kaum herauszuschmecken. Den Süßkartoffelpudding könnte Esteban, wenn er wollte, sogar aus der Dose nehmen. Keiner seiner überfütterten Hotelgäste würde es merken.

Für dieses bessere Convenience-Food würde Esteban den Leuten um die 200 Euro abknöpfen – den Wein nicht eingerechnet. Hier konnte der Starkoch nochmals ordentlich zulangen – vor allem bei all den südamerikanischen Tropfen, die hierzulande niemand kannte. Selbst versierte Weintrinker waren bei argentinischen Lagen in der Regel überfordert und wussten nicht, dass der von Estebans Sommelier angepriesene Cabernet Sauvignon aus dem Uco-Tal in Wahrheit ein einfallsloser Industriewein war, für den ein Argentinier nicht einmal einen Bruchteil dessen zahlen würde, was das »Revolución« für eine Flasche verlangte.

All das klang auf den ersten Blick nach fetten Margen – Kieffer konnte allerdings schon an der Aufstellung der Tische und an der Zahl der Bediensteten erkennen, dass hier kein großes Geld verdient wurde. Einen Speisesaal dieser Größe würde jeder vernünftige Restaurantmanager mit mindestens doppelt so vielen Stühlen füllen.

Zudem fiel ihm auf, dass die Kellner nicht mehrere Tische betreuten – sondern jeder offenbar nur einen. Das war eine absurde Verschwendung, garantierte aber natürlich rundum zufriedene Gäste. Und Esteban musste hier schließlich auch nichts verdienen, sondern höchstens seine Verluste minimieren. Es ging nur ums Image. Das Geld machte der Küchenleonardo mit seiner Geschirrserie, seinen Gewürzmischungen und seinen Kochbüchern, die in seinem Restaurant selbstverständlich erhältlich waren.

Es war bereits nach 15 Uhr, als die Küchentür aufflog und Esteban mit strahlendem Lächeln und ausgebreiteten Armen heraustrat. Er lief federnden Schrittes auf die Bar zu, wie ein Showmaster, der unter dem Applaus des Publikums die hell erleuchtete Bühne betritt. »Xavier, mon frère«, rief er und schloss Kieffer in seine Arme, bevor dieser irgendeine Möglichkeit hatte zu protestieren.

»Das is' soo lange her, ché. Es geht dir gut, sí? Naturalmente! Lass uns in mein Büro gehen.«

Estebans geräumiges Arbeitszimmer befand sich ein Stockwerk tiefer. Es war mit einem großen Edelstahlschreibtisch ausgestattet, auf dem drei Telefone und zwei Computerbildschirme standen. An einer Wand hing ein riesiger Plasmafernseher, auf dem eine Kochsendung lief. Mehrere Designerregale bedeckten die Wände – sie waren vollgestopft mit Kochbüchern, viele davon Estebans eigene. »Leonardos beste Rezepte« auf Englisch, Französisch und Japanisch. »Das perfekte Steak« als DVD und so weiter.

An den Wänden hingen Dutzende gerahmte Bilder, die den Küchenstar mit Staatschefs, Wirtschaftsbossen und anderen Großköchen zeigten – Esteban, wie er mit Bocuse zusammen ein Soufflé löffelt, Esteban, wie er mit Jamie Oliver für afrikanische Waisenkinder kocht.

Der Küchenleonardo ließ sich in einen Ledersessel fallen und deutete auf eine Kiste Cohibas, die vor ihm auf einem Beistelltischchen stand. »Setz dich, nimm dir eine. Kaffee kommt inmediatamente. Xavier, amigo mío, wie sehr ich mich freue, dich zu sehen! Dir geht es gut, está claro, du passt immer gut auf dich auf.«

Esteban deutete mit beiden Zeigefingern auf sich selbst und rollte dabei mit den Augen. »Aber ich! Ich sage dir, ich bin ganz kurz vor dem Nervenzusammenbruch. Gleich muss ich schon wieder zum Flughafen, ich habe jetzt einen Charterjet, weißt du. So viele Menschen wollen etwas von mir. Ich schaffe es sonst einfach nicht, imposible! Ich mache mit Hambichler – du kennst doch Hambichler? Aus dem ›Dindon‹ in Hamburg, un buen hombre, aber kurz vor der Pleite, braucht dringend Geld – ich mache mit Hambichler jetzt dieses »Fantazzo«. Hast du davon gehört? Wir machen eine riesige Küchenshow im Wanderzirkus.«

»Ihr kocht in einer Manege?«

»No! Sí. Da sind Artisten, Gaukler und Feuerspucker. Die Leute zahlen 400 Euro und kriegen während der Vorstellung ein Menü serviert – kreiert von den Meisterköchen. Mit Indoor-Feuerwerk und allem Pipapo. Es ist zappenduster im Zelt, was auch besser ist, entre nosotros.« Esteban zwinkerte Kieffer zu. »Ché, hast du schon mal versucht, in einer portablen Küche mit wechselndem Personal ein Menü zu kochen? Ein Wahnsinn, sage ich dir, ein Wahnsinn. Ich hätt's nicht machen sollen, ich bin mit meinen ganzen TV-Shows weiß Gott genug ausgelastet. Aber Hambichler ist eben ein alter Kumpel.« Esteban musterte seine dampfende Cohiba. »Über ihn habe ich damals meine Frau kennengelernt.«

Esteban hielt kurz inne, um an seiner Zigarre zu ziehen. Kieffer erkannte, dass sich jetzt vermutlich die einzige Chance bot, sein Anliegen vorzubringen. Ansonsten würde der Pampa-Prinz weitere 20 Minuten – während Kieffers gesamten Slots, um mit den Worten der Vorzimmerdame zu sprechen – von sich und seinen diversen Heldentaten erzählen.

»Boudier ist verschwunden, Leo.«

Esteban lehnte sich zurück und blickte irritiert an die Decke. »Boudier? Desaparecido? Ich habe doch im Mai noch mit ihm gesprochen, oder war es im Januar? Vielleicht macht er Urlaub?«

»Du weißt genau, dass er sein Restaurant nie länger als drei Tage verlässt, Leo. Und das auch nur dann, wenn es unvermeidlich ist.«

»Sí, sí. Also, ich habe ihn auf jeden Fall länger nicht gesehen. Aber was hat das mit mir zu tun, ché?«

»Ich glaube, dass ihm etwas zugestoßen ist. Das ›Renard‹ ist abgebrannt.«

»Was? Unsere escuela, unsere Schule! Na ja, ich hab ihm jahrelang in den Ohren gelegen, dass das alte Gemäuer brandschutzmäßig nicht auf dem neuesten Stand ist. Aber unser Paolo! Du kennst ihn, ché, er war zu geizig, wollte nichts investieren, der alte Knauser. Un error! Weißt du, Xavier, wir haben hier in unserer Küche eines der modernsten Brandschutzsysteme, das …«

Kieffer schnitt Esteban das Wort ab, was diesen sichtlich irritierte. »Das ›Renard‹ wurde abgefackelt, Leo. Brandstiftung! Boudier gilt seitdem als vermisst. Weißt du, wo er sein könnte? Weißt du, was er zuletzt gemacht hat?«

Die Tür öffnete sich. Eine attraktive rothaarige Kellnerin trat ein und stellte ein Tablett mit Espresso und Brandyschwenkern ab.

»Ah, den 103 kann ich gut gebrauchen«, sagte Esteban und prostete Xavier zu. »Auf Boudier, den alten Sklaventreiber!«

»Auf Boudier. Und nun sag schon: Weißt du etwas?«

Esteban schaute auf die Uhr. Sie hatten maximal zehn Minuten geredet, aber der Starkoch sagte: »Jetzt haben wir ja schon fast eine geschlagene Stunde geplaudert. Madre de dios! Ich muss zum Flughafen, und zwar inmediatamente. Du kommst mit mir, wir reden im Auto weiter.«

Während er dies kundtat, war Esteban bereits an seinem Gesprächspartner vorbeigeeilt und ging mit langen Schritten zum Lift. Kieffer folgte ihm.

Esteban drückte den Liftbutton. »Boudier war im Arsch, ché. Er war rendido, total ausgelaugt.« In der Lobby stand eine Assistentin, die Esteban einen Mantel und einen kleinen Koffer aushändigte. Vor der Tür wartete bereits ein Taxi.

Während sie einstiegen, blaffte Esteban den Fahrer an. »Zum Flughafen Frankfurt-Hahn. In 50 Minuten sind wir dort, dann geb ich dir 200 Euro. Wenn nicht, kriegst du in diesem Hotel nie wieder eine Fuhre!«

Dann wandte er sich Kieffer zu. »Was ich meine, ist, er war nicht nur körperlich hinüber, das ist bei Sterneköchen Mitte fünfzig ja normal, sí? Sein Laden lief auch nicht mehr, war im Sturzflug. Boudier hatte ein neues Konzept, wollte frischen Wind reinbringen, hatte aber nicht mehr viel Zeit. Die Hypotheken erdrückten ihn, die Banken saßen ihm im Nacken. Ihm drohte alles um die Ohren zu fliegen.«

Esteban kramte eine Packung Davidoff aus seiner Manteltasche und zündete sich eine an.

»Das ist eigentlich ein Nichtrauchertaxi«, wandte der Fahrer kleinlaut ein.

»Kauf dir einen Wunderbaum!«, bellte der Argentinier zurück. »Wo war ich?«

»Du sagtest, unser gemeinsamer Lehrmeister habe sich finanziell in einer schwierigen Lage befunden.«

»Sí, ché. War ziemlich muffig geworden, seine Küche. Er brauchte irgendwas mit ein bisschen … mit ein bisschen zazz, wie die Amis sagen.«

»Was soll das heißen?«

»Na ja, un poco de … Schnickschnack. Wow-Faktor. Etwas Besonderes, worüber die Leute sprechen. Wie Bocuses Bresser Poularde in der Schweinsblase. Wie

Jean Georges Vongerichtens foie gras brûlé. Wie mein Steak mit der Guaven-Aioli. Etwas, wo die Leute sagen: ›Wow, hast du gehört, was Boudier jetzt macht?‹ Etwas, das Essen im ›Renard‹ wieder zu einem Event gemacht hätte.«

Kieffer schnaufte ärgerlich. »Was ist denn das für ein Quatsch? Herrgott, Leo, er hat zwei Sterne! Soll er bunte Schirmchen auf seine quenelles de brochet stecken? Oder den Hauptgang von nackten Nubierinnen servieren lassen? Wer hat ihm denn diesen blöden Ratschlag erteilt?«

»Ich natürlich.«

»Wieso du?«

Esteban musterte Kieffer mit dem leidenden Blick eines großen Künstlers, dem gerade eine besonders schmerzhafte Kränkung widerfahren ist. »Wieso ich? Weil er mich gefragt hat! Falls es dir nicht aufgefallen sein sollte, ché gordo – Esteban hat verdammt viel Ahnung davon, wie man die Aufmerksamkeit der Medien und der Gastrokritiker auf sich zieht.«

»Und sie gehörig einseift.« Kieffer merkte, wie er allmählich zornig wurde.

Der Anwurf perlte an Esteban ab. »Genau. Und deshalb habe ich ihn mit diesem Keitel zusammengebracht, dem Foodscout.«

»Nie gehört. Was für ein Scout?«

»Claro, du kennst ihn nicht, er arbeitet nur mit A-Restaurants, und er ist sehr diskret. Keitel ist der hombre, den man anruft, wenn man Zutaten braucht, die sonst keiner hat. Der hat ein Netzwerk von Leuten, die seltene Früchte, Wurzeln, Beeren und so Zeug aufspüren. Und das verkauft er dann an Restaurantchefs.«

»Jetzt wird mir einiges klar. Boudier hat mir mal etwas von diesem Zeug gezeigt. Irgendwelche Früchte.«

»Sí, die waren vermutlich von Keitel. Son fenomenales! Du kannst mit dem Zeug für eine Riesenwelle sorgen, ché. Weil es sonst keiner hat. Wenn du nur bei, sagen wir, ›Varenne‹ in Toulouse diese ganz seltenen Krebse mit Schnickschnack-Bohnen aus Polynesien essen kannst, dann ist das muy exclusivo. Das ist etwas, wovon du deinen amigos erzählen kannst, das macht was her.«

»Aber diese Zutaten sind doch bestimmt sehr teuer? Wie konnte sich Boudier so etwas leisten, wenn er finanzielle Probleme hatte?«

»Konnte er nicht. Eigentlich. Aber die Sache läuft folgendermaßen – Moment, ich muss hier kurz eingreifen.« Esteban brüllte den Fahrer an, er solle gefälligst schneller fahren. Das Taxi schoss zwar schon mit 180 Stundenkilometer über die Autobahn, doch das reichte dem Argentinier anscheinend nicht.

»Ich habe verdammt noch mal keine Lust, zu spät zu kommen. Wenn nämlich Hambichler die Küchenorganisation macht, dann fliegt uns alles um die Ohren. Er ist ein netter Kerl, Hambichler, aber er kokst wie ein neureicher Russe und …«

»Boudier, Leo! Boudier!«

»Sí, also: Du kannst Keitel das Zeug einfach abkaufen. Aber da Boudier achuchado war, pleite, habe ich ihm geholfen, in Keitels Spezialprogramm zu kommen.«

»Wie funktioniert das?«

»Keitel hat regelmäßig neuartige Zutaten, und die gibt er mehreren Küchenchefs, umsonst. So findet er raus, was essbar ist und was gut ankommt – und welche von seinen Sachen Schweinefutter sind. Gleichzeitig hat er einen Deal mit einem großen Nahrungsmittelproduzenten.«

»Mit welchem?«

»No sé! Weiß nicht. Aber die testen seine, was haben wir gesagt, polynesischen Schnickschnack-Bohnen, überlegen sich, wie man das Zeug verkaufen kann – als Health-Food oder was weiß ich.«

»Ich verstehe jetzt aber nicht ganz, wozu sie dafür Sterneköche wie Boudier brauchen. Die haben doch bestimmt eigene Köche und Testküchen, wo sie das Zeug überprüfen können.«

Esteban schüttelte den Kopf. »Du verstehst nichts von Publicity, ché. Wenn der Food-Konzern sieht, dass eines von Keitels Früchtchen vermarktbar ist, dann passiert Folgendes: erst begeisterte Berichte in der Presse über dieses neue Trendfood, auf das immer mehr Sterneköche abfahren. Das ist der Ritterschlag.«

»Der Ritterschlag?«

»Sí! So adelt man das Produkt. Und dann, seguidamente, bringen sie in der Klatschpresse ein paar Sachen. Madonna schwört auf die Schnickschnack-Bohnen, weil die jung halten, geil machen, so was in der Richtung. Und dann fangen die Verbraucher an nachzufragen, wo man denn diese tollen Bohnen kaufen kann. Und kurz danach stehen sie in jedem supermercado.« Esteban grinste. »100 Gramm zu 17,99 das Päckchen. So funktioniert das.«

»Kannst du mir Keitels Nummer geben?«

»Sí, ich maile sie dir. Wie lautet deine Adresse?« Esteban nahm einen Blackberry aus der Tasche und tippte darauf herum. »Erledigt.« Das Taxi befand sich inzwischen nur noch wenige Hundert Meter vom Flughafen entfernt. »So, und jetzt muss ich los«, sagte Esteban, als der Fahrer vor dem Check-in hielt.

»Hör zu, ché, wir sollten was drehen. Juntos, wir zusammen! Ich habe ein neues TV-Showkonzept, da würdest du perfekt reinpassen. Ist ein Küchenquartett, uns fehlt noch der comic relief character, ein kauziger Koch, tölpelhaft, grobschrotig. Na, du weißt schon. Lass uns telefonieren, sí?«

Dann war der Pampa-Prinz verschwunden. Das Taxameter zeigte 118 Euro an, der Fahrer schaute erwartungsvoll. »Meine 200 krieg ich jetzt aber schon, oder?«

17

Auf dem Rückweg vom Flughafen zum Hotel geriet Kieffer in den Berufsverkehr und benötigte geschlagene zwei Stunden sowie weitere 130 Euro, bis er wieder vor seinem Peugeot stand. Übel gelaunt setzte er sich in seinen Wagen und fuhr zurück nach Luxemburg.

Es war bereits später Nachmittag. Er würde zunächst ins Restaurant fahren und dort nach dem Rechten sehen. Nachdem die Spurensicherung der Luxemburger Polizei abgezogen war, hatte Kieffer zunächst überlegt, das »Eglises« für einige Wochen zu schließen. Dann hatte er jedoch in seinem Kopf überschlagsweise ausgerechnet, wie viele Tausend Euro Umsatz ihn das kosten würde, und die Idee rasch wieder fallen gelassen. Auch wegen des Wetters. Es war ein warmer, sommerlicher September, der schönste seit vielen Jahren, soweit Kieffer sich erinnern konnte. Mit etwas Glück würde auf den milden September ein goldener Oktober folgen. In Luxemburg waren die Abende zu dieser Jahreszeit ohnehin ausgesprochen lau, und die Menschen saßen gerne bis Mitternacht draußen, tranken Moselwein und aßen Deftiges – Kachkéis, Wäinzoossiss mat Moschterzooss oder Haart

Eeër mat wäisser Zooss. Bei gutem Wetter würden die »Zwou Kierchen« so viel verdienen, dass schon Ende Oktober der geplante Jahresumsatz zusammen sein könnte.

Deshalb hatte Kieffer Claudine offiziell zu seinem Souschef ernannt. Eigentlich hatte er mit dieser Beförderung noch bis zum kommenden Jahr warten wollen, aber nun brauchte er die Unterstützung sofort. Claudine war seitdem überglücklich und voller Tatendrang. Dabei hatte der Titel im Tagesgeschäft kaum etwas zu bedeuten – er war eher wie einer jener goldenen Litzen, die man beim Militär mitunter an die Uniform gesteckt bekommt, ohne dass dies spürbare Auswirkungen hat. In einem so kleinen Restaurant war Rang kaum von Bedeutung. Außer Claudine und Kieffer gab es lediglich noch zwei commis de cuisine und einen spongeur – wahrlich keine beeindruckende Streitmacht.

Größere Restaurants besaßen einen chef de partie mit eigener Mannschaft – und zwar für jeden wichtigen Posten: gardemanger, potagier, saucier, entremetier, poissonnier und so weiter. Im »Eglises« fungierte jeder im Prinzip als das, was man in Profiküchen als tournant bezeichnete – als Springer. Wenn die Bestellungen im Dutzend hereinkamen, musste jeder alles machen.

Kieffer gefiel diese körperlich sehr anstrengende Art zu arbeiten dennoch viel besser als die riesigen Küchenbürokratien, in denen er über zehn Jahre seines Lebens verbracht hatte. Nach seiner Kündigung im »Renard Noir« war er selbst einige Jahre Souschef gewesen, in einem Pariser Fischrestaurant namens »La Houle«.

Mitte der Neunziger hatte das Lokal im Marais als angesagtestes Meeresfrüchtelokal der Stadt gegolten. Als nur dem chef de cuisine verantwortlicher Küchenvize hatte Kieffer insgesamt 15 Köche unter sich gehabt, dazu eine kaum überschaubare Zahl von aides de cuisine, die im Akkord Langusten knackten, Doraden schuppten, Lachse filetierten, Austern aufbrachen und eimerweise fond de homard und bouillabaisse herstellten. Ständig musste man Lagerbestände kontrollieren, die Qualität der Vorprodukte prüfen, vorlaute Postenchefs maßregeln, Kellner scheuchen und darauf achten, dass die schwarzarbeitenden und schlecht ausgebildeten sans-papiers nicht wahllos teure Edelfische zersäbelten, sodass man die Fetzen nur noch für den Fondtopf verwenden konnte. Selbst zu kochen – das nach Kieffers vielleicht etwas zu romantischer Vorstellung Essenzielle an seinem Beruf – stand als Souschef nicht auf dem Programm. Er hatte den Job nur mit einer großen Menge Sancerre und allerlei Tabletten ertragen. Zuletzt war er nervlich am Ende gewesen.

Von der Autobahn kommend schlängelte sich Kieffer auf die das Europaviertel durchschneidende Avenue Kennedy und fuhr dann den Südhang des Kirchbergs hinunter, zum Restaurant. Es war ein schöner Abend, und seine Terrasse war bereits ordentlich gefüllt. Er stellte den Wagen ab und eilte die Treppe zur Küche hinauf.

Dort war seine frischgebackene Vizechefin gerade dabei, einen letzten Blick auf sechs Teller voll dampfendem Kuddelfleck zu werfen, die auf einem Ausgabetablett neben dem Speisefahrstuhl standen. Claudine entfernte mit ihrem torchon noch einen Soßenspritzer vom Tellerrand und rief: »Tisch sechs marschiert!« Dann wandte sie sich Kieffer zu. »Xavier, hier ist die Hölle los. Gerade ist eine Zehnergruppe Deutsche reingekommen, à la carte natürlich und mit allerlei Sonderwünschen.«

»Es tut mir leid, ich hab auf der Autobahn festgesteckt.«

»Warst du einkaufen? Die Vorratskammer ist ziemlich leer. Ich musste bereits die Träipen von der Karte nehmen, weil wir kein frisches Blut mehr haben. Und alles mögliche andere Zeug ist auch aus.«

»Besorge ich morgen früh, ich war heute bei Esteban in Bitburg.«

Sie schaute erstaunt. »Das argentinische Schnuckelchen? Aus dem Fernsehen? Woher kennst du den denn?«

»Wir sind alte Freunde«, knurrte Kieffer. »Ich erzähle es dir nachher. Und jetzt gib mir Arbeit, Chefin. Du hast das Kommando.«

Die nächsten vier Stunden vergaß Kieffer Esteban, Boudier und die Ereignisse der vergangenen Tage und konzentrierte sich aufs Kochen. Es war schon fast eins, als sie endlich selbst zum Essen kamen.

Kurz bevor die Küche zumachte, baute Kieffer stets eine kleine Tafel im Speiseraum auf, eingedeckt wie ein Gästetisch. Dort konnte das Küchenpersonal nach der Arbeit noch ein wenig zusammensitzen und die Reste vertilgen. Heute gab es Bouneschlupp, in Scheiben geschnittenen Rinderbraten und dazu Tiirtech, ein mit Sauerkraut und Speckstücken vermischtes Kartoffelpüree.

Mit Claudine sprach er nun den nächsten Tag durch. Sie sah müde aus. »Versteh mich nicht falsch, Xavier, aber … dauert das noch länger?«

»Was genau meinst du?«

»Deine ausgedehnte Reisetätigkeit. Du bist der Chef, du kannst natürlich machen, was du willst.« Sie lächelte schief. »Aber du bist auch das größte Arbeitstier. Keiner kann so schnell Teller rauskloppen wie du. Ohne dich läuft es nicht rund.«

Kieffer nickte und versuchte dabei, verständnisvoll dreinzublicken, obwohl er mit seinen Gedanken bereits wieder ganz woanders war. Er war fasziniert von dem, was Esteban ihm über Foodscouts erzählt hatte, und wollte unbedingt mehr über den mysteriösen Keitel in Erfahrung bringen. Kam von ihm die gelbe Frucht, mit der Boudier herumexperimentiert hatte?

»Es kann noch ein paar Tage dauern, befürchte ich. Aber wenn es zu viel wird, können wir Hilfe holen, Claudine. Kennst du einen Koch, der etwas taugt?«

»Ja, mir fällt schon jemand ein. Vielleicht Wolfgang aus dem Uelzécht? Der will da weg.«

Kieffer nickte, klopfte auf den Tisch und stand auf. Eigentlich war eine weitere Küchenkraft zu teuer, aber darüber würde er sich später Gedanken machen.

Er ging in sein Büro, checkte zunächst seine E-Mails und notierte sich die Telefonnummer, die Esteban ihm geschickt hatte. Sie hatte eine US-Vorwahl. Wenn er richtig informiert war, handelte es sich um eine Westküstennummer. Dann wählte er. Am anderen Ende meldete sich eine Frau.

»Westwood Properties, guten Tag. Mein Name ist Sharon, wie kann ich Ihnen helfen?«

»Guten Tag, mein Name ist Xavier Kieffer, ich rufe aus Luxemburg an.«

Als die Dame am anderen Ende nicht reagierte, fügte er hinzu: »Aus Europa.«

»Oh, Europa, fantastisch. Und wen wollen Sie sprechen, Zavi?«

Kieffer verzichtete darauf, sie zu korrigieren. »Ich suche nach einem Herrn Aaron Keitel. Eigentlich dachte ich, dies wäre seine Büronummer.«

»Sie sind beim Empfang gelandet, Zavi. Ich spreche das korrekt aus, oder? Bitte warten Sie einen Moment, ich checke das Firmenverzeichnis.«

Bevor er etwas erwidern konnte, schallten ihm die Beach Boys entgegen. Etwa zwei Minuten lang hing er in der Warteschleife, bis Sharon ihn erlöste.

»Okay, Zavi, ich habe das für Sie überprüft. Wir hatten hier eine Firma namens Food Sleuth, Besitzer: Aaron Keitel, aber die sind weg. Haben keine Telefonweiterleitung eingerichtet, deshalb sind Sie zu uns durchgerutscht.«

»Wie meinen Sie das, weg? Wo genau sitzen Sie eigentlich?«

Sharon sprach nun betont langsam, als ob sie mit einem begriffsstutzigen Kind rede. »Westwood Properties ist ein Bürokomplex in Burbank, Zavi. Sie wissen, wo Burbank ist?«

»Nein, nicht so genau.«

»Das ist in L. A. In Los Angeles, das ist eine sehr große Stadt in Kalifornien.«

»Ja, davon habe ich schon gehört, Sharon.« Falls sie seinen Sarkasmus bemerkte, ließ sie sich nichts anmerken. »Und Mister Keitel hatte in Ihrem Gebäude ein Büro gemietet?«

»Suite 9802 A. Aber vor zwei Tagen ist die Firma ausgezogen.«

»Ausgezogen? Wohin denn?«

»Ich bin leider nicht befugt, darüber Auskunft zu geben.«

»Gibt es denn eine neue Adresse oder eine Telefonnummer, die Sie mir geben könnten, Sharon?«

»Es tut mir außerordentlich leid, Zavi, aber auch dazu bin ich nicht befugt. Wenn unsere Mieter dies nicht ausdrücklich wünschen, sind wir nicht autorisiert, diese Informationen Dritten zur Verfügung zu stellen.«

»Ich verstehe. Vielen Dank.«

»Vielen Dank für Ihren Anruf bei Westwood Properties. Ich wünsche Ihnen weiterhin einen großartigen Tag.« Dann legte sie auf.

»Leck méch dach«, fluchte Kieffer. Er überlegte einen Moment und gab dann in einer Internet-Suchmaschine Keitels Namen und Food Sleuth ein, fand jedoch nichts. Danach schrieb er zwei E-Mails – eine an Scheuerle in Hohenheim und eine an Vatanen. Beide wies er auf Keitel hin. Vielleicht hatten der Professor oder der EU-Beamte eine Idee, wo man etwas über den Mann herausfinden könnte.

18

Am nächsten Morgen fuhr Kieffer auf den Großmarkt und begab sich danach zum Kirchberg. Ihm war aufgefallen, wie wohl er sich in den neuen Kleidungsstücken fühlte, die er für sein erstes Treffen mit Valérie Gabin gekauft hatte. Deshalb wollte er sich in einem Shoppingcenter im Europaviertel komplett neu ausstaffieren.

Kieffer hatte sich nie viel aus Klamotten gemacht. In seiner Jugend war er ein Jeans-und-Parka-Typ gewesen, und seitdem war in Sachen Modebewusstsein bei ihm nichts Nennenswertes mehr passiert. In der Küche trug er stets Holzpantinen, eine karierte Hose und eine schlichte schwarze Kochjacke. Außerhalb seines Restaurants sah er, wie Vatanen einmal angemerkt hatte, »wie ein flämischer Gemüsehändler aus«. Kieffer fragte sich, was Vatanen denn wohl von ihm erwartete. Er schleppte nun mal ständig Kisten mit erdverkrustetem Biogemüse durch die Gegend oder fuhr in seinem alten Lieferwagen Mehlsäcke und Schweinehälften spazieren. Da bot sich feine Kleidung eben nicht gerade an. Jeans und Pullunder waren aus Vernunftgründen meist die beste Wahl.

Bei einer Inventur seines Kleiderschranks hatte Kieffer dann aber doch konstatieren müssen, dass er es mit seiner Junggesellennummer vielleicht etwas zu weit getrieben hatte. Der Zustand seiner Garderobe war beklagenswert. Außer abgewetzten Cordhosen, ausgeleierten T-Shirts, von Wollmäusen okkupierten Pullovern und einigen Bluejeans, die schon vor der Einführung des Euro ihre Form verloren haben mussten, hatte sein Schrank kaum etwas zu bieten.

Am besten erhalten war das Trikot des Fußballvereins Spora Luxembourg – was daran lag, dass er seit bestimmt zehn Jahren kein Spiel seiner Mannschaft mehr besucht hatte. Inzwischen war es ihm zu klein, und den Verein gab es auch nicht mehr.

Immerhin besaß Kieffer zwei Boss-Anzüge nebst Hemden und einer schmalen Lederkrawatte. Diese Ausstattung hatte er irgendwann einmal in den Galeries Lafayette in Lyon erstanden. Sie datierte noch aus jener Zeit, als er Postenchef im »Renard« war und ab und zu aus geschäftlichen Gründen etwas Präsentables tragen musste. Damals war er jedoch 20 Kilo leichter gewesen.

Ein Blick in die Auslage des Herrenausstatters bestätigte ihn in seiner Entscheidung. Verglichen mit den Anzügen, die im Schaufenster ausgestellt waren, sahen seine breitschultrigen Jacketts grotesk aus. Und Lederkrawatten schienen inzwischen ebenfalls aus der Mode zu sein.

Weil er wenig Zeit hatte und um zwölf wieder in seiner Küche stehen musste, hatte sich Kieffer auf den Einkaufstrip so penibel vorbereitet wie auf seinen wöchentlichen Großmarktbesuch. Er winkte einen Verkäufer zu sich heran und überreichte dem verdutzten Mann eine Einkaufsliste.

Die nächsten 30 Minuten verbrachte Kieffer in der Umkleidekabine und probierte stöhnend und schwitzend die verschiedenen Hosen, Hemden und Jacketts an, die ihm der Verkäufer in kurzer Abfolge reichte. Als er fertig war, übergab er dem Verkäufer einen großen Stapel zerknitterter Kleidungsstücke und erklärte ihm: »Dieses Hemd nehme ich – je drei blaue, drei weiße, drei schwarze. Zwei von den Cordhosen, zwei Chinos, beige und schwarz. Und diesen Anzug – zwei Stück.«

Als er seinen Großeinkauf bezahlt hatte, schaute Kieffer auf die Uhr. Es war kurz nach elf. Er hatte das Shoppingcenter um Punkt zehn betreten. »Eine Stunde für eine komplette Garderobe ist nicht übel«, dachte er bei sich. Nun hatte er sich einen Kaffee verdient. Bei Lombard's stellte er seine sechs Tüten ab, setzte sich an einen der Außentische des Bistros und orderte einen Noisette. Gerade als er begonnen hatte, ein wenig im »Luxemburger Wort« zu blättern, klingelte sein Handy. Es war Scheuerle vom Max-Planck-Institut.

»Guten Morgen, Klaus«, begrüßte Kieffer den Wissenschaftler. »So schnell habe ich gar nicht mit deinem Anruf gerechnet. Hast du etwa schon etwas?«

»Zunächst, was deine E-Mail angeht: Ich habe noch nie von diesem Keitel gehört. Mir ist bewusst, dass es ein paar solcher Foodscouts gibt, aber die haben in der Regel kein wissenschaftliches Interesse, sondern ein rein finanzielles. Darf ich fragen, wie du auf den Mann gekommen bist?«

»Ein ehemaliger Kollege von mir behauptet, dass dieser Keitel für den Koch gearbeitet hat, von dem die Frucht stammt. Deshalb wäre es recht plausibel, dass dieser Keitel das Zeug aufgetrieben hat.«

»Klingt logisch – es wäre sicherlich verdammt spannend, mit dem Typen zu sprechen. Ist er Deutscher? Der Nachname klingt so.«

»Nein, Amerikaner, glaube ich. Zumindest sitzt er irgendwo an der Westküste. Ich habe sogar seine Nummer, aber die ist tot. Und im Internet habe ich auch nichts über den Kerl gefunden.«

»Tja, da kann ich dir auch nicht weiterhelfen. Aber deshalb rufe ich auch gar nicht an. Es geht um die chemische Zusammensetzung eurer Wundermango – das ist mein ganz unwissenschaftlicher Arbeitstitel, sozusagen. Ich habe einige Überstunden eingelegt, aber es hat sich gelohnt.« Scheuerle klang aufgekratzt, seine Stimme war etwas heiser.

»Was die Sortenbestimmung angeht, tappen wir noch total im Dunkeln. Ich hatte ja bereits angedeutet, dass mir das Zeug noch nie untergekommen ist. Die chemische Zusammensetzung, zumindest im Groben, die haben wir allerdings ermittelt und sie dann durch den Rechner gejagt, sie mit allen wichtigen karpologischen Datenbanken abgeglichen.«

»Und?«

»Nichts.«

»Also ein großes Mysterium.«

»Genau, aber bevor du jetzt allzu enttäuscht bist, hör dir das hier an.« Er vernahm, wie Scheuerle mit irgendwelchen Papieren raschelte. »Die chemische Zusammensetzung von dem Zeug ist verdammt interessant, und ich habe auch schon eine Vermutung, warum diese Frucht jedes Essen so lecker macht.«

Er hörte, wie der Deutsche sich einen seiner Zigarillos ansteckte und gierig inhalierte.

»Also, Xavier, pass auf. Du weißt doch, was Natriumglutamat ist?«

»Natürlich, ein Geschmacksverstärker. Ist in so ziemlich allen Fertigprodukten drin. Und in dem Gros der Gerichte, die in Industrieküchen zusammengekocht werden. In Fast Food sowieso.«

»Genau. Der japanische Forscher Kikunae Ikeda hat Glutamat Anfang des 20. Jahrhunderts aus Algen isoliert. Erst haben es lediglich die Asiaten verwendet, vor allem für Fisch- und Fleischgerichte. Inzwischen ist das Zeug überall, Köche lieben es und Lebensmittelkonzerne sowieso. Denn mit Natriumglutamat wird alles lecker. Selbst, wenn man minderwertige Zutaten verwendet. Außerdem essen Menschen mit Glutamat versetzte Speisen erwiesenermaßen schneller. Und sie essen mehr davon.«

»Mir kommt das nicht in die Töpfe«, knurrte Kieffer. »Das hat in einer guten Küche nichts zu suchen.«

»Eine sehr löbliche Einstellung, mit der du vermutlich ziemlich alleine dastehst in der Gastronomie. Aber sei's drum, darauf wollte ich nicht hinaus. Weißt du, wie Glutamat funktioniert? Ich meine, wie es chemisch gesehen wirkt?«

»Nicht so genau, Klaus. Ich nehme an, es wirkt irgendwie auf die Geschmacksknospen und gaukelt denen etwas vor.«

»Falsch. Wie viel Ahnung hast du von Biochemie?«

»Eigentlich gar keine. Du musst in kurzen, einfachen Sätzen mit mir sprechen.«

Kieffer konnte einen tiefen Seufzer am anderen Ende der Leitung vernehmen. »Na gut. Dann also den Erstsemestervortrag. Natriumglutamat ist ein Salz der Glutaminsäure, die wiederum eine Aminosäure ist.«

»Also ein Protein.«

»Nicht schlecht. Ja, meistens trifft das zu, allerdings gibt es auch nicht proteinogene Aminosäuren. Aber lassen wir das. Wichtig ist Folgendes: Natriumglutamat gelangt über die Schleimhäute rasch ins Blut. Von dort, das hat man in Tierversuchen getestet, geht es dann direkt ins Gehirn. Es wirkt keineswegs auf deine Geschmacksknospen, verstehst du? Es wird von deinem Körper in Glutamin umgewandelt, also in sehr kleine Moleküle. Die überwinden die Blut-Hirn-Schranke mühelos.«

»Ich weiß nicht, ob ich dir folgen kann. Wenn ich mit Natriumglutamat versetztes Essen zu mir nehme, dann gelangt der Aromaverstärker direkt in mein Gehirn? Und was macht er da?«

»Na ja, er wirkt dort als Neurotransmitter. Ein Neurotransmitter ist ein biochemischer Stoff, welcher Informationen von einer Nervenzelle zur anderen über die Synapsen weitergibt. Glutamin ist einer der gängigsten Neurotransmitter. Er sagt deinem armen Gehirn zum Beispiel, dass die panierten Hähnchenabfälle, die du an einer Fast-Food-Bude gekauft hast, wahnsinnig lecker sind. Obwohl sie in Wahrheit schmecken wie frittierte Dachpappe.«

»Dieses Zeug manipuliert mein Gehirn? Das wusste ich nicht.«

»Tja, die meisten Menschen wissen das nicht. Ist möglicherweise auch besser so. Ob es gefährlich ist, darüber gibt es verschiedene Ansichten. Die Lebensmittelindustrie und der Gesetzgeber halten es für ziemlich unbedenklich. Glutamin komme schließlich ganz regulär im menschlichen Körper vor.«

»Und, stimmt das?«

»Klar stimmt das. Allerdings wird dem Konsumenten das Glutamin bei diesen Nahrungsmitteln in Dosen verabreicht, die viel höher sind als jene, denen wir normalerweise ausgesetzt sind. Deine Synapsen werden mit einer Überdosis dieser Neurotransmitter geflutet, das Gehirn wird regelrecht mit Glutamin zugeballert. Erst dadurch entsteht die Superlecker-Empfindung. Diese Überdosis kann freilich elementare Stoffwechselprozesse aus dem Gleichgewicht bringen. Vielen Menschen wird übel, man nennt das CRS.«

»Das berühmte China-Restaurant-Syndrom?«

»Bingo. Hohe Konzentrationen von Natriumglutamat können Herzklopfen, Migräne, Übelkeit oder Taubheitsgefühle im Nacken verursachen, bis hin zu einem schweren anaphylaktischen Schock. Und dann sind da, wie gesagt, weitere mögliche Stoffwechselstörungen. Weißt du, wie wir Übergewicht und Diabetes erforschen?«

»An Amerikanern aus dem Mittleren Westen?«

»Haha, nein. Wir verwenden Ratten. Sehr fette Ratten. Es ist allerdings nicht so einfach, einen Nager moppelig zu machen – selbst wenn man ihm ausschließlich fett- und zuckerhaltige Nahrung vorsetzt. Das reicht in der Regel nicht. Und deshalb«, Scheuerle machte eine Kunstpause, »injiziert man Jungratten Natriumglutamat. Dann gehen sie auf wie Hefekuchen.«

»Okay, Klaus, dann habe ich jetzt ungefähr verstanden, wie das Zeug funktioniert und dass es nicht ganz unbedenklich ist. Aber was hat das mit meiner Frucht zu tun? Ist da etwa auch Natriumglutamat drin?«

»Nein, das nicht. Aber die Frucht enthält sehr viele interessante Salze verschiedener Aminosäuren. Es gibt, ohne das jetzt im Detail auszuführen, ja noch eine Menge anderer Geschmacksverstärker mit ähnlicher Wirkungsweise. Die Industrie benutzt zum Beispiel gerne Aspartat für eine starke Süße-Empfindung oder Guanylat fürs Rundum-glücklich-Geschmäckle. In deiner Frucht sind ein Dutzend solcher Salze drin, mindestens. Zudem enthält sie weitere chemische Verbindungen, die ich in dieser Kombination noch in keiner anderen natürlich vorkommenden Pflanze gesehen habe. Meine Arbeitshypothese wäre deshalb, dass deine Supermango ähnlich wirkt wie Natriumglutamat und andere Aminosäuren-Neurotransmitter. Nur stärker.«

»Wie viel stärker?«

»Ich habe keine Ahnung, Xavier. Das herauszufinden würde langwierige Testreihen erfordern. Aber den Mengen pro Gramm Frucht nach zu urteilen, die unsere ersten Samplings zutage gefördert haben, ist im Vergleich zu Natriumglutamat eine hundertfach stärkere Wirkung noch eine äußerst konservative Annahme.«

Kieffer sagte einen Moment lang gar nichts. Dann fragte er: »Wenn die Konzentration viel höher ist, müsste es dann nicht auch viel stärkere Nebenwirkungen geben als bei Natriumglutamat? Ich habe kein Unwohlsein verspürt. Im Gegenteil. Und ich habe ja einiges davon vertilgt.«

Scheuerle lachte. Er klang gequält. »Nicht jeder kriegt CRS, manche merken gar nichts, andere bekommen mörderische Migräne oder Durchfall. Ich würde dennoch dringend von weiteren Selbstversuchen abraten.«

»Wie schade. Ich habe noch ein bisschen was davon im Eisschrank und hatte über canard à la bigarade nachgedacht. Da kämen die Röststoffe optimal zur Geltung.«

»Xavier, das ist nicht witzig. Ich meine es ernst. Rühr das Zeug nicht mehr an, hörst du? Nur weil du die ersten Male keine körperlichen Nebenwirkungen verspürt hast, muss das nicht heißen, dass sich nicht irgendwann welche einstellen. Vor allem bei fortwährendem Konsum. Außerdem …«, Scheuerle zögerte.

»Außerdem was? Gibt es weitere Nebenwirkungen?«

»Das ist alles nicht so gut untersucht, und es werden zu geschmacksverstärkenden Neurotransmittern wie Glutamat keine neuen, großen Studien mehr durchgeführt. Das Thema gilt als ausgeforscht, und von der Industrie bekommst du natürlich aus nachvollziehbaren Gründen für Recherchen in diese Richtung keinen Cent Drittmittel. Also hängt sich niemand rein. Aber es gibt ein paar Hinweise, dass Natriumglutamat sogar psychische Erkrankungen auslösen kann.«

»Wie bitte?«

»Na ja, das Resultat eines Glutamin-Overloads bezeichnen wir als Exzitotoxizität – das bedeutet die Zerstörung von Neuronen durch eine anhaltende Überaktivität der Synapsen. Die bläst es, salopp ausgedrückt, einfach weg, die hohe Neurotransmitter-Dosierung, das ist too much, verstehst du? Bei jeder Fast-Food-Orgie, bei jeder chinesischen Tütensuppe gehen ein paar deiner Neuronen flöten.

Und wer weiß schon, was das auf lange Sicht mit deinem Verstand macht. Über komplexe neurochemische Wechselwirkungen im Gehirn weiß man noch verhältnismäßig wenig. Es gibt ein paar Untersuchungen, die nahelegen, dass in einigen wenigen Fällen schwere Depressionen die Folge sein könnten, Wahnvorstellungen oder auch schizoide Schübe. Das ist in der scientific community natürlich eine Minderheitsmeinung und auch durch zu wenige Daten abgesichert.«

»Du willst mir also sagen, meine Frucht macht mich vielleicht verrückt.«

»Ich habe gerade über stinknormales Natriumglutamat geredet, Xavier. Da ist die Wahrscheinlichkeit psychischer Auswirkungen äußerst gering. Bezüglich deiner Mango möchte ich hingegen lieber keine Prognose wagen.«

19

Am darauf folgenden Sonntagmorgen war Kieffer bereits kurz vor sechs wach. Er räumte seine Wohnung auf und verbrachte dann die für ihn ungewöhnlich lange Zeitspanne von 20 Minuten damit, für das Frühstück mit der Gabin-Chefin aus seinem neuen Fundus von Hemden, Hosen und Jacketts die passende Garderobe auszuwählen. Er probierte zunächst einen der dunklen Anzüge. Dann dachte er an Valérie, an ihre zerfetzten Jeans und ihre amerikanischen Segeltuchschuhe – und hängte ihn wieder weg. Er entschied sich stattdessen für Chinos, ein schwarzes Hemd und eine etwas abgetragene Lederjacke.

Für neun Uhr hatte er sich mit Valérie Gabin in einem hübschen kleinen Jugendstilcafé am Knuedler verabredet, einem Platz in der Oberstadt. Knuedler bedeutete Knoten, nach der Kordel der Kutte jener Franziskanermönche, die hier im Mittelalter ein Kloster betrieben hatten. Kieffer hatte als Abiturient in der Stadt als Fremdenführer gearbeitet und wusste derlei Sachen – falls die Pariserin nach dem Frühstück Lust auf eine kleine Stadtführung haben sollte, würde er mit ihr vom Knuedler durch die Altstadt bis zum Bockfelsen schlendern und dann mit dem Fahrstuhl in die Unterstadt fahren. Vielleicht könnte er ihr auch die Kasematten zeigen, jene labyrinthischen Befestigungsanlagen, die den Bock kilometerweit durchzogen.

Kieffer war ein bisschen erstaunt über sich selbst. Wann hatte er sich das letzte Mal derart viele Gedanken über ein Treffen mit einer Frau gemacht? »Du bass en Dreemer, Xavier«, brummte er zu sich selbst. »Du bass ze déck und ze al fir dës Madämmchen.«

Dann fuhr er in die Stadt. Als er kurz vor neun das Café betrat, saß Valérie Gabin bereits an einem Ecktisch im hinteren Teil. Sie trug Jeans und eines jener modischen amerikanischen Polohemden, die abgetragen und verwaschen aussahen, aber in Wahrheit neu waren.

Offenbar war sie schon länger hier. Vor ihr standen eine leere Schale café au lait, ein angebissenes Croissant und ein Laptop. Auf dem Tisch lagen Schriftstücke und Aktenmappen verstreut. Sie blickte auf und strahlte ihn an. »Xavier, guten Morgen. Sorry, ich musste schon einen Kaffee trinken und einen kleinen Bissen zu mir nehmen. Bin eine Frühaufsteherin, ich war bereits schwimmen und hab dann ein bisschen gearbeitet.«

»Guten Morgen, Valérie. Schön, dich zu sehen. War deine Veranstaltung gestern denn ein Erfolg?«

Sie rollte mit den Augen. »Langweilig war's! Spitzenköche, Verbandsleute von der chaîne des rôtisseurs und so weiter. Wir sponsern die Veranstaltung. Im Wesentlichen ging es darum, eine Hundertschaft Food-Journalisten aus ganz Europa einzufliegen und, wie die Angelsachsen sagen, to wine and dine them. Nicht sonderlich interessant.«

Kieffer bestellte ein italienisches Frühstück mit viel Aufschnitt. Valérie überredete den Kellner, ihr pancakes mit Ahornsirup zu bringen, obwohl diese nicht auf der Karte standen.

»Die französische Kriminalpolizei ist inzwischen sehr aufgeregt, Xavier. Die Sache wird immer größer. Sagst du mir, was du herausgefunden hast?«

»Klar, aber was genau heißt ›immer größer‹?«

»Schau dir das hier an.« Einem ihrer Aktenhefter entnahm Valérie einen Stapel zusammengehefteter Blätter. Es waren Zeitungsausschnitte. »Reicht, wenn du den ersten liest, ist aus ›Le Monde‹ von vorgestern.«

Mysteriöse Brandserie in der Spitzengastronomie

Sternerestaurants abgebrannt – Besitzer verschwunden – Polizei noch ohne Spur

Von Jacques Perigot

Bordeaux – Der Landgasthof »La Chasse«, ein Gebäude aus dem 14. Jahrhundert, war der ganze Stolz des Städtchens Saint-Médard-en-Jalles westlich von Bordeaux. Das weit über die Grenzen des Départements Gironde hinaus bekannte Restaurant besaß einen Gabin-Stern, und sein Besitzer, der aus Korsika stammende Olivier Filucci, arbeitete hart daran, einen zweiten zu erringen.

Nun bietet sich in Saint-Médard-en-Jalles ein Bild der Verwüstung. In der Nacht des 6. September brannte »La Chasse« bis auf die Grundmauern nieder. Ursache war nach

Angaben der Feuerwehr eine Explosion, die vermutlich durch eine defekte Gasleitung ausgelöst wurde. Spitzenkoch Filucci kam dabei ums Leben. »Es ist ein schreckliches Unglück. Eine Tragödie, sowohl menschlich als auch kulinarisch«, sagte Saint Médards Bürgermeister Edmond Laramy dieser Zeitung.

Aber handelt es sich wirklich um einen Unglücksfall? Die Kriminalpolizei hält offiziell noch an dieser Version fest, doch gewisse Zweifel sind angebracht. Nach Recherchen dieser Zeitung ist »La Chasse« nämlich nur eines von insgesamt drei Sternerestaurants, die alle kürzlich abbrannten.

Am 5. September ging das mit zwei Sternen ausgezeichnete »Renard Noir« in Châlons-en-Champagne in Flammen auf. Sein Besitzer, der berühmte Koch Paul Boudier, gilt seitdem als verschwunden. In der gleichen Nacht brannte auch das »Ti Breizh« in Plonéis, Département Finistère, ab. Auch hier gilt die Ursache als ungeklärt und der Besitzer als unauffindbar.

Ein Sprecher der PJ erklärte auf Anfrage, es gebe bisher keinerlei Hinweise auf einen Zusammenhang zwischen den drei Bränden.

Kieffer legte den Artikel weg. »Das ist doch nicht möglich.«

Valérie nickte. »Klingt total irre, oder? Die drei Restaurants haben auf den ersten Blick nichts miteinander zu tun. Sie liegen in verschiedenen Ecken Frankreichs. Aber die drei Brände haben fast zeitgleich stattgefunden. Und alle Lokale waren im Guide aufgeführt.«

Sie seufzte. »Der Journalist von ›Le Monde‹ hat mich auch angerufen. Der versucht jetzt natürlich herauszufinden, was für einen Zusammenhang es zwischen den Bränden geben könnte.«

»Und was hast du ihm gesagt?«

»Dass ich keinen blassen Schimmer habe, ob es einen gibt. Vielleicht gibt es ja keinen.« Ihr Gesichtsausdruck zeigte ihm unmissverständlich, dass sie das nicht glaubte. »Ansonsten war ich heilfroh, dass er mich nicht nach Ricard gefragt hat. Vielleicht wusste er noch nichts davon. Aber die Polizei wird demnächst bestimmt einen Gang hochschalten, jetzt, wo die Sache in der Presse Wellen schlägt. Und dieser Journalist, Perigot, ist von seiner Zeitung für die Geschichte freigestellt worden, hab ich gehört. Der wird jetzt jeden Stein umdrehen. Gut möglich, dass er auch bei dir aufläuft.«

Kieffer war wenig begeistert von der Aussicht – der Artikel im »Luxemburger Wort« hatte ihm eigentlich schon gereicht. »Ich war inzwischen, wie du weißt, beim Restaurant meines Lehrmeisters Boudier. Was du noch nicht weißt, ist«, er merkte, dass er aufgeregt war und zu laut sprach, deshalb senkte er seine Stimme ein wenig, »dass ich in Boudiers Experimentalküche war.«

»Ist die nicht in Flammen aufgegangen?«

»Nein, die befand sich in einem anderen Gebäude, mehrere Kilometer von seinem eigentlichen Restaurant entfernt. Und die Polizei wusste nichts davon. Zumindest vor knapp einer Woche noch nicht. Kann sein, dass sie das ›Tanière du Renard‹ inzwischen gefunden haben.

So heißt das Bistro, in dem die Küche sich befand«, schob er nach, als er ihren fragenden Blick sah.

»Und dort, im Fuchsbau, da habe ich etwas Seltsames gefunden. Boudier hat mit einer Zutat experimentiert, einer bislang offenbar gänzlich unbekannten exotischen Frucht, die wie ein enormer Geschmacksverstärker wirkt.«

Valéries Gesichtsausdruck wurde säuerlich. »Ich krieg zu viel, ein Sternekoch, der mit Natriumglutamat und so was arbeitet? Xavier, wenn der Typ wieder auftaucht, ist er seine Sterne los, für alle Zeiten.«

Kieffer hob abwehrend die Hand. »Nach dem, was ich bisher mithilfe eines befreundeten Lebensmittelchemikers herausgefunden habe, ist es kein chemischer Zusatz. Zumindest nicht in der Art und Weise, wie man es aus billigen Chinarestaurants kennt. Es ist eine Frucht, was für eine, das wissen wir noch nicht genau. Boudier kann also weiterhin für sich in Anspruch nehmen, nur mit frischen Zutaten zu kochen.«

Kieffer erzählte ihr nun alles. Von seiner Flucht aus dem Fuchsbau, von dem Foodscout, von seinen Kochexperimenten mit der seltsamen Frucht.

»Hast du noch was davon?« Sie lächelte. »Dann könntest du mich zum Essen einladen.«

»Hab ich, und alles, wo die Frucht drin ist, schmeckt unfassbar gut. Scheuerle, der Chemiker, hat mir allerdings dringend davon abgeraten, nochmals etwas davon zu essen, bis er mehr über die Zusammensetzung weiß.«

Sie musterte einen Moment lang die pastellfarbene Jugendstildecke. »Jetzt wird mir einiges klar, Xavier. Boudier hat das Zeug nicht nur in seiner Experimentalküche verwendet, er hat es auch an seinen Gästen ausprobiert. Zumindest an einem.«

»Woher weißt du das?«

»Aus Agathon Ricards Aufzeichnungen. Die Polizei war natürlich bei uns im Büro und wollte seine Unterlagen mitnehmen. Ich hab ein bisschen rumgezickt, von wegen Redaktionsgeheimnis und so.«

Kieffer nickte. »Ja, eure Geheimniskrämerei ist legendär. Ihr sagt nie etwas darüber, wie ihr testet, wo ihr testet und wer eure Inspektoren sind, stimmt's? Nicht einmal, wie viele es von denen gibt.«

»Korrekt, Berufsgeheimnis. Das Ganze ist ohnehin schon eine Katastrophe, denn jetzt könnte vieles über die Gabin-Inspektoren in die Medien gelangen, was wir lieber unter Verschluss halten würden. Der PJ ist das natürlich egal, es handelt sich nun einmal um einen Mordfall. Ich habe also seinen Schreibtisch und den PC kurz durchgesehen und war mir sicher, dass nichts allzu Sensibles dabei war. Da hab ich sie den ganzen Krempel einpacken lassen.«

»Hast du Kopien gemacht?«

»Von seiner Festplatte. Aber viel interessanter sind zwei von Ricards E-Mails, die ich nach seinem Tod bekommen habe.«

»Nach seinem Tod? Das verstehe ich nicht.«

»Zwei Tage nach Ricards Tod hab ich unsere EDV-Abteilung angewiesen, seinen Account auf meine Adresse umzuleiten – wegen Mails, die da vielleicht ankommen. Ich wollte nicht, dass etwas im Orkus landet. Das war am vorletzten Donnerstag. Und etwas später bekam ich dann dieses Transkript von Ricards Rechercheprotokoll.«

»Wer hat dir das geschickt?«

»Eine Firma namens Valedictum, aus den USA. Die bieten einen Internetdienst an, der funktioniert so: Du rufst über dein Telefon eine lokale Nummer an – die haben für jedes Land eine – und sprichst auf eine Voicebox. Das wird dann auf einem Server gespeichert. Kannst du mir so weit folgen?«

»Halbwegs. Ich habe es nicht so mit diesem ganzen Computerzeugs.«

»Dacht ich mir schon. Aber es ist eigentlich ganz simpel. Ist im Prinzip eine elektronische Tippse. Du quatschst auf die Box, dann dauert es ein bisschen und irgendwann bekommst du deine Sprachnotizen als Textdatei, per E-Mail. Hast du dein Handy dabei?«

Er reichte es ihr.

Belustigt betrachtete sie das klobige Gerät. »Mein Gott, ist das alt.« Dann tippte sie eine Nummer ein und zeigte ihm das Display. Eine Pariser Vorwahl. Valérie drückte die Wahltaste und gab ihm das Gerät zurück.

Kieffer hielt das Handy an sein Ohr. »Welcome to Valedictum«, sagte eine amerikanisch klingende Stimme vom Band. »Please start dictating now. Hang up to send your file.« Er unterbrach die Verbindung und schüttelte den Kopf.

»Wieso hat Ricard keinen Block benutzt wie normale Menschen?«

»Ach, Xavier, weil's so viel praktischer ist. Er besucht 200 Restaurants im Jahr, mindestens. Auf diese Weise hatte er alle seine Berichte gleich fein säuberlich geordnet im Rechner, ohne sie noch einmal abtippen zu müssen. Und er konnte von überall mit seinem Laptop darauf zugreifen.«

»Wer erstellt denn diese Transkripte eigentlich? Ein Computer?«

Valérie schüttelte den Kopf. »Fleißige Typistinnen, irgendwo in Indien, Vietnam, Polen – je nachdem, in welcher Sprache die Audiodateien sind. Kostet nur ein paar Centimes.«

»Und was stand drin?«

Sie griff nach ihrem Laptop und rückte ihren Stuhl neben Kieffers, sodass ihr Arm den seinen streifte. »Lies selbst. Aber auf meinem Rechner, denn ich möchte nur ungern Ausdrucke weitergeben. Ich weiß nicht, ob die PJ das so gut fände – die hab ich übrigens noch nicht darüber informiert, mach ich nachher.« Sie klickte ein paarmal und schob dann ihren Macintosh zu ihm hinüber. Ihren Stuhl rückte sie nicht wieder zurück.

Auf dem Computer war eine Textdatei geöffnet:

> **Valedictum Transcript / 05-09-2009 / 15:44**
> Notizen Mittagessen, Renard Noir, Chalons.
>
> Nach Hinweisen auf gravierende Qualitätsverschlechterung Stichprobe im Renard. Mittagsmenü uninteressant, stattdessen à la carte. Menüfolge soupe de lièvre copeaux châtaignes et ravioles foie gras, selle d'agneau de l'Aveyron als Hauptgang, Dessert réglisse caramélisée.
>
> Lakritznachspeise albern, Sommelier empfahl seltsame Weine. Aber Hauptgang und Vorspeise sensationell! Vorschlag an Ressortleiter, gehört auf Watchlist für weiteren Stern; kann keinen Qualitätsverfall feststellen, im Gegenteil. Lammrücken von perfekter Konsistenz und unglaublichem Aroma. Suppe vom Wildhasen Geniestreich.

Valedictum Transcript / 05-09-2009 / 17:03
Nachtrag Renard.

Übler Patzer. Mit Boudier gesprochen – wusste, wer ich bin, Leugnen zwecklos. Habe ihn nach dem Rezept für die Lammkruste gefragt, der Hund schweigt eisern, sagte lediglich, er bringe einige neuartige Gewürze aus Asien zum Einsatz.

Wollte meine nächsten Stationen wissen. Habe lediglich durchblicken lassen, dass ich Luxemburg abgrasen muss. Hat mir daraufhin eine Visitenkarte aufgedrängt, von einem Gasthof, den einer seiner Schüler betreibt. Geheimtipp. Chefredaktion über Patzer informieren? Besser nicht.

Kieffer schloss das Dateifenster und lehnte sich zurück. »Das heißt also, Boudier hat Agathon Ricard die Visitenkarte des ›Deux Eglises‹ gegeben, die dann die Polizei in seinem Auto gefunden hat. Aber warum nur?«

»Vielleicht hat er geglaubt, er tut dir einen Gefallen, wenn er uns auf dein Restaurant aufmerksam macht.«

»Das würde zu Boudier passen«, sagte Kieffer und nickte nachdenklich. »Er liegt mir seit Jahren in den Ohren, ich würde mein Talent verplempern.«

»Ja, du sagtest so was. Klingt reizend, wie mein seliger Vater«, sagte Valérie.

»Aber bei allen väterlichen Gefühlen, die Boudier mir gegenüber haben mag – ganz logisch erscheint es mir nicht. Wenn er einen Tester zu mir schickt, warum ruft er mich dann nicht an und warnt mich vor?«

Valérie schaute ihn ratlos aus ihren grünen Augen

an. »Vielleicht hatte er dazu keine Gelegenheit mehr. Oder …«

»Oder was?«

Sie schaute weg. »Ich weiß, dass du nichts damit zu tun hast. Aber die Polizei könnte denken, dass du und Boudier Ricard beseitigt haben.«

»Was? Das ist doch absurd.«

»Sei nicht gleich eingeschnappt, hör mir lieber zu. Also: Ricard geht ins ›Renard‹, bekommt diese seltsame Frucht ins Essen gemischt. Dann aber wittert Boudier, dass der Typ nicht irgendein Gast ist, sondern ein Inspektor des Gabin. Und da bekommt er kalte Füße, denn er will nicht, dass seine Küchenexperimente bekannt werden, noch nicht. Er schaltet auf Offensive, spricht Ricard an und schickt ihn zu dir. Vorher verständigt er dich, damit du ihm Gift ins Essen mischst.«

Kieffer schüttelte den Kopf. »Nur hat Boudier mich nicht kontaktiert, seit Monaten nicht, was sich anhand meiner Anrufliste ja wohl nachweisen lässt. Und die Luxemburger Polizei hat, soweit ich weiß, bis heute nichts in meinem Essen gefunden. Und überhaupt: Das ist doch Quatsch. Wegen so etwas begeht kein Mensch einen Mord.«

Sie schaute ihn an, ihr Gesicht war höchstens zwei Handbreit von seinem entfernt. »Ich glaube dir, Xavier. Aber die Polizei wird bestimmt nicht so leicht lockerlassen. Und hast du schon mal darüber nachgedacht, dass die Typen, die Ricard umgebracht haben, vielleicht auch bei dir vorbeischauen könnten?«

Das hatte Kieffer in der Tat. Seiner Ansicht nach konnten die Mörder Ricards – vermutlich waren es dieselben Kerle, die auch den Fuchsbau durchsucht hatten – bislang aber nicht wissen, dass auch er Boudiers Geheimnis kannte. Zumindest hoffte er das.

»Was wollte dein Kritiker überhaupt in Luxemburg? Hast du das inzwischen klären können?«

»Ja, ich hab mit seinem Ressortleiter gesprochen. Ricard wollte recherchieren, für ein Sonderheft. Wir verlegen ja nicht nur den Guide, sondern auch Reiseführer. Im März wird das neue Sterneranking publiziert, und Luxemburg dürfte mächtig abräumen.«

»Wer bekommt denn einen Stern?«

Valérie lächelte und schaute ihn tadelnd an. »Wie kannst du nur? Ich schweige eisern. Aber sagen wir mal so: Derzeit hat das Großherzogtum insgesamt 13 Sterne, und es würde mich nicht wundern, wenn es diesmal 17 oder 18 werden. Deshalb bringen wir im April ein Luxemburg-Sonderheft, in dem auch kleinere Gasthöfe, Bistros und Winzer von der Mosel porträtiert werden. Dazu gibt es lokale Rezepte. Ricard sollte eine Woche hier herumfahren und Restaurants besuchen.«

Kieffer lächelte. »Mein Huesenziwwi-Rezept könnt ihr gerne veröffentlichen.«

»Angeber! Dein was?«

»Hasenpfeffer. Sehr lecker, vor allem mit Pilzen. Die richtig guten Waldpilze brauchen aber noch vier bis sechs Wochen.« Er schaute sie an. »Wenn du bis zum Abendessen bleiben kannst, koch ich dir eines.«

»Das ist wirklich nett, und … ich würd mich gerne von dir bekochen lassen.« Sie schaute unglücklich. »Aber ich muss um 15 Uhr wieder in Paris sein.«

Nach einigem Hin und Her gelang es Kieffer, Valérie Gabin dazu zu bringen, seine Einladung anzunehmen und ihn das Frühstück für sie beide bezahlen zu lassen. Valérie rief ein Taxi, das sie zum Flughafen bringen sollte. »Vielen Dank für die pancakes. Das nächste Mal möcht ich was Selbstgekochtes. Pass auf dich auf, Xavier.« Sie berührte kurz seine Schulter. Dann verschwand sie in ihrem Taxi.

20

Kieffer verbrachte den Rest des Sonntags in seinem Restaurant. Erst kümmerte er sich um die Buchhaltung und hörte nebenbei den Anrufbeantworter ab. Plötzlich ertönte die säuerliche Stimme Kommissar Manderscheids. »Gudde Moien, Monsieur Kieffer. Hier spricht Didier Manderscheid. Ich weiß, es ist Sonntag, aber wir sind inzwischen ein bisschen weiter, und ich hätte da eine Frage. Rufen Sie mich doch bitte zurück. 621-123456. Äddi.«

Kieffer wählte die von Manderscheid angegebene Handynummer. Der Kommissar ging nicht ran. Er hinterließ seinerseits eine Nachricht auf der Mobilbox. Dann ging er in die Küche.

Auf der Wochenkarte stand ab dem nächsten Tag ein Bierfleisch mit frittierten Sellerieschieben. In seiner persönlichen Variante dieses Rezepts wurde der Rinderbraten bereits einen Tag vor der Zubereitung in Bofferdinger Hausbéier mariniert, einem süßlichen, malzigen Bier. Er packte mehrere Wadenstücke zusammen mit Zwiebeln, Knoblauch, Karotten und etwas Kümmel in eine Metallwanne. Dann legte er ein großes Schneidebrett auf den Behälter und beschwerte es mit einer gusseisernen Pfanne.

Danach genehmigte er sich eine Ducal. Er hatte das Gefühl, dass er sich in einer Sackgasse befand. Das Gespräch mit Valérie Gabin hatte mehr Fragen aufgeworfen, als es beantwortet hatte; das Gleiche galt für Scheuerles Ausführungen. Um weitere Details über die mysteriöse Frucht oder die Todesumstände Ricards zu erfahren, müsste er entweder mit Keitel oder Boudier sprechen, die beide unauffindbar waren.

Sein Handy klingelte. Es war Vatanen. »Xavier, du musst mir helfen. Es ist etwas Schreckliches passiert.«

»Was ist denn los, Pekka? Wo bist du?«

»Ich bin im Büro.«

»An einem Sonntag? Seit wann arbeiten Beamte an Feiertagen?«

»Das ist ja gerade das Schreckliche. Wir haben Montag eine Deadline wegen einiger Agrarstatistiken der Mitgliedstaaten, die morgen Abend nach Brüssel müssen, für eine Sitzung des zuständigen Parlamentsausschusses. Und meine Sekretärin hat mir die Unterlagen nicht rechtzeitig weitergeleitet – die lagen zwei Wochen lang in irgendeiner Kiste herum. Jetzt muss ich das alles bis morgen früh in den Computer kloppen. Wird eine lange Nacht.«

»Äh, und wie genau kann ich dir dabei helfen?«

»Ich verhungere, Xavier. Es ist Sonntag! Die Kantine hat natürlich zu, wie auch sämtliche Restaurants im Europaviertel. Da haben am Nordpol mehr Läden geöffnet.«

»Ich soll also den Pizzaservice spielen? Na gut. Ich mach dir ein Fresspaket fertig und komme kurz vorbei.« Bei der Gelegenheit, dachte sich Kieffer, könnte er mit

Vatanen zumindest kurz noch mal über den Stand seiner Privatermittlungen sprechen.

»Fantastisch! Du bist ein wahrer Freund. Ach ja und … Xavier?«

»Was denn?«

»Schnür doch bitte ein großes Fresspaket. Und eine gute Flasche Wein könnte auch nicht schaden. Wir sind nämlich zu zweit.« Dann legte er auf.

Kieffer ging in die Speisekammer und verschaffte sich kurz einen Überblick über seine Vorräte. Dann packte er zwei Flaschen Rivaner, ein Stück seines pâté de la maison, eine Auswahl verschiedener Käse sowie Brot und Butter in einen geflochtenen Weidenkorb. In der Küche füllte er etwas von der für den Abend vorbereiteten Kürbiscremesuppe in eine Tupperschüssel. Dann briet er einige vorgegarte Hühnerschlegel kurz mit Thymian und Butterschmalz an und wickelte sie in ein Stück Alufolie. Zum Schluss legte er noch eine halbe Mummentaart dazu. Dann fuhr er auf den Kirchberg.

Das Europa- und Bankenviertel, das sich über etwa zwei Kilometer rechts und links der sechsspurigen Avenue J.F. Kennedy erstreckte, war völlig ausgestorben. Die Ausländer, die hier arbeiteten, suchten Freitagnachmittag das Weite und tauchten erst am Montagmorgen wieder auf. Die Einheimischen mieden den Kirchberg. Das war nachvollziehbar, denn außer einem großen Supermarkt und einem hässlichen Multiplexkino gab es hier nichts zu sehen. Kieffer selbst hielt das ganze Kirchberg-Viertel einerseits für ein seelenloses Retortenprojekt – andererseits war er ganz froh darüber, dass die Heerscharen von Eurokraten und Investmentbankern so außerhalb der eigentlichen Stadt blieben. Der kleine Luxemburger Stadtkern würde eine solche große Zahl von Büros und Spesenrittern seiner Ansicht nach nicht verkraften. Kieffer parkte an der Avenue Kennedy und spazierte dann zum Robert-Schuman-Gebäude hinüber, einem heruntergekommenen Zweckbau aus den Siebzigern.

Am Empfang bekam er einen Gästeausweis ausgestellt und fuhr dann in den achten Stock. Vatanen schien der Einzige zu sein, der an diesem Sonntag Überstunden machte – die Gänge waren menschenleer, nicht einmal das Deckenlicht war angeschaltet.

Er fand Vatanen in dessen Büro. Auf dem Boden standen mehrere große Blechkisten, die allesamt mit handschriftlich ausgefüllten Formularen vollgestopft waren. Neben einer der Kisten kniete eine junge Frau und durchwühlte einen Papierstapel.

Vatanen klatschte in die Hände, als er den Koch sah. »Xavier, du bist unser Retter. Wir ernähren uns seit heute Morgen acht Uhr von Schokoriegeln und Automatenkaffee.« Der Finne nahm ihm den Fresskorb ab. »Darf ich vorstellen, das ist Joaquina, unsere spanische Stagiaire. Sie hat sich freundlicherweise bereit erklärt, mir zu helfen.«

»Enchanté«, sagte Kieffer und gab Joaquina die Hand. Als er die Praktikantin musterte, erschien ihm die Geschichte mit der dusseligen Sekretärin plötzlich äußerst unwahrscheinlich. Die Spanierin war Mitte zwanzig und hatte einen makellosen, olivfarbenen Teint. Sie war gleichzeitig schlank und kurvenreich, dazu besaß sie eine jener dichten, leicht gelockten schwarzen Haarmähnen, die Männer um den Verstand brachten.

Anders als Vatanen, der, wie er wusste, dem südländischen Frauentypus völlig verfallen war, hatte Kieffer für mediterrane Schönheiten nicht viel übrig. Das änderte aber trotzdem nichts an der Tatsache, dass Joaquina objektiv betrachtet die schönste Frau war, die er seit Langem zu Gesicht bekommen hatte. Sogar schöner als Valérie Gabin.

Das hatte Pekka fein eingefädelt. Kieffer warf Vatanen einen tadelnden Blick zu. Der grinste unverschämt und begann, das Essen auf einen der Tische zu stellen.

»Und dieses ganze Zeug«, sagte Kieffer und deutete auf die überquellenden Kisten, »müsst ihr bis morgen eintippen?«

Vatanen schüttelte den Kopf. »Ganz so schlimm ist es zum Glück nicht. Wir müssen nur die wichtigen Sachen in den Rechner übertragen. Und eintippen müssen wir sie eigentlich auch nicht.«

»Sondern?«

»Moment.« Vatanen griff nach der Flasche Rivaner, die er gerade entkorkt hatte. Dann goss er Wein in drei Plastikbecher, gab einen Joaquina, den anderen Kieffer. »Santé! Ah, vorzüglich, diese Mosellage. Und nun, schau hier. Die Mitgliedstaaten melden uns ihre Ernteerträge, in diesem Fall Früchte. Uns interessieren nur die Erdbeeren, mal wieder.«

»Und das übermitteln die EU-Länder euch immer noch auf Papier? Geht das nicht elektronisch?«

»Klar, die meisten melden inzwischen elektronisch. Aber unter den 27 Mitgliedstaaten gibt es natürlich immer ein paar lahme Enten, die es auch ein Vierteljahrhundert nach der Erfindung des Internets noch nicht geschafft haben, ihre Verwaltung zu digitalisieren. Die üblichen Verdächtigen, die Speerspitze der Inkompetenz.«

»Die Osteuropäer?«

»Oh nein, die Osteuropäer sind tiptop, ebenso wie die Portugiesen und die Spanier.« Da Joaquina gerade unter dem Schreibtisch in den Unterlagen wühlte, erlaubte sich Vatanen an dieser Stelle ein anzügliches Grinsen. »Italien und Griechenland, das sind die Totalausfälle. Die kriegen es einfach nicht auf die Reihe und schicken uns diese Formulare immer noch in Papierform. Aber zumindest haben wir sie inzwischen so weit, dass sie Aztec-Codes benutzen, die können wir dann einscannen.«

»Azteken-Codes? Was soll denn das bitte sein?«

»Das sind im Prinzip Barcodes, wie ihn jedes Produkt im Supermarkt hat – nur in einer moderneren Version, die mehr Daten speichern kann. Es funktioniert folgendermaßen: Der Beamte in Rom oder Athen füllt am Computer das EU-Ernteertragsformular KOM-1273-CAP aus. Weil er es nicht digital übermitteln kann, speichert er es ab, druckt es aus und schickt es mit der guten alten Schneckenpost zu uns.

Der Clou ist der: Das Formular ist ein PDF-Dokument, das beim Abspeichern automatisch einen Barcode generiert, der alle zuvor eingegebenen Daten enthält. Beim Ausdruck wird dieser Aztec-Code oben rechts auf dem Formular mit ausgegeben. Wir halten das Blatt dann einfach unter einen Handscanner, und schwupp haben wir alles auf der Festplatte, ohne dass wir's abtippen müssen. Bei 300 Formularen dauert das trotzdem ewig, zumal wir sie erst finden müssen. Hier, so sieht es aus. Ich denke, jetzt verstehst du auch, warum sie es Azteken-Code nennen.«

Vatanen zeigte auf ein seltsam gesprenkeltes Quadrat auf einem der Blätter:

Kieffer griff danach und stieß dabei seinen Plastikbecher um.

»Was … Mist, Xavier! Pass doch auf.« Der Becher war in eine der Kisten gefallen. Moselwein rann über die südeuropäischen Erdbeerstatistiken.

»Dieser Barcode, Pekka. Ich habe ihn schon einmal gesehen.«

»Na und? So selten sind die auch nicht. Ist aber kein Grund, EU-Dokumente mit Wein zu marinieren. Schade um den guten Rivaner.«

Kieffer ignorierte die Anmerkung. »Und du sagst, du hast ein Gerät, mit dem man den Inhalt dieser Codes lesen kann?«

»Ja, klar. Wir machen seit Stunden nichts anderes.«

»Gut, ich bin in einer halben Stunde wieder hier. Dann muss ich kurz euren Scanner benutzen.«

»Aber wofür? Was für Codes willst du denn einscannen?«

»Ich habe da zwei Tupperdosen aus der Küche von Paul Boudier. Und auf deren Böden kleben genau solche Barcodes.«

21

Kieffer fuhr zurück in das »Eglises« und hastete in den Keller. Dort lagerten die beiden Tupperdosen, seitdem er ihren Inhalt in mehrere Plastikbeutel umgefüllt hatte. Die Barcodes waren ihm damals kaum aufgefallen – er hatte geglaubt, es handele sich um ganz normale Sticker, wie sie heutzutage auf fast jedem Produkt klebten.

Nun hatte er einen ganz anderen Verdacht. Barcodes aus dem Einzelhandel bestanden in der Regel aus einer Abfolge unterschiedlich breiter Striche. Die Ansammlung von Pixeln, die Vatanen als Aztec-Code bezeichnet hatte, war ihm noch nie untergekommen und deutete deshalb auf eine nachträgliche Beschriftung hin.

Kieffer öffnete einen Schrank, in dem er allerlei überschüssige Töpfe, Pfannen und Schüsseln zu verstauen pflegte. Die beiden milchig-durchsichtigen Tupperboxen hatten tatsächlich Aztec-Barcodes auf ihren Unterseiten. Kieffer griff sich die Dosen, stieg die Kellertreppe hinauf und fuhr wieder zum Schuman-Gebäude.

Dort gab er Vatanen die Boxen. Der nahm einen kleinen Handscanner, der mit seinem Laptop verbunden war, und hielt diesen über den ersten Barcode. Ein rötlicher Laser wanderte über den Aufkleber, dann gab das Gerät ein Fiepen von sich.

»Das war es eigentlich schon. Hier kannst du das Ergebnis bewundern.« Auf dem Computerbildschirm stand:

8484AHDJ47484;3750;2009; ;Sp;Ch.,Tr.;5;2;6;-;
1,4;-;5;1;3;6;1;6;4;5;3;5;3;5;4;3;7;-;1;

Kieffer stöhnte. »Was ist denn das für eine Grütze?«

»Keine Ahnung. Dazu wird es irgendwo ein Codesheet geben beziehungsweise eine Software, die die Informationen lesbar macht. Was hattest du denn erwartet? Die Privatanschrift des Täters? Ich schicke das Ganze Scheuerle. Wenn es etwas mit Pflanzen zu tun hat, dann findet er es vielleicht heraus.« Vatanen scannte noch den zweiten Code, bei dem es sich um ein ähnlich kryptisches alphanumerisches Sammelsurium handelte. Dann stellte er die Boxen auf einen Kopierer und machte Abzüge der Codes. »Die faxe ich jetzt nach Hohenheim.« Als Vatanen fertig war, gab er Kieffer die beiden Tupperschüsseln zurück. »So, und nun wäre es toll, wenn wir weiterarbeiten könnten. Hier gibt es noch eine Menge Sachen, die gescannt werden müssen.«

22

Am nächsten Morgen bekam Kieffer Besuch. Er war gerade dabei, einen großen Stapel Gemüsekörbe und Milchtüten aus seinem Lastwagen auf das kleine Laufband zu verladen, das hinter einer Falltür im Garten des Restaurants in den Keller führte, als ein dunkler BMW auf den Parkplatz fuhr. Es war Manderscheid. Schon als er aus seinem Dienstfahrzeug ausstieg, konnte Kieffer erkennen, dass der Luxemburger Kommissar schlechte Laune hatte.

»Moien, Commissaire. Was führt Sie zu mir? Gibt es Neuigkeiten im Fall Ricard?«

»Moien. Das kann man so sagen.« Manderscheid kramte in seiner Jacketttasche und lugte dabei argwöhnisch in Kieffers Kofferraum – als hoffe er, zwischen Karfiol und Rüben eine Maschinenpistole oder ein blutiges Messer zu entdecken. Er zog seine Pfeife hervor und zündete sie an. »Die französische Polizei hat gestern Nachmittag die Leiche von Paul Boudier gefunden.«

Kieffer stellte die Gemüsekisten ab. »Was ist mit ihm passiert?«

»Rund 40 Kilometer westlich von Châlons-en-Champagne gibt es ein größeres Waldgebiet mit einer Seenplatte, kennen Sie das?«

Kieffer nickte. Bei den Einwohnern Châlons' galten diese Seen als beliebtes Angelrevier.

»Dort hat ihn jemand gefunden, rein zufällig. Der genaue Todeszeitpunkt ist noch unklar, aber es muss schon einige Tage her sein.«

Kieffer kramte seine Ducal aus der Gesäßtasche. Nachdem er sich eine Zigarette angezündet hatte, fühlte er sich etwas ruhiger. »Gibt es Hinweise auf ein Verbrechen, ich meine … war es Mord?«

Manderscheid saugte kontrolliert an seiner Bruyèrepfeife und sah Kieffer an, wie man jemanden ansieht, der gerade eine äußerst dumme Frage gestellt hat.

»Monsieur Kieffer, Boudiers aufgeblähte Leiche dümpelte im Grand Etang du Roi. Sie schwamm dort, weil jemand die mit Quartzsand gefüllten Plastikkanister nicht vernünftig an Boudiers Knöcheln befestigt hatte. Der Auftrieb wurde zu stark. Ja, er wurde ermordet, und jemand wollte den Leichnam für immer verschwinden lassen.«

Kieffer merkte, dass ihm übel wurde. Er setzte sich auf die Ladefläche seines Lieferwagens.

»Bei meinem Telefonat mit den Kollegen aus Reims, die den Fall betreuen, habe ich übrigens auch erfahren, dass Sie Boudiers Restaurant kurz nach dem Brand einen Besuch abgestattet haben. Was in aller Welt haben Sie da gemacht?«

»Ich wollte ihn besuchen. Diese Sache mit Agathon Ricard machte mir zu schaffen.«

»Und da sind Sie einfach mal so zu Boudier gefahren, mit dem Sie, wie ich von den Franzous«, Manderscheid spuckte das Wort angewidert aus, »erfahren habe, vorher seit Monaten nicht in Kontakt standen. Warum?«

»Weil Ricard dort essen war. Einen Tag, bevor er starb.«

»Ja, das stimmt, das haben wir inzwischen auch herausgefunden. Aber wie haben Sie es herausgekriegt, Kieffer?«

»Über den Gabin.«

»Und warum haben Sie uns davon verdammt noch mal nicht unterrichtet?« Manderscheid gestikulierte mit seiner Pfeife. Er war nun sichtlich aufgebracht. »Sind Sie während Ihrer Privatrecherchen nicht irgendwann mal auf die Idee gekommen, uns Ihre Erkenntnisse mitzuteilen? Es ist nämlich gar nicht so einfach, an all diese Informationen zu gelangen.«

Kieffer begann zu ahnen, warum Manderscheid so wütend war. Ricard war französischer Staatsbürger gewesen, und wahrscheinlich hatte die französische PJ das Verfahren an sich gezogen und den kleinen Sherlock Holmes aus Luxemburg nicht weiter in ihre Ermittlungen eingebunden. Kieffer bemühte sich deshalb um eine vorsichtige Wortwahl.

»Ich war davon ausgegangen, dass Sie das alles bereits wissen, Monsieur le Commissaire, wegen der grenzüberschreitenden Zusammenarbeit der Dienststellen. Ansonsten hätte ich Sie angerufen. Ich bin nur ein Koch, ich habe doch von Polizeiarbeit keine Ahnung.«

Manderscheid musterte Kieffer still. Seine Kiefermuskeln spannten sich, sein Menjou-Bärtchen zitterte. Kieffer konnte ein leises Knacken vernehmen, als sich die Backenzähne des Kommissars unerbittlich in das Mundstück seiner Pfeife gruben.

Wie viele davon Manderscheid wohl im Jahr durchbiss?

Nun nahm er die Pfeife aus dem Mund und zeigte mit dem lädierten Mundstück auf Kieffer. »Es mag sein, dass Sie mit Ihrer Dicker-dummer-Koch-Nummer bei anderen Leuten durchkommen, Kieffer, aber bei mir nicht! Elo ass d'Bëtschel fett – passen Sie bloß auf! Sie wissen mehr, als Sie zugeben, und Sie sollten sich nicht zu sicher fühlen. Wir sprechen uns noch. Äddi.« Dann rammte Manderscheid die inzwischen erloschene Pfeife in seinen rechten Mundwinkel und stapfte grimmigen Schrittes zurück zu seinem Auto.

23

Nach Manderscheids dramatischem Abgang rief Kieffer Valérie Gabin auf ihrem Handy an. Es war ausgeschaltet. Er sprach ihr eine kurze Nachricht auf die Mailbox und informierte sie über Boudiers Tod. Spätestens nach dem zweiten Mord würde die Presse durchdrehen; er war es ihr schuldig, sie vorzuwarnen.

Den Nachmittag verbrachte er damit, etwa zwanzig als plat du jour vorgesehene Bresser Poularden, die er auf dem Großmarkt erworben hatte, zu dressieren und eine Farce aus Kalbfleisch, Speck, Birnen und Kerbel zuzubereiten. Er versuchte, sich auf die Arbeit zu konzentrieren und nicht weiter über Boudiers Tod nachzudenken.

Stattdessen grübelte er darüber nach, wer den alten Koch umgebracht haben könnte. Vermutlich derjenige, der auch Ricard auf dem Gewissen hatte. Auch dass beide wegen der verbotenen Frucht sterben mussten, erschien Kieffer inzwischen als nahezu sicher.

Er war nicht bei der Sache und produzierte statt einer Farce einen halb flüssigen Birnen-Fleischbrei, an dem höchstens ein Kleinkind Freude gehabt hätte. Erst beim zweiten Mal brachte er eine vernünftige Füllung zustande. Nachdem er die Poularden damit gestopft und im Kühlraum verstaut hatte, klingelte sein Telefon. »Hier ist Klaus Scheuerle. Ich weiß jetzt nicht recht, ob ich mich bei dir beschweren oder bedanken soll.«

»Hallo, Klaus. Wie meinst du das?«

»Na ja, erst lässt du mich zwei Tage lang im Labor rumprockeln, und dann schickt mir Vatanen aus heiterem Himmel diese Barcodes, die – wenn ich das richtig sehe – die ganze Zeit irgendwo in deinem Keller lagen. Dank dieser Codes geht es jetzt rasend schnell voran. Aber wenn ich die früher bekommen hätte, wäre uns eine Menge aufwendiger Arbeit erspart geblieben.«

»Klaus, das tut mir sehr leid – aber ich wusste bis gestern nicht einmal, dass es solche speziellen Barcodes gibt und wozu sie verwendet werden. Ich dachte, das seien stinknormale Preisetiketten.«

»Halb so schlimm. Möglicherweise hast du mir nämlich einen riesigen Gefallen getan, denn nur durch deine Unkenntnis bin ich schließlich auf die ungewöhnlichen Eigenschaften der Frucht gestoßen. Ich wäre ja ansonsten nie auf die Idee gekommen, einfach mal so eine derart umfängliche Analyse irgendeines neuen Eintrags aus dem Bundessortenkatalog durchzuführen.«

»Bundessortenkatalog? Wovon redest du?«

»Sorry, Xavier, ich springe schon wieder. Ich fange noch einmal von vorne an. Deine Codes enthielten ein standardisiertes Datenformat für karpologische Proben – wir haben natürlich die zugehörige Software und die Datenbank. Damit geht alles kinderleicht. Du hältst den Code einfach an den Scanner, und schon zeigt dir der Rechner alle wesentlichen Informationen an – wie

Name, Herkunftsgebiet, Unterfamilie, Ordnung et cetera pp.«

»Meine Frucht hat einen Namen?«

»So ist es. Sie heißt Solanum catvanum. Sobald ich die botanische Bezeichnung hatte, war die weitere Recherche einfach. Es gibt einen wissenschaftlichen Aufsatz über die Entdeckung der Frucht. Sie kommt aus einer entlegenen Ecke des Dschungels von Papua-Neuguinea. Kannst du nachlesen, im ›Japanese Carpology Review‹, Ausgabe II/2007. Vorausgesetzt, du bist des Japanischen mächtig.«

»Dann hat sie also ein Japaner entdeckt?«

»Nein, ein Schweizer. Aber er heißt nicht Keitel, wie du vielleicht vermutest, sondern Wyss. Gero Wyss.«

»Hast du schon mal von ihm gehört?«

»Oh ja, klar. Professor Wyss ist ein bekannter Lebensmittelchemiker, aber kein universitär forschender. Er arbeitet bei Hüetli, einem dieser multinationalen Life-Science-Konzerne. Er leitet dort die Entwicklungsabteilung. Jetzt bist du platt, was?«

»Und dieser Schweizer hat unsere Frucht entdeckt?«

»Er oder sein Team. Oder jemand, den er beauftragt hat. Auf jeden Fall hat er mit dem Aufsatz die Entdeckung für sich beansprucht. Ist offenbar schon eine Weile her, dass sie diese Pflanze aufgetrieben haben. Und keiner von uns Superkarpologen hat's gemerkt.«

»Wie kann das sein?«

»Na ja, wenn Wyss zu seiner Entdeckung etwas in ›Nature‹ oder ›Science‹ veröffentlicht hätte, dann wäre ihm natürlich eine enorme Aufmerksamkeit sicher gewesen. Stattdessen hat er sich für diese etwas randseitige Publikation der Universität Osaka entschieden. Versteh mich nicht falsch, das ist durchaus eine Forschungsstätte von gewissem Rang. Aber deren Zeitschrift erscheint ausschließlich auf Japanisch. Folglich lesen das große Teile der scientific community nicht.«

»Das ergibt für mich keinen Sinn.«

»Wenn man mit seiner Entdeckung berühmt werden will – gar keinen. Wenn man möchte, dass niemand etwas davon mitkriegt, dann ist eine Publikation, die kein Schwein liest – lesen kann –, natürlich ideal. Ich habe einen englischen Abstract der Veröffentlichung gefunden. Demzufolge geht es in dem Artikel offenbar ausschließlich um die Entdeckung und um Fragen der Ähnlichkeit der Frucht mit anderen Exemplaren der Gattung Solanum, will sagen: Nachtschattengewächse. Da steht kein Sterbenswörtchen über die ungewöhnliche, geschmacksverstärkende Wirkung dieses Zeugs.«

»Wenn dieser Wyss seine Entdeckung mit niemand anderem teilen wollte, warum hat er sie dann überhaupt publik gemacht?«, fragte Kieffer. »Es hätte ja auch ein gewiefter japanischer Karpologe Fährte aufnehmen können, zumindest theoretisch.«

»Verstehst du nicht, Xavier? Wyss musste veröffentlichen. Er konnte sich die Fachzeitschrift aussuchen, aber irgendwo musste er seinen Fund dokumentieren. Ansonsten kann er nämlich später nicht beweisen, dass er tatsächlich der Erste war, der die Frucht entdeckt und die Erstbestimmung durchgeführt hat. Und wenn er das nicht nachweisen kann, dann bekommt er auch keinen Sortenschutz.«

»Der Sortenschutz ist eine Art Patent auf Pflanzen, oder?«

»Pflanzen und Lebewesen kann man in der Europäischen Union nicht patentieren lassen. Pekka könnte dir das genau erklären, vermutlich genauer, als du es je wissen möchtest.«

»Deine Kurzversion wäre mir lieber, Klaus.«

»Okay. Patente gibt es in der EU nicht, wie gesagt. Aber für Neuentdeckungen und Neuzüchtungen kannst du Sortenschutz beantragen. Dann darfst nur du diese spezielle Pflanze anbauen beziehungsweise eine Anbauerlaubnis an Dritte vergeben. Die müssen dann das Saatgut von dir kaufen. Und du kannst die Sorte jederzeit wieder vom Markt nehmen.«

»Klingt wie ein Patent.«

»Ist de jure aber keins, sondern ein geistiges Monopolrecht. In der Praxis läuft es aber fast auf dasselbe hinaus. Schon mal von Paula, der Kartoffel, gehört?«

»Ehrlich gesagt, nein.«

»War hier in Deutschland ein großes Ding. Paula ist eine Kartoffelsorte, die irgendwann vom Inhaber des Sortenschutzes vom Markt genommen wurde. Da haben sich die Leute unheimlich aufgeregt, weil sie gerne weiter Paula für ihre Bratkartoffeln verwenden wollten. Dann haben ein paar Biobauern einfach ihre eingelagerten Paulas in den Acker gesteckt und hochgezogen, so nach dem Motto: ›Kann doch nicht sein, dass man nicht mal mehr seine Kartoffel einpflanzen darf, wo man will. Ist ja wohl immer noch ein freies Land hier‹, und so weiter.«

»Und was ist dann passiert?«

»Na, der Paula-Inhaber hat seine juristisch versierten Hetzhunde von der Leine gelassen, und die Bauern haben mächtig eins auf den Deckel bekommen. Wer was wo anbaut, das bestimmt nämlich der Sortenschutzinhaber.

Das widerspricht vielleicht dem Rechtsempfinden vieler Menschen, ist aber so.«

»Na ja, die Deutschen und ihre Kartoffeln. Aber heißt das jetzt, Wyss könnte für unsere Frucht auch so einen Sortenschutz beantragen?«

»Xavier, du hast es noch nicht ganz kapiert. Das ist alles längst passiert. Ich hab's hier schwarz auf weiß. Die Hüetli Intellectual Properties Ltd., eine hundertprozentige Tochter der Hüetli S. A., hat am 11. November 2008 beim Bundessortenamt in Hannover allgemeinen Sortenschutz für ihre Neuentdeckung Solanum catvanum beantragt. Dem Antrag wurde am 5. März 2009 entsprochen. Deine Marsmango hat damit Sortenschutz in der gesamten EU, und zwar bis 2039.«

»Willst du damit etwa sagen, Hüetli will das Zeug demnächst in Umlauf bringen?«

»Ja, und zwar vermutlich in großem Stil. Es gibt bereits weitere Genehmigungen und Unbedenklichkeitsbescheinigungen – von der Lebensmittelbehörde zum Beispiel. Und Verfahrenspatente zur industriellen Weiterverarbeitung. So wie ich das sehe, haben die nach der Entdeckung der Frucht einen sauber vorbereiteten Plan durchgezogen. Erst haben sie vermutlich sichergestellt, dass sie genügend von dem Zeug bekommen können, um es testweise irgendwo anzubauen. Dann haben sie es in ihren Labors überprüft.« Scheuerles Stimme wurde etwas säuerlich. »Gegen diese Jungs ist unser Institut, was die Ressourcen angeht, ein schwäbischer Kleingärtnerverein. So würde ich auch gerne mal arbeiten, immer aus dem Vollen schöpfen. Sie werden die Frucht komplett auseinandergenommen haben, in Hunderten Testverfahren. Vielleicht wurde die Urfrucht auch schon irgendwie modifiziert oder weitergezüchtet, wer weiß das schon. Jetzt haben sie ein anbaufähiges Produkt, Sortenschutz und vermutlich auch schon einige große Agrarfirmen unter Vertrag, die den Anbau übernehmen. Ich vermute, dass es in Gewächshäusern passiert, irgendwo in Europa oder den USA. Möglicherweise ist das schon in vollem Gange.«

»Aber was genau wollen sie dann mit dem Zeug machen? Es an Restaurants verkaufen?«

»Möglich, Xavier, glaube ich aber nicht. Das ist ein Großkonzern, die interessieren sich nur für Erlöse im Milliardenbereich.«

»Und das heißt?«

»Vermutlich, dass sich der europäische Verbraucher demnächst auf ungeheuer schmackhafte Tiefkühlpizzen freuen kann, die unter Umständen langfristig interessante Nebenwirkungen haben.«

»Vielen Dank, Klaus. Du hast mir sehr geholfen.«

»Ich habe zu danken! Das ist das interessanteste Forschungsprojekt, das mir seit Jahren untergekommen ist.«

»Wie gehst du jetzt weiter vor?«

»Ich kann sicherlich aus meinem Wissensvorsprung für Veröffentlichungen oder Projekte irgendeinen persönlichen Nutzen ziehen, gar keine Frage. Wirklich einzigartig, das Zeug. Aber zunächst werde ich noch einige Monate lang daran herumforschen müssen.«

Kieffer bedankte sich nochmals überschwänglich bei dem Hohenheimer Forscher und legte dann auf. Mit einem Glas Rivaner und einer Ducal setzte er sich auf die Terrasse des »Deux Eglises«, um über Scheuerles Informationen nachzudenken.

Die Frucht namens Catvanum gehörte also einem großen Lebensmittelkonzern, der damit viel Geld verdienen wollte. Aber wie war sie in Boudiers Küche gelangt? Wenn Esteban keinen Unsinn erzählte, dann hatte Kieffers Lehrmeister die Zutat von Keitel, dem Foodscout, erhalten. Arbeitete dieser Keitel für den Hüetli-Konzern? Oder für Wyss? Waren deren Interessen deckungsgleich? Lebte Keitel überhaupt noch, oder war er wegen seines Wissens um die verbotene Frucht ermordet worden, genauso wie Boudier?

Kieffer war klar, dass er zunächst mehr über den Hüetli-Forscher Wyss herausfinden musste. Er ging in sein Büro und gab Wyss' Namen in eine Suchmaschine ein. Viele Treffer förderte das nicht zutage – interessant erschien ihm lediglich der Eintrag auf der Seite eines großen Kongressveranstalters, in dem Gero Wyss auftauchte. Offenbar war der Schweizer einer der Hauptredner bei einem in wenigen Tagen stattfindenden Kongress mit dem Titel »Die Zukunft des Food Designs«.

Der Event fand in Genf statt und war nach Angaben des Veranstalters »das weltweit größte Get-together der internationalen Food-Design-Szene«, ein »Pflichttermin« für Lebensmittelchemiker, Hersteller von Fertigprodukten und andere Industriegourmets. Zum Rahmenprogramm gehörten diverse Ausflüge, darunter eine »kulinarische Bootsfahrt« auf dem Genfer See.

Als Kieffer weiter nach unten scrollte, griente ihm plötzlich ein gut gelaunter Esteban in vollem Küchenornat entgegen. Neben ihm auf dem Foto war ein teigiger Mittfünfziger mit fahlem Teint zu sehen, der mit leerem Blick in die Kamera starrte. Die Bildunterschrift lautete: »Die Jahrhundertköche Leonardo Esteban von Ritterdorf und Alois Hambichler verwöhnen Sie mit fantasievoller Showküche der Extraklasse.« Der Kongressveranstalter hatte offenbar Estebans Küchenshow Fantazzo gebucht und diese vom Zirkuszelt auf ein Ausflugsboot verlagert. Kieffer stellte sich vor, wie Esteban und sein Kumpan den versammelten Flavouristen und Chemikern gehobene Convenience-Küche servierten, während sich diese über neuartige Möglichkeiten der Fertigung synthetischer Tiefkühl-Sushis unterhielten. Es war ein unerfreuliches Bild, aber ein stimmiges.

Kieffer druckte sich die Rednerliste aus und las das Kongressprogramm mit einer Mischung aus Interesse und Ekel. Auf der dreitägigen Veranstaltung würden eine Vielzahl von Chemikern, Biologen und Juristen über die Feinheiten des Food Design referieren. Schon bei den Titeln der Referate drehte sich Kieffer der Magen um: »Frischekur für Gefriergetrocknetes – ein kulinologischer Ansatz«, »Erhöhte Mouth Satisfaction durch Guanylate« oder »Das Off-Flavour-Problem holzbasierter Fruchtaromen«. Wyss war einer von drei Hauptrednern und sollte den Fantazzo-Dinnerabend mit einem Vortrag zum Thema »Food Design in der öffentlichen Wahrnehmung« garnieren.

Viel mehr Informationen zu Wyss fand er nicht. Er vermutete, dass das nicht am Internet lag, sondern an seinen begrenzten Computerkenntnissen, aber diese Einsicht half ihm auch nicht weiter. Er griff zum Telefon und wählte erneut Valérie Gabins Handynummer. Diesmal ging sie nach dem zweiten Klingeln ran.

»Ja? Xavier?« Im Hintergrund hörte Kieffer Kammermusik und angeregte Unterhaltung. »Moment, ich geh kurz auf den Balkon, ich bin auf einem Empfang.«

»Sorry, dass ich dich störe. Hast du meine Nachricht schon abgehört?«

»Ja, hab ich. Es tut mir sehr leid, Xavier. Ich bin gerade auf einer Veranstaltung der Association Culinaire Française, und die Leute sprechen von nichts anderem. Hast du schon von der Beerdigung gehört?«

»Nein. Wo wird die sein?«

»Offenbar nicht in der Champagne, sondern in seiner Heimatstadt in Südfrankreich.«

»In Arles?«

»Genau. Es wird ein ziemliches Brimborium geben. Sie wollen ihn im Amphitheater aufbahren, es gibt ein Ehrengeleit von Reitern aus der Camargue. Die ganze Küchenprominenz wird anwesend sein, schließlich hatte er zwei Sterne. Die ACF will ihm vermutlich posthum einen Ehrentitel verleihen. Alle sind schrecklich aufgeregt. Perigot von ›Le Monde‹ ist auch hier. Er hat mir gesagt, dass es morgen einen größeren Artikel zu Boudiers Tod geben wird.«

»Hat er denn schon etwas herausgefunden?«

»Ich glaub nicht, es wird wohl eher ein ausgedehnter Nachruf. Paul Boudier, einer der wichtigsten zeitgenössischen französischen Köche, Gewinner des Bocuse d'Or und so weiter.«

»Kannst du mir seine Nummer geben? Ich würde gerne mit Perigot sprechen. Ich habe ein paar neue Details herausgefunden.«

»Und die willst du in der Zeitung lesen?«

»Nicht gleich, aber vielleicht später. Ich würde gerne ein paar Informationen mit ihm austauschen, das meiste aber für mich behalten.«

»Das nehm ich mir auch immer vor, wenn ich mit diesem Kerl telefoniere, Xavier. Meine Erfahrung ist allerdings, dass der Plan oft nach hinten losgeht. Aber ich kann dir seine Handynummer selbstverständlich gerne schicken.«

»Da ist noch etwas anderes, Valérie. Sagt dir der Name Gero Wyss etwas?«

»Wart mal«, sie lachte auf. Er hörte im Hintergrund, wie sie jemanden begrüßte. »Entschuldigung, das war der Pariser Bürgermeister. So, wo waren wir?«

»Bei Gero Wyss.«

»Du meinst Dr. Frankenkäse? Den Schweizer?«

»Dr. … was?«

»Ich kenn den Typ nicht persönlich, erinnere mich aber, dass er vor einigen Jahren in der Presse war, wohl nicht ganz freiwillig. Verbraucherschützer hatten ihn aufs Korn genommen, weil er irgendeinen widerlichen Chemiekäse erfunden hat. Details weiß ich nicht. Aber das kannst du Perigot fragen, der müsste so etwas als Food-Journalist wissen. Was hat dieser Wyss denn mit unserer Sache zu tun?«

»Kann ich noch nicht genau sagen. Aber vielleicht ist er in Boudiers Tod verwickelt.«

»Sei bloß vorsichtig, Xavier, hörst du? Geh lieber zur Polizei.«

»Das mache ich, sobald ich etwas klarer sehe.«

»Ich muss jetzt wieder ins Getümmel. Gehst du zu Boudiers Beerdigung?«

Darüber hatte Kieffer noch nicht nachgedacht. Nach kurzer Überlegung sagte er: »Bislang scheint noch niemand auf mich aufmerksam geworden zu sein – und ehrlich gesagt ist mir das ganz recht so. Mich dort als trauernder Boudier-Zögling in die erste Reihe zu stellen, das liegt mir nicht. Im Übrigen glaube ich, dass diese Rolle bereits besetzt ist.«

»Von wem denn?«

»Na, von Leonardo Esteban natürlich. Reichlich Kameras und die Möglichkeit, sich als der kulinarische Erbe Paul Boudiers in Pose zu werfen – das ist ein Auftritt, den sich der Pampa-Prinz sicherlich nicht entgehen lassen wird.«

»Jetzt klingst du ein bisschen verbittert.«

Kieffer fiel keine passende Antwort ein. Stattdessen sagte er: »Danke für deine Hilfe. Ich würde Boudier schon gerne eine Blume aufs Grab legen, das hat er verdient. Aber ich glaube, ich mache das lieber später, wenn der ganze Trubel vorbei ist.« Dann legte er auf.

24

Gegen 19 Uhr überließ Kieffer die Küche seiner neuen Souschefin und ging hinunter in die Gaststube, wo er seinen Freund Pekka vorzufinden hoffte. Er hätte mit dem Finnen gerne über Scheuerles neueste Erkenntnisse gesprochen, doch Vatanen war nicht da. Sein Handy, auf dem Kieffer ihn zu erreichen versuchte, war ausgeschaltet. Achselzuckend entnahm der Koch seinem Kühlschrank die Flasche Greiveldanger, die stets für Vatanen reserviert war, und schenkte sich selbst ein Glas ein. Er vermutete, dass das Verschwinden seines finnischen Stammgasts mit einer gewissen spanischen Praktikantin zu tun hatte.

Dann verzog er sich wieder in sein Büro. Valérie Gabins Empfang musste inzwischen vorüber sein. Nun war eine gute Zeit, um den französischen Journalisten anzurufen. Kieffer war sich nicht ganz sicher, was er sich von dem Gespräch versprach. Er würde einfach sein Glück versuchen und aufpassen, dass er sich nicht um Kopf und Kragen redete.

Perigot meldete sich sofort, offenbar aus dem Auto. Im Hintergrund hörte man Verkehrslärm. »Jacques Perigot,

›Le Monde‹. Wer ist da bitte?« Kieffer hatte einen Pariser Akzent erwartet, stattdessen drang durch den Hörer das breite gutturale Französisch eines Belgiers. Perigot war offensichtlich Wallone.

»Mein Name ist Xavier Kieffer. Ich rufe Sie wegen der Boudier-Geschichte an.«

»Ah, Monsieur Kieffer. Warten Sie einen Moment. Ich kann nicht gleichzeitig Auto fahren und telefonieren. Das heißt, im Prinzip geht das natürlich, aber nicht im Pariser Berufsverkehr.« Kieffer hörte ein lautes Hupen, dann erstarb das Motorengeräusch. »So, jetzt ist es besser. Das ist ja fantastisch, dass Sie mich anrufen, Sie standen als Boudier-Zögling ohnehin auf meiner Liste.«

»Ich habe gehört, dass Sie umfänglich in der Sache recherchieren, Monsieur Perigot. Deshalb wollte ich gerne mit Ihnen sprechen, denn der Tod Boudiers geht mir sehr nahe.«

»Ja, die Aufregung ist auch in Paris sehr groß. Der Brand war bereits ein Gesprächsthema, allerdings nur unter Köchen und Gastronomen. Aber jetzt ist es eine richtig große Geschichte.« Perigot schwieg einen Moment. Dann sagte er: »Wer hat den guten Boudier denn Ihrer Meinung nach umgebracht? Hatte er Feinde?«

»Keine Ahnung, Monsieur Perigot. Bestimmt gab es Neider. Hören Sie, bevor wir weitersprechen, möchte ich Ihnen einen Vorschlag machen.«

»Schießen Sie los.«

»Ich bin bereit, ein kleines Geschäft zu machen. Ich habe ein paar exklusive Informationen, die ich Ihnen überlassen könnte. Im Gegenzug hätte ich auch gerne Informationen, genauer gesagt ein Dossier über jemanden.«

Perigot lachte freudlos. »Monsieur Kieffer, Sie müssen verstehen, dass ich, was meine Quellen angeht, sehr diskret und sehr eigen bin.«

»Natürlich. Ich will auch gar nicht wissen, was Sie schon alles über Boudier herausgefunden haben, zumindest jetzt noch nicht. Ich suche nach etwas anderem.«

»Jetzt müssen Sie allmählich mal Ross und Reiter nennen, Monsieur Kieffer. Also: Was wollen Sie wissen? Und was für eine Information haben Sie im Gegenzug anzubieten? Zumindest eine kleine amuse-gueule müssen Sie mir schon vorlegen, bevor ich entscheiden kann, ob ich das ganze Menü bestelle.«

Kieffer begann zu schwitzen. Er war sich plötzlich nicht mehr sicher, ob es wirklich eine gute Idee gewesen war, Perigot anzurufen. Nun war es für diese Überlegung zu spät. Deshalb sagte er: »Agathon Ricard. Ist Ihnen der Name ein Begriff?«

»Nein, ich glaube, ich kenne ihn nicht.«

»Dann werden Sie ihn auch nicht mehr kennenlernen, denn er ist tot. Verstorben in Luxemburg, vor 13 Tagen.« Kieffer machte eine Kunstpause. »Ricard war ein Inspektor des Guide Gabin.«

Außer dem Rauschen des Pariser Feierabendverkehrs hörte Kieffer am anderen Ende der Leitung nichts. Dann erwiderte Perigot langsam: »Sie deuten an, dass es einen Zusammenhang zwischen dem Tod dieses Gabin-Kritikers und dem Mordfall Boudier gibt?«

»Nein, das deute ich nicht an. Ich kann Ihnen nicht sagen, ob es einen kausalen Zusammenhang gibt. Aber es gibt auf jeden Fall einen räumlichen und einen zeitlichen.«

Perigot machte ein Geräusch, das Kieffer zuerst für

ein Hüsteln hielt, sich aber dann als meckerndes Gelächter entpuppte. »Das Gefeilsche lernt Ihr Köche auf dem Großmarkt, was? Also gut, was wollen Sie dafür haben?«

»Alles, was es über Gero Wyss gibt.«

»Sie meinen den Lebensmittelchemiker? Über den gibt es einiges. Hat der auch mit der Boudier-Sache zu tun?«

»Nein, hat er nicht«, log Kieffer. »Es gibt da noch eine andere Sache, der ich nachgehe und in die er involviert sein könnte. Ich bin nämlich … überzeugter Anhänger der Slow-Food-Bewegung.« Das zumindest entsprach der Wahrheit.

Kieffers Antwort schien Perigot einzuleuchten. »Ah, ich verstehe, Sie sind einer dieser Food-Aktivisten. Gegen Chemiefraß und genetisch modifizierte Lebensmittel, was? Ja, dann ist Wyss natürlich ein rotes Tuch für Sie. Hören Sie zu, Kieffer. Ich kann Ihnen einen Stapel Artikel zu Wyss schicken. Ferner eine kurze, nicht publizierbare Einschätzung von meiner Seite, ist aber nichts Justiziables, nichts richtig Schmutziges, falls Sie so etwas wollen. Was genau suchen Sie eigentlich? Wollen Sie ihn bloßstellen? Erpressen?«

»Um Himmels willen, nein. Ich will nur genau wissen, was er macht, woran er forscht, seine Vita. Nennen Sie es Feindaufklärung.«

»Kriegen Sie – und jetzt servieren Sie bitte den Hauptgang, lüften Sie die cloche.«

Kieffer erzählte Perigot, wie Agathon Ricard in seinem Restaurant umgekippt war und dass die Polizei von Mord ausging – die Informationen hätte sich der Journalist auch leicht selbst beschaffen können, sie waren alle vor Tagen im »Luxemburger Wort« publiziert worden.

Aber wer las das schon? Perigot stellte interessiert Nachfragen und machte sich offenbar Notizen. Dann erzählte Kieffer dem Journalisten, dass Ricard kurz vor seinem Tod bei Boudier gegessen hatte.

»Donnerwetter! Und was haben die beiden da besprochen?«

»Er war zu einem Testessen dort«, antwortete Kieffer und schrammte so haarscharf an einer weiteren Lüge vorbei.

»Lässt sich das beweisen?«

»Ich kann es nicht. Aber die französische Polizei müsste inzwischen ja relativ genau wissen, wo Ricard vor seinem Tod war, zumindest hatten sie zwei Wochen Zeit, es herauszufinden.«

»Und woher wissen Sie es, Kieffer? Von der französischen PJ?«

»Zu der habe ich wenig Kontakt. Aber die Luxemburger Polizei war wegen der Sache bereits mehrfach bei mir.« Wieder gelang es Kieffer, sich mit einer Halbwahrheit an einer Lüge vorbeizumogeln. Bevor Perigot nachfragen konnte, fügte er hinzu: »Der ermittelnde Kommissar heißt Didier Manderscheid. Ich kann Ihnen gerne seine Handynummer geben. Haben Sie natürlich nicht von mir.«

»Natürlich nicht. Eine Freude, mit Ihnen Geschäfte zu machen, Monsieur Kieffer. Jetzt bräuchte ich noch Ihre E-Mail-Adresse. Das Wyss-Dossier bekommen Sie dann in den nächsten Tagen, dafür muss ich erst noch ins Büro. Darüber hinaus würde ich Sie gerne noch einmal persönlich treffen.«

»Wozu?«

»Na ja, zum einen, um den Tatort in Augenschein zu

nehmen. Und zum anderen würde ich gerne den Rest erzählt bekommen.«

»Welchen Rest? Mehr weiß ich nicht. Ich hoffe ja gerade, dass Sie herausfinden, wer diese beiden Morde begangen hat.«

Perigot schnalzte tadelnd mit der Zunge. »Natürlich wissen Sie noch mehr, Sie enthalten mir noch mehrere leckere Gänge vor. Aber das macht gar nichts, alles zu seiner Zeit. Ich werde versuchen, mit diesem Manderscheid ins Gespräch zu kommen, und könnte in einigen Tagen runterfliegen, ich meine nach Luxemburg. Vielleicht am Donnerstag. Vor der Boudier-Beerdigung am kommenden Sonntag ist nämlich noch mal ein größerer Artikel geplant. Und Sie könnten mir erzählen, was ihn kulinarisch auszeichnete, warum er Ihrer Meinung nach ein guter Koch war. Sie hielten ihn doch für einen guten Koch, oder?«

»Für einen ausgezeichneten Koch«, sagte Kieffer. Über die Toten nur Gutes.

»Wunderbar, also darüber könnten wir reden. Oder über Details zum Mordfall, falls Ihnen dazu bis dahin noch etwas einfällt …«

»Schauen wir mal. Schicken Sie mir das Dossier an xavier@deux-eglises.eu, und melden Sie sich, wenn Sie nach Luxemburg kommen.« Sie verabschiedeten sich voneinander.

25

Am Dienstagnachmittag fand Kieffer in seinem Postfach eine Mail vor, die von Perigot stammte. Der Journalist hatte sich nicht lumpen lassen. Der voluminöse Dateianhang umfasste Dutzende Zeitungs- und Magazinartikel über Gero Wyss, viele aus Fachpublikationen wie »Food Design« oder »The MIT Culinology Review«, von denen Kieffer noch nie in seinem Leben gehört hatte. Einige der Texte waren winzige Meldungen, die nur wenige Zeilen umfassten und auf einen Vortrag oder Auftritt Wyss' hinwiesen – der Mann schien ein gefragter Redner zu sein. Andere Berichte waren sechs oder sieben Seiten lang, bunt durcheinandergewürfelt und in Deutsch, Englisch und Französisch verfasst. Neben den journalistischen Artikeln gab es etliche Pressemitteilungen und Hintergrundpapiere einer Organisation, die sich »Les Amis du Fromage« nannte – die Käsefreunde. Er druckte alles aus.

Kieffer überließ die Küche Claudine und beschloss, das Wyss-Dossier zu Hause zu sichten. Es war gegen 17 Uhr, und er konnte von der Terrasse des »Deux Eglises« die tief stehende Sonne auf der Alzette funkeln sehen, die in ihrem steinernen Bett durch Clausen floss. Es waren fast 25 Grad, ein idealer Gartentag; heute würde er problemlos bis Mitternacht in seiner Laube am Flusslauf sitzen können.

Er legte den dicken Packen Texte auf den Beifahrersitz und holte sich aus dem Weinkeller zwei Flaschen Pinot blanc von der Mosel. Dann schaute er noch einmal in den Schankraum. Er war fast leer, und Kieffer ging davon aus, dass es heute auch nicht mehr voll werden würde. Deshalb ging er in die Kühlkammer und stibitzte sich noch eine der gefüllten Tageskarten-Poularden.

In seinem Häuschen in der Rue St. Ulric, wie die von den Einheimischen Tilleschgass genannte Straße offiziell hieß, packte Kieffer zunächst seine Poularde in eine kleine casserole. In seinem Restaurant würden die Gäste sie mit einer Riesling-Schalotten-Soße, sautierten Pastinaken und Stärzelen, luxemburgischen Knödeln aus Heidekornmehl, serviert bekommen.

Das war ihm heute zu kompliziert. Der Hauptgang war ja gewissermaßen das Dossier, das Perigot ihm geschickt hatte, weswegen er keine Zeit aufs Kochen verschwenden wollte. Er würde das Hühnchen einfach einige Stunden auf niedriger Temperatur garen, bis es fast auseinanderfiel, und es dann mit den Fingern zerreißen und mit etwas Weißbrot hinunterschlingen, wie eine Art besseren Imbiss-Bratgeier. Er stellte den Regler auf 80 Grad, gab noch einen Schuss Weißwein und ein bouquet garni zu seinem Huhn und ließ den Bräter im Ofen verschwinden. Dann begab Kieffer sich mit Papieren, Weißwein, etwas Käse und einer Packung Ducal zu seinem Lieblingsplatz im Garten.

Gerne saß Kieffer mit Vatanen an dem sonnenbeschienenen Tischchen neben der Rückwand seines Hauses. Noch lieber war ihm jedoch sein Plätzchen am Fluss. Die Alzette lief am hinteren Ende seines Gartens entlang, und direkt oberhalb der Kanalmauer hatte Kieffer sich eine behagliche Sitzecke eingerichtet. Hier stand unter einer kleinen Veranda ein Deckchair. Wände gab es keine, aber der weinverliebte Kieffer hatte zwischen den das Dach tragenden Metallpfosten Drähte gespannt, an denen Rivaner-Reben emporkletterten. In dieser kleinen Höhle konnte er stundenlang im Liegestuhl sitzen, den Fluss beobachten und seinen Gedanken nachhängen. Kieffer machte es sich bequem, öffnete den ersten Weißburgunder und fing an zu lesen.

26

Bei der Lektüre des Dossiers stellte Kieffer verblüfft fest, dass Gero Wyss gewissermaßen ein Kollege war. Der Schweizer stammte aus Marly, einem kleinen Städtchen in der Nähe von Fribourg, wo Wyss' Vater einen Gasthof betrieben hatte. Der junge Gero war ihm bereits als Bub zur Hand gegangen. Der Schweizer hatte damals vermutlich mehr Zeit in der Restaurantküche verbracht als Kieffer in seinem ganzen Leben. Eine formelle Ausbildung zum Koch hatte Wyss nicht absolviert, aber was hieß das schon.

Stattdessen hatte der Schweizer in den frühen Achtzigern Chemie und Lebensmitteltechnologie studiert, in Deutschland und Frankreich. Danach hatte er, wie Kieffer aus dem »Nouvel Observateur« erfuhr, eine Dissertation über Milcheiweiße verfasst, an der Universität Toulouse geforscht und war kurz darauf von einem japanischen Joghurthersteller abgeworben worden.

Wyss' fast zehnjähriger Japanaufenthalt hatte ihn zu einem wohlhabenden Mann gemacht. Grund hierfür war vor allem ein neuartiger Joghurt, den der Chemiker für seinen Arbeitgeber Ajimono erfunden hatte. Durch das Manipulieren gewisser Milchsäurebakterien war es Wyss gelungen, ein Lebensmittel zu entwickeln, das nicht nur gut schmeckte, sondern angeblich auch die Abwehrkräfte stärkte und die Darmtätigkeit regulierte. Dieser Superjoghurt fand reißenden Absatz und machte Wyss' Firma zu Japans Marktführer für Milchprodukte.

Wyss' Genie, das war dem Dossier zu entnehmen, lag nicht so sehr in der Tatsache begründet, dass er ein brillanter Chemiker war. Was ihn auszeichnete, waren sein untrügliches Gespür für clevere Marketingmaschen und das Fehlen jedweder wissenschaftlicher Redlichkeit.

Die Wirkung des Joghurts etwa war unter Fachleuten höchst umstritten, ebenso wie die eines Wyss-Vitaldrinks gegen Faltenbildung und anderer Produkte. In dem Dossier wurden allerlei Studien zitiert, laut denen nicht ein einziges der Wunderprodukte eine nachweisbare Wirkung besaß – abgesehen von Wyss' Verdauungs-Joghurt, der bei rund fünf Prozent der Konsumenten nachweislich schwere Flatulenzen verursachte.

Mitte der Neunziger war Wyss in seine Heimat zurückgekehrt und hatte beim Zürcher Lebensmittelriesen Hüetli angeheuert. War der Joghurt sein Gesellenstück gewesen, lieferte er nun jenes Meisterstück ab, das ihm den Titel »Doktor Frankenkäse« eintragen sollte.

Hüetlis Käsesparte hatte damals ein Problem. Das Unternehmen war einer der größten Hersteller von Appenzeller und anderen Schweizer Käsen, produzierte aber alljährlich auch Hunderte Tonnen Mozzarella, Cheddar, Jarlsberg oder Brie. Die Rendite dieser Naturprodukte war jedoch kärglich, was daran lag, dass Käse viel Zeit und Liebe erforderte. Ein guter Appenzeller musste nicht nur über Monate im richtigen Klima reifen; jeder

Laib war zudem wöchentlich von Hand mit einer speziellen Kräutersulz zu bepinseln – ein ungeheuer aufwendiges und kostspieliges Verfahren, das dem Management von Hüetli bereits seit Langem ein Dorn im Auge gewesen war.

Hinzu kam: Dem Unternehmen ging zunehmend Umsatz durch die Lappen, als die Nachfrage nach Käse in den frühen Neunzigerjahren rasant anzog. Da waren zum einen Amerikaner und Briten, die herausgefunden hatten, dass außer Cheddar noch andere Käsesorten existierten. Und zum anderen Chinesen und Japaner, die Käse überhaupt erstmals als Nahrungsmittel entdeckten und plötzlich containerweise hochwertige Produkte aus der Schweiz und Frankreich orderten. Hüetli hätte seinen Absatz verdoppeln können – doch es gab schlichtweg nicht genug Käse. Die Weltproduktion von Sorten wie Schabziger oder Morbier reichte bestenfalls aus, um den kontinentaleuropäischen Bedarf zu decken.

Der Konzern brauchte folglich einen gewieften Lebensmittelchemiker, der dafür sorgte, dass mehr Käse in kürzerer Zeit produziert wurde. Für diese Aufgabe warb Hüetli Wyss bei Ajimono ab. Seine Vorgänger hatten bereits mit sogenannten Analogkäsen experimentiert – Kunstkäsen, die aus Tierfett, Eiweißpulver und künstlich hergestellten Aromen bestanden.

Die Ergebnisse waren jedoch unbefriedigend. Herausgekommen war ein Allerweltskäse namens Bellapizza, der sich für Industrielasagnen und Fertigfondues eignete, den man aber ungeraspelt und ungeschmolzen nicht einmal ahnungslosen Kantonesen vorsetzen konnte.

Hier nun lief Wyss zu Höchstform auf. Zunächst gelang es ihm, den Kunstkäse so weit zu verfeinern, dass

Hüetli rasch zwanzig verschiedene Varianten lancieren konnte. Fortan ließ sich eine Pizza Quattro Formaggi mit Möchtegernmascarpone, Gaukelgorgonzola, Täuschtaleggio und Plastikparmesan garnieren, ohne dass dies jemandem auffiel. Für den asiatischen Markt entwarf Wyss einen Kunstkäse »Façon Camembert«, der sogar eine authentisch wirkende, essbare Schimmelrinde besaß.

Kieffer zündete sich eine Ducal an, bestimmt die achte oder neunte. Er schaute auf das Stück Manchego, das unangetastet auf einem kleinen Teller neben seinem Stuhl lag. Es handelte sich um einen erstklassigen Biokäse aus einer Kooperative in der Nähe von Toledo. Trotzdem würde er nach dieser Lektüre keinen Bissen davon hinunterkriegen. Er wandte sich wieder dem Dossier zu.

Vor allem der Pseudo-Camembert bescherte Hüetli märchenhafte Gewinne. Wyss brachte er einen Vorstandsposten ein. Er war nunmehr für die gesamte Forschung, Entwicklung und Produktion verantwortlich. Zu diesem Zeitpunkt begann er erstmals, ins Visier der Medien zu geraten. Einige Food-Aktivisten hatten die Presse auf den immer häufiger in Fertigprodukten und der Gastronomie anzutreffenden Analogkäse aufmerksam gemacht – und Wyss wurde als Verantwortlicher für diese Geschmacklosigkeit an den Pranger gestellt.

Vor allem die Schweizer Presse erregte sich, weil Wyss Hand an ein Nationalheiligtum gelegt hatte – Appenzeller aus Fertigpulver, das war unerhört. Und das französische Satireblatt »Canard enchaîné« beförderte ihn auf sein Titelblatt, als Cartoonfigur. Auf dem Cover war ein irre grinsender Wyss abgebildet, der Stromstöße durch einen riesigen Camembert mit angenähten Armen und

Beinen jagte. Darunter stand: »Das Panoptikum des Dr. Frankenkäse«.

Als Kieffer die wenigen verfügbaren Fotos betrachtete, wurde ihm sofort klar, warum sich der Schweizer so gut als Hassobjekt eignete. Wyss war hager, unter seinen schütteren blonden Haaren blitzten intelligente, aber kalte blaue Augen hervor. Seine Mundwinkel waren stets leicht nach unten gezogen, man hatte den Eindruck, dass er alles um sich herum abschätzig musterte, ja belächelte. »Kein Sympathieträger, wahrhaftig nicht«, brummte Kieffer. Zu allem Überfluss trug Wyss eine schmucklose, runde Nickelbrille. Damit sah er ein bisschen aus wie ein verrückter Nazi-Wissenschaftler aus einem schlechten B-Movie.

Während sich Wyss' Kritiker, allen voran die französische Slow-Food-Initiative Les Amis du Fromage, an ihm abarbeiteten, forschte der Chemiker unbeirrt weiter und versuchte, seinen Kunstkäse auch in Europa salonfähig zu machen.

Analogkäse, das wusste Kieffer, durfte in der Europäischen Union nicht unter der Bezeichnung Käse verkauft werden. In dem Großhandelsgeschäft, in dem er seine Einkäufe tätigte, lagen im Kühler große Tüten davon. Sie hatten Namen wie »Pizza-Mix« oder »Gastromischung«. Die Endverbraucher wollten aber richtigen Käse. Wyss hatte sich an diesem Problem lange die Zähne ausgebissen, bis er zusammen mit den Juristen von Hüetli eine Lösung fand. Kernproblem war das pflanzliche Eiweiß, aus dem Analogkäse zu großen Teilen bestand. Weil das Endprodukt kein Milcheiweiß enthielt, durfte man es nach geltendem Recht nicht als Käse bezeichnen. Milcheiweiß, sogenanntes Kasein, ließ sich nur aus

Milch gewinnen – die leider viel teurer war als jene billigen Pflanzenfett-Abfälle, die Hüetlis Analogkäse so renditestark machten.

Wyss entwickelte daraufhin eine Methode, um mit genetisch veränderten Organismen in großen Bakterientanks aus Tierkadavern künstliches Milcheiweiß herzustellen. Zwei Jahre arbeitete er an nichts anderem, dann war seine Kunstmilch »Lactoplus« fertig.

Damit konnte Hüetli einen Käse herstellen, der keinerlei pflanzliches Eiweiß enthielt, sondern, wie vom Gesetzgeber gefordert, Milcheiweiß. Niemand hatte die fragliche EU-Kennzeichnungsverordnung zuvor so genau studiert wie Wyss und seine Juristen. Und niemand war auf die ebenso verwerfliche wie geniale Idee gekommen, die der Chemiker gehabt hatte.

In dem fraglichen Gesetzestext stand zwar, »dass nur aus mindestens 95 Prozent Kasein bestehende Produkte auf Packungen und Kennzeichnungen die Bezeichnung Käse führen dürfen«. Jedoch war die bislang einzige Quelle des Kaseins in keinem der Paragrafen explizit erwähnt: Kühe. Warum auch? Der Gesetzgeber war davon ausgegangen, dass niemand an Kühen als Quelle für Kasein vorbeikäme.

Wyss' Kunstmilch-Kasein ähnelte aber chemisch gesehen dem aus dem Euter einer Kuh, und zwar so stark, dass die Lebensmittelbehörden keinen Grund fanden, Hüetli die Zulassung zu verweigern. Im vergangenen Jahr hatte der Konzern deshalb zehn neue Kunstkäsesorten auf den Markt werfen können. Diese wurden als ganz normale Käse verkauft, wenngleich sie ausschließlich aus Pflanzenfetten und toten Tieren bestanden. Die Verbraucherschützer tobten.

Wyss hingegen war nun beinahe auf dem Olymp angekommen. In einem Schweizer Wirtschaftsblatt wurde spekuliert, der Chemiker könne demnächst Hüetli-Chef Nils Witterling beerben, der in zweieinhalb Jahren die Altersgrenze von 65 erreichen würde.

Kieffer legte die Ausdrucke aus der Hand und beförderte sie auf den losen Stapel, der neben seinem Liegestuhl lag. Es war inzwischen dunkel geworden, und er merkte, wie ihm die Feuchtigkeit des Flusses allmählich durch seinen Wollpulli in die Knochen kroch. Eine der beiden Weinflaschen war bereits leer, von der zweiten war bereits ein Viertel verschwunden.

Er hörte ein leises Knurren. Sein Magen verlangte nach etwas anderem als Moselwein und Tabak. Nun fiel Kieffer auch wieder die Poularde ein, die auf kleiner Flamme seit Stunden in seiner Backröhre vor sich hin schmorte. Das Huhn würde inzwischen jegliche Festigkeit verloren haben und fast vom Knochen abfallen. So aß er es am liebsten.

Er klemmte sich den Papierstapel unter den Arm, griff nach Pinot Blanc und Käseteller. Dann löschte er die Gartenleuchte, in deren Schein er gelesen hatte, und trottete zurück zu seinem Haus. Kieffer spürte den Weißwein in seinem Blut, hatte jedoch keinerlei Probleme über den dunklen, ihm seit Jahrzehnten vertrauten Gartenweg zu seinem unbeleuchteten Haus zu gelangen. Gerade als er die Klinke der Hintertür hinunterdrücken wollte, hörte er ein Geräusch. Es klang, als schabe Metall über Holz.

Er kannte dieses Geräusch nur zu gut. Es kam von der Treppe, die in den ersten Stock führte, genauer gesagt von der fünften Stufe von unten. Dort fehlten zwei der Schrauben, mit denen die Leisten des Treppenläufers befestigt waren, und wenn man auf die fragliche Stufe trat, schabte die Messingleiste des Läufers über das darunterliegende Holz. Die Schrauben fehlten schon, solange er sich erinnern konnte, und Kieffer wusste deshalb, wie man auftreten musste, wenn man das Geräusch vermeiden wollte. Seine Schwester, die einzige Person, die außer ihm einen Schlüssel zu seinem Haus hatte, wusste es ebenfalls. Fremde wussten es nicht.

Kieffer trat einen Schritt von der Tür weg und lauschte. Linker Hand des Hintereingangs befand sich das Küchenfenster, aus dem schwaches Licht drang. Lampen hatte er keine angemacht, als er nach Hause kam. Aber die Backofenleuchte warf ein fahles Licht auf den Küchentisch und die dahinterliegenden Schränke. Plötzlich sah er einen Schatten an der Wand vorbeihuschen. Kieffer trat zwei Schritte nach rechts, weg von dem Küchenfenster.

»Was machst du da, Gilbert? Hast du nichts Besseres zu tun, als in der Küche rumzuhängen? Du solltest das Gebäude sichern.«

Fast hätte Kieffer den Rivaner fallen lassen. Er kannte diese Stimme. Er war sich sicher, dass sie dem gleichen Mann gehörte, vor dem er aus Boudiers Fuchsbau geflohen war.

»Oben ist keiner. Sieht so aus, als wäre er überhaupt nicht hier. Hast du hinten gesichert? Gibt es einen Ausgang aus dem Garten?«

»Keine Ahnung, wollte ich gerade checken, da ist mir das hier aufgefallen.«

»Hier ist doch ni… verdammt, der Ofen ist ja an.«

Kieffer stellte hastig Flasche und Teller ab und wich dann einen weiteren Schritt zurück. Er wollte hinunter zum Fluss schleichen. Nun wurde ihm klar, dass er die 40 Meter bis zur Kanalmauer niemals leise würde zurücklegen können, bevor die Männer in seiner Küche die Hintertür erreichten. Deshalb rannte er blindlings los, auf die Kaimauer zu.

Die Mauer fiel steil ab, die Alzette lag etwa drei Meter unter der Mauerkante. Eine kleine steinerne Treppe führte von Kieffers Garten hinunter zu einem Anleger, an dem man ein kleines Boot vertäuen konnte. Kieffer hatte seines bereits vor Jahren entsorgt. Nun wünschte er sich, er hätte es nicht getan. Als er auf Höhe seiner kleinen Laube war, hörte er hinter sich das Knallen der Gartentür, die mit großer Wucht gegen die Hauswand donnerte. »Da ist er!«, rief eine Stimme.

Kieffer warf einen Blick zurück und sah im Halbdunkel einen Mann in schwarzen Klamotten, dessen Silhouette sich in der offenen Tür abzeichnete. Er war groß und muskulös. In dem Moment, als der andere losrannte, wurde ihm klar, dass er keine Chance hatte. Als sein Häscher lossprintete, sah es aus, als habe man ihn aus einem Katapult abgefeuert. Seine durchtrainierten Beine trugen den Mann binnen der ersten Schrecksekunde, in der Kieffer wie erstarrt auf seine Verfolger schaute, bereits durch den halben Garten, zumindest schien es dem Koch so. Er machte einen Schritt nach hinten und stürzte dabei fast die Treppe hinunter. Hastig begann er, die Stufen hinabzusteigen. Hier war es stockfinster, in den einige Meter unter ihm liegenden Kanal fiel kaum Licht.

Als Kieffer die Treppe halb hinuntergeeilt war, blickte er sich kurz um. Sein Verfolger war jetzt nur noch 10, vielleicht 15 Meter von ihm entfernt. Der zweite Mann leuchtete von hinten mit einer Taschenlampe, sodass sich die Umrisse des näherkommenden Angreifers in der Dunkelheit genau abzeichneten. An seiner rechten Hüfte erkannte Kieffer den Umriss eines Pistolenholsters. Der Mann machte einen ausladenden Schritt, der ihn weitere zwei Meter in Kieffers Richtung trug. Dann hob er plötzlich ab.

Als ob die Schwerkraft auf einen Schlag ausgesetzt hätte, schwebte er in der Horizontalen, alle viere von sich gestreckt. Kieffer war sofort klar, was passiert sein musste, denn er hatte diese unfreiwillige Stunteinlage bereits einmal gesehen. Seine Nichte Annette hatte sie im vergangenen Sommer an fast der gleichen Stelle vollführt. Sie hatte mit seiner Schwester im Garten Frisbee gespielt, und als die Scheibe weit an ihr vorbeigeflogen war, war Annette achtlos hinterhergerannt und an einem jener Drähte hängen geblieben, die Kieffer zwischen seinen Beeten gespannt hatte. Er war ein leidenschaftlicher Gärtner und wusste bereits im Winter, welche Parzelle er im Frühling wie zu bepflanzen gedachte – und welche Teile seines Gartens er folglich auf welche Weise düngen musste. Deshalb hatte Kieffer metallene Heringe in den Lößboden gerammt und diese mit dünnen Metalldrähten verbunden. Die Drähte halfen, die unterschiedlichen Beete auseinanderzuhalten. Und nun retteten sie ihm vielleicht das Leben.

Einen Wimpernschlag lang glaubte Kieffer, der aus vollem Sprint beschleunigte Muskelmann würde direkt über die Kaimauer getragen. Weil er das Drahtseil jedoch mit dem linken Fuß erwischt hatte, wurde sein Flug etwas zur Seite abgelenkt, und er knallte mit dem Kopf an einen der stählernen Vierkantpfeiler, die das Dach der Kiefferschen Gartenlaube trugen. Es gab ein hässliches

Geräusch, das Kieffer an das Knirschen einer Hummerschere erinnerte, die mit einer Zange aufgeknackt wird. Dann schlug der Mann dumpf auf dem Boden auf und blieb reglos liegen.

Kieffer hatte nicht vor abzuwarten, bis er wieder aufstand. Er nahm im Laufschritt drei weitere Treppenstufen und sprang in den Fluss. Die Alzette war an dieser Stelle etwa zwei Meter tief und etwa viermal so breit. Um ihn herum segelten Pressemitteilungen und Zeitungsartikel aus dem Wyss-Dossier nieder, das er bis eben fest umklammert gehalten hatte. Der rasch dahingleitende Fluss trug Kieffer schnell mit sich fort. Das Wasser war eisig und er merkte, wie seine vollgesogenen Kleidungsstücke ihn nach unten zu ziehen begannen. Er musste kräftig mit den Armen rudern, um über Wasser zu bleiben. Kieffer glitt unter der Münsterbrücke hindurch. Links von ihm ragte der von Flutlicht-Strahlern angeleuchtete Bockfelsen empor, jene gut 40 Meter abfallende Steilwand, welche die Luxemburger Ober- von der Unterstadt trennte. Er blickte zurück, konnte jedoch keinen der beiden Männer sehen. Entweder kümmerte sich der verbleibende Verfolger um seinen ohnmächtigen Kameraden – oder er versuchte, Kieffer irgendwo den Weg abzuschneiden.

Als er eine kleine Stromschnelle durchschwamm, ging Kieffer kurz unter und schluckte einen Mundvoll Alzettewasser. »Nondikass!«, knurrte er. Er hatte allen Grund zu fluchen, denn es würde für seinen Häscher relativ einfach sein, ihn demnächst abzufangen. Der Fluss würde ihn nämlich nur noch etwa hundert Meter in diesem Tempo weitertragen. Dann erreichte Kieffer die Abbaye de Neumünster, das Wahrzeichen von Grund. Direkt dahinter verlief die alte Stadtmauer. Die sogenannte Wenzelsmauer führte von dem oberhalb des rechten Flussufers gelegenen Stadttor quer über den Fluss und endete am Bockfelsen. Die Alzette verwandelte sich vor der Mauer in ein stehendes, von Schilf und Seerosen bedecktes Gewässer und floss dann langsam durch die vergitterten Öffnungen im Befestigungswall – Öffnungen, die viel zu schmal waren, als dass sich ein Mann von Kieffers Leibesfülle hätte durch sie hindurchzwängen können.

Kieffer befand sich nun kurz vor der Abtei. Die beiden Männer hatten mit südfranzösischem Akzent gesprochen. Er musste einfach darauf hoffen, dass sie sich in der Luxemburger Unterstadt nicht auskannten. Er würde versuchen, an der dem Bock zugewandten Uferseite an Land zu gehen. Hier unten, nahe der Wenzelsmauer, gab es keine hohen Kanalmauern, sondern eine sanft ansteigende, gräserne Böschung. Kieffer schaffte es durch das Schilf am Uferrand in ein paar Sekunden auf trockenes Gelände. Dort setzte er sich einen Moment lang hin. Ihm war kalt, und er zitterte.

Er schaute auf die rechts von ihm liegende Abtei mit ihrem spitzen Kirchturm. Die gelb verputzten Gebäude aus dem Mittelalter waren eine wichtige Touristenattraktion und wurden auch des Nachts angestrahlt, damit man sie von den Aussichtsplateaus in der Oberstadt bestaunen konnte. Das Kloster leuchtete wie ein Märchenschloss in der Luxemburger Nacht. Sein Glanz tauchte die gesamte Umgebung in einen goldfarbenen Schein – den Bock, die Alzette – und die Uferböschung, auf der Kieffer saß.

»Schäissdreck!«, entfuhr es ihm. Wie hatte er so dämlich sein können, sich ausgerechnet hierher zu flüchten? Erst in diesem Moment wurde ihm klar, dass die mit Gras und Büschen bewachsene Stelle, auf der er tropfnass und fröstelnd saß, vermutlich zu dieser Zeit einer der hellsten Orte in der gesamten Stadt war. Vor ihm die Abtei, die von mehreren, im Fels verankerten Strahlern angeleuchtet wurde. Hinter ihm der Bockfelsen, den weitere, am gegenüberliegenden Hang montierte Flutlichter illuminierten. Das Ganze sah wunderbar aus. Es war aber auch der denkbar ungünstigste Ort, um sich auszuruhen, wenn man auf der Flucht vor zwei skrupellosen Verbrechern war.

Kieffer beeilte sich, eine schattige Stelle hinter einem Felsvorsprung aufzusuchen, doch es war bereits zu spät. Dank der Beleuchtung, die in einem Fußballstadion kaum besser gewesen wäre, konnte er die sich ihm nähernde Gestalt gut erkennen. Der Mann war Mitte dreißig und trug dieselbe schwarze Kluft wie jener erste Verfolger, der in Kieffers Garten unfreiwilligen Flugunterricht genommen hatte. Offenbar hatte der Mann die Alzette an der Münsterbrücke gekreuzt und war zu Kieffers rechter Hand die Rue des Trèves emporgeeilt, bis zur Wenzelsmauer. Nun kletterte er an der Mauer entlang und kam Kieffer rasch näher. In zwei, höchstens drei Minuten würde er hier sein. Auch dieser zweite Verfolger bewegte sich auf dem steinigen Untergrund sicher und behände wie jemand, der physisch in Topform war. Wie ein Tiger auf der Jagd. Kieffer selbst hingegen, da machte er sich nichts vor, besaß die Ausdauer und Schnelligkeit eines verfetteten Hauskaters. Der Mann würde ihn mühelos einholen.

Er blickte den steilen Bockfelsen empor. 40 Meter

über ihm lag unerreichbar die Altstadt. Die einzige Möglichkeit hinaufzugelangen war ein Aufzug, der durch einen in den Fels getriebenen Schacht von Grund in die Oberstadt führte. Der Lift lag flussaufwärts – in der Richtung, aus der er gerade gekommen war. Er bezweifelte, dass er die etwa hundert Meter durch das offene Gelände schaffen würde, ohne von dem Südfranzosen eingeholt zu werden.

Kieffers Blick fiel auf eine Einbuchtung im Fels, über der ein kleines Schild mit der Aufschrift »Aux casemates« hing. Die Kasematten! Warum war er nicht schon früher darauf gekommen? Rasch lief er auf die Einbuchtung zu, die sich beim Näherkommen als höhlenartiger Eingang in den dunklen Fels entpuppte. Kieffer zögerte nicht und lief geradewegs in den pechschwarzen Tunnel.

Von außen wirkte der aus Sandstein bestehende Bockfelsen wie ein massiver Block, tatsächlich war er jedoch so löchrig wie ein Schweizer Käse. Ende des 17. Jahrhunderts hatten die Spanier, die das Großherzogtum damals okkupierten, begonnen, den Felsen in der Stadtmitte zu einer Befestigungsanlage mit Wehrgängen auszubauen. 40 Jahre später hatten die Franzosen diese Arbeit fortgesetzt und mithilfe von Spitzhacken und Sprengstoff kilometerlange labyrinthische Gänge und Galerien in den Bock getrieben. Später kamen die Österreicher. Auch sie hatten die Bock-Kasematten weiter ausgebaut, zum »Gibraltar des Nordens«, wie Luxemburg damals genannt wurde. Insgesamt waren die Gänge, die den Fels durchzogen, über 20 Kilometer lang. Kieffer war als Jugendlicher ein paarmal abends hier gewesen, mit verschiedenen Mädchen. Nun ärgerte er sich, dass er die Kasematten nicht öfter besucht hatte. Denn jetzt besaß er nur noch eine vage Vorstellung davon, wie die Hauptgänge durch den Fels verliefen. Vermutlich würde er sich nach wenigen Minuten so hoffnungslos verlaufen haben wie ein japanischer Tourist.

Der Höhleneingang führte zu einer Treppe mit nur wenigen Stufen, die in einem schmalen Felsgang mit unregelmäßigen Wänden endete. Kieffer hielt sich nicht mit der Frage auf, in welche Richtung er gerade lief. Jetzt galt es zunächst, schnell einige Haken zu schlagen und Boden gutzumachen, damit sein mit einer Taschenlampe ausgerüsteter Verfolger ihn nicht mehr sehen konnte. Der Gang führte vielleicht hundert Schritte geradeaus, bis zu einer weiteren, diesmal längeren Treppe nach oben. An ihrem Kopf gelangte Kieffer auf einen Galeriegang, der in etwa 15 Metern Höhe über dem Fluss lag und ihm den Blick über Grund eröffnete. Er schaute suchend nach unten, sah aber niemanden. Der Franzose war also auch schon in den Kasematten. Deshalb beeilte Kieffer sich, einen Ausgang aus der vom Licht der Außenscheinwerfer erleuchteten Galerie zu finden. Er versuchte, so leise wie möglich zu laufen, doch es war zwecklos. Der Boden der Kasemattengänge war übersät mit Kieselsteinen, größeren Brocken sowie Coladosen und anderem Unrat, den Touristen hier hatten fallen lassen. Ständig knirschte oder klackerte irgendetwas.

Er rannte nun, das konnte er von der Galerie aus sehen, in Richtung Nordosten, parallel zur Montée de Clausen, einer Straße, die zunächst oben auf dem Felsen entlanglief und später hinunter in Richtung seines Restaurants führte. Kieffer hatte keine Ahnung, wo er hier einen Ausgang finden würde. Am Ende der Galerie ging es nach links, weiter in den Berg hinein. Kieffer rannte, mit ausgestreckten Armen tastend, durch die Dunkelheit. Mehrfach nahm er an Kreuzungen oder Gabelungen irgendeine Abzweigung und geriet so immer tiefer in den Bock.

Als er einen großen Raum mit mehreren Ausgängen erreichte, hielt er kurz an, um nach einer Beschilderung zu suchen. Hier war es stockfinster, nur durch einen etwa ein Meter breiten Schacht in der hohen Decke drang ein fahler Lichtschein in die ansonsten unbeleuchtete Kammer. Er fand an einer Wand etwas, was sich wie ein mit Nieten an die Felswand geschlagenes Plastikschild anfühlte. Er ließ seine Finger darübergleiten, konnte jedoch keine Erhebungen oder Vertiefungen ertasten, anhand derer er die Buchstaben auf dem Schild vielleicht hätte entziffern können. Ihm wurde bewusst, dass er vollends die Orientierung verloren hatte.

Kieffer ging in die Hocke und lehnte sich mit dem Rücken an den Fels. Er könnte einfach hier ausharren. Bis zum Morgen waren es vielleicht fünf oder sechs Stunden, und es war durchaus denkbar, dass sein Verfolger genau wie er selbst einige Zeit durch die Kasematten stolperte, ohne ihn zu finden. Sobald es nur etwas heller war, würde Kieffer problemlos aus dem Bock hinausfinden. Während er über diese Option nachdachte, wurde er eines Lichtpunkts gewahr, der an einer der an den Raum angrenzenden Gangwände auf und ab tanzte. Theoretisch konnten das auch Teenager sein, die eine kleine Nachtwanderung durch das Bocklabyrinth machten, doch Kieffer hatte keine Lust, sein Glück weiter zu strapazieren. Er sprang auf und nahm einen der Gänge. So schnell es ihm die Dunkelheit erlaubte, lief er los, wieder mit ausgestreckten Armen. Der Gang wurde breiter und führte geradeaus durch den Berg. Er schien einen der Hauptgänge gefunden zu haben. Hinter sich hörte er nun jemanden. Deutlich vernahm er das Geräusch von Kieseln, die in alle Richtungen spritzten. »Bleib stehen«, rief der Franzose, »ich schieße!« Kieffer rannte jetzt, so schnell er konnte, und wäre fast gegen eine Wand gelaufen, als der Tunnel jäh nach links abbog. Als er im letzten Moment einen Haken schlug, hörte er einen lauten Knall und ein kreischendes Geräusch, als die Kugel hinter ihm von der Felswand abprallte.

Er bekam kaum noch Luft, seine Lungen brannten. Pekka Vatanen behauptete stets, die zwei Schachteln Ducal am Tag brächten ihn irgendwann um. Es sah so aus, als könnte der Finne recht behalten. Kieffer glaubte nicht, dass er dieses Tempo noch lange würde durchhalten können. Er hastete auf einen der Galeriegänge zu und blickte direkt auf die Kierch Saint Jean. Hinter ihm wurden die Schritte lauter. Seinem Blickwinkel auf die Umgebung nach zu urteilen, musste es sich um einen der unteren Wehrgänge handeln. Wenn er sich richtig erinnerte, befanden sich an dieser Stelle dichte, mehrere Meter hohe Büsche, die auf dem schmalen Streifen zwischen Bock und Alzette wuchsen. Kieffer verlangsamte seinen Schritt nicht, als er auf die hüfthohe Wehrmauer zulief, sondern beschleunigte sogar noch. Er stemmte die rechte Hand auf den Sims und sprang.

Äste peitschten ihm durchs Gesicht, als sich sein schwerer Körper einen Weg durch Gehölz und Blätterwerk bahnte. Er bekam einen Ast zu fassen, spürte einen Ruck, gefolgt von einem reißenden Schmerz in der rechten Schulter, der ihn zum Loslassen zwang. Immerhin hatte das unglückliche Bremsmanöver seine Geschwindigkeit deutlich gemindert. Kieffer schlug zwar hart auf dem Boden auf, und alle Luft wich aus seinen Lungen. Doch zumindest schien er sich nichts gebrochen zu haben. Ächzend stemmte er sich hoch und rannte den schmalen Uferweg entlang. Er riskierte einen Blick zurück und sah seinen Verfolger an der Bockwand hängen. Gilbert, falls dies sein richtiger Name war, überlegte wohl noch, wie er auf die etliche Meter unter ihm befindliche Uferböschung gelangen sollte, ohne sich den Hals zu brechen. Wenn es nach Kieffer ging, konnte sich der Franzose für seine Entscheidung alle Zeit der Welt nehmen. Kieffer hingegen hatte sein Ziel fest vor Augen: Er wollte zum Aufzug.

Der Lift befand sich am Ende eines Ganges, der ein Stück in den Fels führte. Kieffer stolperte. Er fühlte, wie seine Beine allmählich nachgaben. Als er um die Ecke in den Gang einbog, sah er aus dem Augenwinkel den Franzosen. In der Rechten hielt sein Verfolger eine Pistole. Sein Gesicht war blutverschmiert, und er humpelte – offenbar war seine Landung nicht ganz so gut verlaufen wie Kieffers. Der Koch rannte zum Aufzug und drückte den Knopf. Er hatte Glück: Der Fahrstuhl befand sich bereits im Erdgeschoss, die Stahltür glitt sofort auf. Kieffer hastete in die Kabine, drückte den Knopf, neben dem »ville haute« stand, und presste sich gegen die rückwärtige Wand. Während die Fahrstuhltür sich ruckelnd schloss, konnte er durch den schmaler werdenden Schlitz Gilberts wutverzerrte Fratze sehen. Er blickte dem Franzosen in die Augen und sah, dass sie beide im selben Augenblick zu dem gleichen Schluss kamen: Gilbert würde es nicht rechtzeitig bis zum Lift schaffen. Kieffers Verfolger blieb stehen, hob seine Pistole und schoss mehrmals in rascher Folge. Kieffer drückte sich an die Seitenwand. Er hörte ein metallisches Pfeifen, als sich die Kugeln in die dicke Metalltür gruben. Dann spürte er, wie sich der Fahrstuhl in Bewegung setzte.

Wenn Kieffer den Fahrstuhl irgendwie blockieren könnte, würde der Franzose zu Fuß den Bock hinaufkraxeln müssen. Selbst ein strammer Läufer brauchte zehn Minuten, um die steil ansteigende Montée du Grund zu erklimmen und in die Altstadt zu gelangen. Das, so hoffte er, sollte eigentlich reichen, um ausreichend Distanz zwischen ihn und den mordlüsternen Franzosen zu bringen. Während sich der Fahrstuhl aufwärtsbewegte, durchsuchte Kieffer die Taschen seiner feuchten Jeans. Neben einer halb vollen Packung aufgeweichter Ducal fand er eine Zweieuromünze und sein Handy. Sein Portemonnaie war ihm offenbar aus der Gesäßtasche geglitten und schwamm wahrscheinlich gerade an der Mousel-Brauerei vorbei. Er erwog kurz, das deaktivierte Handy anzuschalten und Vatanen anzurufen, entschied sich dann jedoch dagegen. Vermutlich war das Gerät sowieso hinüber, aber falls es noch funktionieren sollte, würde er beim Einschalten des nassen Telefons ganz sicher einen Kurzschluss produzieren.

Eine blechern klingende Frauenstimme krähte »Oberstadt« aus dem Deckenlautsprecher, und die Lifttüren öffneten sich. Kieffer setzte einen Fuß in die Tür und sah sich um. Neben dem Eingang stand ein klappriges Damenrad. Es war zwar mit einer Kette gesichert, doch diese war nirgendwo festgemacht. Kieffer hob das Fahrrad hoch und stellte es zwischen die offenen Fahrstuhltüren. Dann ging er eiligen Schrittes über den Heiliggeistplateau genannten Platz, vorbei am Staatsarchiv, in

Richtung Innenstadt. Die Uhr an einer Filiale der Lëtzebuerger Spuerkeess zeigte kurz nach Mitternacht. Ab und zu blickte er sich um und vergewisserte sich, dass der Franzose nicht plötzlich irgendwo auftauchte. Doch Gilbert blieb verschwunden. Kieffer ging bis zum Boulevard Roosevelt, wo er fröstelnd auf das nächste Taxi wartete. Er brauchte jetzt dringend trockene Klamotten und einen Obstbrand. Vor allem für Letzteres kam kaum jemand besser infrage als Pekka Vatanen.

27

Eingehüllt in eine dicke Wolldecke hockte Kieffer auf Vatanens Sofa und goss sich bereits die dritte Drëpp ein. Der hochprozentige Schnaps brannte in seiner Kehle. Gleichzeitig fühlte Kieffer, wie sich ein behagliches Gefühl der Wärme in seinem Bauch ausbreitete.

Vatanen saß ihm gegenüber. Der Finne trug einen karierten Schlafanzug und einen seidenen Morgenmantel mit chinesischen Drachenstickereien. Er goss sich ebenfalls Schnaps nach. »Und du sagst, das waren die gleichen Typen, die dir schon in Frankreich nachgestiegen sind, richtig?«

»In Frankreich sind sie ja eigentlich nicht mir nachgestiegen, sondern Boudier beziehungsweise seinen Geheimnissen. Ich habe sie damals nicht gesehen, aber die Stimmen habe ich heute wiedererkannt. Ich bin mir ganz sicher.«

Vatanen nickte bedächtig, erhob sich und ging zu einer kleinen Kommode in der Ecke des Wohnzimmers. Er griff nach dem Telefon, das dort in einer Ladestation lag. »Dann rufen wir jetzt am besten Kommissar Manderscheid an.«

Kieffer hob die Hände zu einer abwehrenden Geste. »Wenn ich das mache, dann muss ich denen alles erzählen, Pekka. Toute l'histoire. Ich werde ihnen sagen müssen, dass ich die Einbrecher kannte. Dass ich sie schon einmal im Fuchsbau getroffen habe – dessen Existenz ich sowohl der französischen PJ als auch dem Luxemburger Kommissariat bislang verschwiegen habe. Das Gleiche gilt natürlich auch für die Frucht, für Scheuerles Untersuchungen. Das alles kommt dann auf den Tisch.«

»Ja, da stehst du nicht gerade wie ein vorbildlicher Bürger da. Eher als geheimniskrämerischer Möchtegern-Ermittler. Aber helvetti – die Typen haben versucht, dich umzubringen! Du brauchst möglicherweise Polizeischutz. Und außerdem kann es sein, dass einer von diesen beiden Kerlen noch immer mit eingeschlagenem Schädel in deinen Erdbeerrabatten liegt. Hast du dir darüber keine Gedanken gemacht? Willst du ihn in die Alzette werfen und so tun, als sei nichts geschehen?«

»Meine Vermutung ist, dass der Typ, verletzt oder tot, längst verschwunden ist. Das waren keine Kleinkriminellen, sondern Profis. Das letzte Mal, als ich sie in Châlons-en-Champagne traf, erwähnte einer von beiden eine Legion, und inzwischen glaube ich, er meinte vielleicht die französische Fremdenlegion. Exsoldaten also. Solche Leute hinterlassen keine Spuren. Vermutlich wird die Polizei überhaupt nichts finden.«

»Wenn es Profikiller sind, dann lassen sie sich aber nicht so einfach vertreiben, Xavier. Die kommen wieder.«

»Kann sein. Aber ich habe nichts in der Hand, was ich Manderscheid präsentieren könnte. Die Sache mit dem Fuchsbau kann ich auch nicht beweisen. Wenn es da noch irgendwelche Spuren gab, dann sind sie inzwischen sicher verschwunden.« Kieffer stürzte den restlichen Drëpp hinunter und fingerte nach einem Päckchen Ducal, das auf dem Wohnzimmertisch lag. »Aber trotzdem bin ich mir ziemlich sicher, dass diese Kerle auch für Boudiers Tod verantwortlich sind.«

»Wieso? Hast du dafür Anhaltspunkte?«

»Nein, nur so ein Bauchgefühl, Pekka. Zackerdjëss, ich habe im Grunde überhaupt nichts, außer Scheuerles Informationen über die Frucht.«

Nachdenklich drehte Vatanen die Apfelbrand-Flasche in seinen Händen und knibbelte an ihrem Etikett. »Hmmm. Und die hast du auch nicht schriftlich, sondern nur mündlich erhalten. Und eigentlich muss man den guten Klaus, soweit es geht, aus der Sache heraushalten, weil er sonst vermutlich ziemlichen Ärger von seinem Vorgesetzten kriegt.«

»Selbst wenn mir das egal wäre – was es nicht ist –, dann könnte einer wie Manderscheid vermutlich nichts damit anfangen. Geschmacksverstärkende Früchte, die von der Lebensmittelindustrie im Rahmen geltenden Rechts verwendet werden? Im besten Fall werden er oder seine französischen Kollegen eine Anfrage an Hüetli stellen oder diesen Gero Wyss vorladen ...«

»... der natürlich alles abstreiten wird, dem man keinerlei Verbindung zu den Straftaten nachweisen kann und dessen Lebensmittelgepansche zwar widerlich, jedoch keineswegs illegal ist.«

»Du sagst es, Pekka.« Kieffer zog an seiner Zigarette und blies langsam den Rauch aus. »Und warum genau sollte ich jetzt deiner Meinung nach zu den flics gehen?«

»Ist ja gut. Was also hast du stattdessen vor?«

»Ich warte hier, bis es hell wird, wenn dir das nichts ausmacht. Dann werde ich zurück nach Clausen fahren und mein Haus in Augenschein nehmen. Und wenn da irgendwo ein toter Fremdenlegionär im Garten liegt, kann ich immer noch die Polizei informieren.«

»Gut, aber ich komme mit.«

»Pekka, das musst du nicht.«

»Oh doch, ich bestehe darauf. Aber erst hauen wir uns einige Stunden ins Bett. Ich muss morgen halbwegs arbeitsfähig sein, die Spesenmafia kommt zu Besuch.«

»EU-Politiker?«

»Genau, Abgeordnete des Parlaments, Agrarausschuss. Keine Mitglieder der légion étrangère, aber auch ziemliche Halunken.«

»Gute Nacht, Pekka.«

Kieffer legte sich auf Vatanens Sofa und dachte nach. Bis halb sieben lag er dort, ohne ein Auge zuzutun. Dann ging er in die Küche und machte für sich und seinem Freund Kaffee. Er suchte nach Toast, Müsli oder Aufschnitt, aber Vatanens Kühlschrank war bis auf eine abgelaufene Packung Milch und eine verbeulte Tube Lachscreme völlig leer. Von der Heizung im Flur schnappte er sich seine Klamotten, die jetzt wieder trocken waren, aber immer noch ziemlich schmutzig aussahen. Kieffer zuckte mit den Achseln und schlüpfte in seine brettharte Jeans. Was blieb ihm anderes übrig? Außer dem Morgenmantel hatte der schlaksige Finne vermutlich kein Kleidungsstück, das Kieffer auch nur annähernd passte.

Gegen halb acht setzten sie sich in Vatanens Volvo und fuhren nach Grund. Kieffer wies seinen Freund an, zunächst an seinem Haus vorbeizufahren und an der Münsterbrücke die Alzette zu überqueren. Von der anderen Uferseite konnte man nämlich den Garten seines Hauses einsehen, und Kieffer wollte sich zunächst einen Überblick verschaffen.

Nachdem sie geparkt hatten, stellte er sich an die Kanalmauer. Der Franzose, der nach der Frontalkollision mit dem Laubenpfeiler auf seinem Grundstück zusammengesackt war, war erwartungsgemäß verschwunden. Die Hintertür des Hauses war geschlossen.

Sie fuhren zurück und stellten das Auto in der Rue St. Ulric ab. Als sie ausstiegen, bemerkte Kieffer, dass Vatanen eine kleine, mit bunten Perlen bestickte Wildledertasche aus dem Handschuhfach nahm. »Was ist da drin?«, fragte er.

Vatanen öffnete den Beutel und zog ein Messer heraus. Es hatte einen Griff aus Horn, der mit Schnitzereien bedeckt war, und eine kurze, ebenfalls verzierte Klinge. »Ein finnisches Jagdmesser. Scharf wie des Teufels Schwester. Von meinem Großvater.«

»Und mit diesem Souvenirmesserchen willst du den Fremdenlegionär in Schach halten, wenn er hinter der Kellertür lauert?«

»Wenn es sein muss«, knurrte Vatanen. »Mein Großvater hat damit noch Rentiere erlegt. Ich mag nur ein kleiner EU-Beamter sein, aber wenn mir oder meinen Freunden jemand an den Kragen will … dann verstehe ich keinen Spaß. In meinen Adern fließt Lappländer-Blut.« Er steckte das Messer in die Innentasche seines blauen Jacketts und stapfte mit entschlossener Miene auf die Eingangspforte zu. Kieffer sperrte die Tür auf und tippte mit der Fußspitze dagegen, sodass sie nach innen aufschwang. Im Flur war niemand zu sehen. Er trat ein und nahm als Erstes den Geruch von Geflügel wahr. Als er in der Küche ankam, sah er, dass seine inzwischen völlig zerkochte Poularde immer noch bei 80 Grad vor sich hin schmorte.

Kieffer schaltete den Ofen aus und ging in den Garten. Vatanen folgte ihm wie ein Bodyguard in einer US-Fernsehserie – grimmig um sich blickend, eine Hand in der Jacketttasche. Von dem kürzlich hier verunglückten Franzosen war keine Spur zu entdecken. Nach einigen Schritten kam Kieffer zu jener Stelle, an der sein Häscher über das gespannte Drahtseil gestolpert war. Verblüfft stellte der Koch fest, dass sich jemand die Mühe gemacht hatte, die herausgerissenen Heringe wieder in den Boden zu stecken, wenn auch etwa einen halben Meter nach links verschoben. Auch der Draht war wieder gespannt worden.

Im vorderen Teil seines Gartens war das Aufräumkommando ebenfalls zugange gewesen. Kieffer war kein geübter Spurenleser, aber die Abdrücke, welche die schweren Springerstiefel in dem lößhaltigen Beet hinterlassen haben mussten, hätte selbst ein Blinder nicht übersehen können. Nun waren sie verschwunden. Lediglich vor dem Küchenfenster fand er einen halb verwischten Abdruck einer grobstolligen Sohle, die definitiv zu keinem seiner Schuhe gehörte.

»Hier ist absolut nichts, Pekka«, sagte Kieffer. »Wenn ich das Manderscheid auftische, wird er mir kein Wort glauben. Er hält mich ja ohnehin nicht für sehr vertrauenswürdig.«

»Vermutlich hast du recht. Ich muss jetzt eigentlich ins Büro, aber mir ist nicht ganz wohl bei dem Gedanken, dich hier alleine zu lassen, mein Freund. Was ist, wenn die Typen wiederkommen?«

»Mach dir um mich keine Sorgen, Pekka. Spätestens ab zehn Uhr ist hier unten alles voller Touristen, die durch die Gassen laufen und den Bock angaffen. Ich kann mir deshalb kaum vorstellen, dass die Typen tagsüber wiederkommen. Und im Übrigen habe ich ohnehin nicht vor, lange hierzubleiben. Ich muss nur kurz packen, ich verreise nämlich.«

Vatanen musterte ihn misstrauisch. »Bestimmt nur zur Erholung und ganz ohne Hintergedanken, was? Du verdammter moselfränkischer Dickschädel! Darf ich erfahren, wohin die Reise geht?«

»Nach Genf.«

»Und was machst du dort?«

»Auf dem Lac Léman findet morgen Abend eine spektakuläre Küchenshow statt. Es handelt sich um ein Galadinner auf einer Luxusyacht, in Anwesenheit des berühmten Käseveredlers Gero Wyss. Das werde ich mir nicht entgehen lassen.«

28

Nachdem er Vatanen verabschiedet hatte, packte Kieffer einige Klamotten in eine kleine Reisetasche und zog einen seiner neuen Anzüge an. Dann rief er Claudine im Restaurant an. Er fragte sie, ob es während seiner Abwesenheit irgendwelche Vorkommnisse gegeben habe. Schließlich war es denkbar, dass die Verbrecher auch sein Restaurant auseinandergenommen hatten.

»Nein, es ist ganz ruhig, Xavier. Ach ja, gestern hat jemand angerufen und nach dir gefragt. Aber ich habe ihm gesagt, er soll es heute noch mal versuchen.«

»Wer war es?«

»Irgendein Franzose. Er sagte, er sei Weinhändler und rufe wegen einer Nachfrage zu einer Bestellung an. Wollte wissen, ob du im Restaurant bist oder wann du wieder reinkommst. Ich habe ihm gesagt, du kämst vermutlich erst heute wieder.«

Kieffer hatte keine Bestellung bei einem französischen Weinhändler aufgegeben. Das meiste, was er benötigte, erwarb er direkt bei den Moselwinzern zwischen Schengen und Grevenmacher. Den Rest bekam er von Colao, einem zuverlässigen und exzellent sortierten Großhändler in Esch-sur-Alzette. »Dieser Weinhändler«, fragte Kieffer, »was hatte der für einen Akzent?«

»Einen ziemlich breiten, südfranzösischen.« Sie lachte. »Er sagte immer ›wäng‹ statt ›vin‹. Wie ein Marseiller Gassenjunge.«

So hatte einer der beiden Männer ebenfalls geklungen, dachte Kieffer. Nach dem Anruf im »Deux Eglises« waren die beiden Männer vermutlich zu seinem Haus gefahren.

»Die Frage, die der Weinhändler hatte, die treibt mich übrigens auch um, Xavier.«

»Wie bitte?«

»Kommst du heute rein? Nächste Woche stehen eine Hochzeit und ein Geburtstag im Kalender, und ich würde mit dir gerne die Menüfolge und die notwendigen Bestellungen durchgehen.«

Kieffer hatte die beiden Großveranstaltungen völlig vergessen. Größere Gesellschaften zu betreuen, war für seine kleine Mannschaft stets ein Kraftakt. Zumindest wollten die beiden Gruppen, soweit er sich richtig entsann, nicht à la carte essen, sondern hatten sich für ein standardisiertes Menü entschieden.

»Gut, ich komme gleich. Ich muss dann aber später wieder weg, ich habe noch einen auswärtigen Termin. Zum Wochenende bin ich wieder da, dann kümmere ich mich um die Vorbereitung.«

Sie erwiderte nichts, was er als Zeichen deutete, dass sie sauer war. Es ließ sich nicht ändern. Die Veranstaltung in Genf würde vielleicht auf Monate die einzige Gelegenheit für ihn sein, den mysteriösen Gero Wyss einmal aus der Nähe zu sehen. Kieffer fuhr ins Restaurant. Nachdem er mit seiner Souschefin die Menüfolge abgesprochen und diese an die Kunden gefaxt hatte, ging er in den Keller. Das Untergeschoss des »Deux Eglises« war weitaus größer, als der Grundriss des Gebäudes erahnen ließ. Ähnlich wie im Bockfelsen hatten Napoleons französische Militäringenieure auch unter dem ehemaligen Wachhäuschen mehrere kleinere Stollen in den felsigen Hang des Kirchbergs getrieben.

Kieffer ging einen etwa sechs Meter langen Gang entlang, vorbei an zwei Türen, hinter denen sich Vorratsräume verbargen. Auf diese Weise gelangte er zu einem größeren Raum mit gewölbter Decke. Dieser lag bereits vollständig im Fels. Vor vielen Jahren hatten die Stollen der Garnison als Pulverdepot gedient, nun fungierten sie als Kieffers Cave. Er ging an den Weinregalen vorbei, die den Großteil der Bodenfläche einnahmen, und stoppte vor einer kleinen Holztür, die etwas versteckt hinter dem Champagnerregal lag.

Er entriegelte das Schloss mit einem alten Eisenschlüssel und trat beherzt gegen die von der Feuchtigkeit etwas verzogene Tür. Dahinter lag ein kleiner Raum, nicht mehr als drei mal zwei Meter groß, in dem sich allerlei Gerümpel stapelte. Zwei angerostete Peugeot-Rennräder seines Vaters hingen an der Wand, auf einem in die Felswand geschraubten Regal standen diverse staubige Pokale. Verborgen unter einer alten, olivefarbenen Offiziersuniform der luxemburgischen Infanterie fand Kieffer, was er suchte: eine Schatulle aus Nussholz mit einem verzierten Messingverschluss. Darin befand sich die Dienstpistole seines Vaters. Die alte Glock war in ihre Einzelteile zerlegt, die einzelnen Metallstücke hatte sein alter Herr säuberlich in Öltücher eingeschlagen. Daneben lag eine Pappschachtel mit 100 Schuss Munition, Kaliber 9 Millimeter.

Er nahm die Pistole mit in die kleine Werkstatt, die sich in einem weiteren, angrenzenden Kellerraum befand. Sein Vater hatte bereits früh versucht, den kleinen Xavier für Waffen und Militaria aller Art zu begeistern, hatte ihn mit auf die Hasenjagd ins Eischtal genommen und dem Jungen seine Ausrüstung gezeigt. Pierre Kieffer war Leutnant der großherzoglichen Armee gewesen, wie vor ihm schon sein Vater. Für ihn war es deshalb selbstverständlich gewesen, dass auch sein Sohn Xavier eine militärische Laufbahn einschlagen würde.

Kieffer hatte sich nie sonderlich für Waffen interessiert, seinem Vater zuliebe aber versucht, zumindest ein bisschen Begeisterung für das Thema aufzubringen. Er war mit dem Alten auf die Jagd gegangen, und er hatte ihn manchmal zum Schießstand begleitet, den Pierre Kieffer bis zu seinem Tod jede Woche aufgesucht hatte, weil »ein Soldat immer ein Soldat bleibt und seine Fertigkeiten nicht einbüßen darf«.

Obwohl er die Glock seit mehr als 15 Jahren nicht in der Hand gehabt hatte, machte es Kieffer keinerlei Mühe, die Automatikpistole zusammenzusetzen. Mit seinem Vater hatte er die dazu notwendigen Handgriffe am heimischen Küchentisch geübt, jede Woche, wieder und wieder. Er war sich sicher, dass er die Glock auch heute noch mit verbundenen Augen würde zusammenbauen können. Auch das hatte sein Vater ihn hundertmal machen lassen.

Kieffer strich etwas Ballistol auf die eloxierten Metallteile und führte den Lauf durch den Schlitten. Dann setzte er die Feder ein und ließ das Oberteil auf dem Griffstück einrasten. Er zog den Schlitten mehrfach nach hinten und überprüfte den Abzug. Als er sich vergewissert hatte, dass die Glock funktionstüchtig war, legte er sie wieder in das Holzkästchen, nahm es mit nach oben und verstaute es unter seinem Beifahrersitz.

Bis nach Genf waren es über 600 Kilometer. Streckenweise war die Fahrt sehr mühsam, da die Straße sich vor allem auf der zweiten Hälfte seiner Reise durch die Berge wand. Mit dem Zug wäre die Reise erheblich bequemer gewesen – aber mit einer Halbautomatik und 100 Schuss im Gepäck blieb ihm kaum etwas anderes übrig, als mit dem Pkw zu fahren. Es war nun Mittwochmittag, und das Dinner sollte am kommenden Abend stattfinden.

Kurz hinter Metz griff Kieffer nach seinem Handy. Dann wählte er Estebans Nummer.

»Hola, acá habla Esteban!«

»Guten Morgen, Leo, hier ist Xavier. Hast du einen Moment Zeit?«

»Xavier! Fantástico, dass du anrufst, ché. Nur ganz falscher Zeitpunkt, mir kocht hier gerade die Suppe über.«

»Wie meinst du das?«

»Ich bin in Genf, wegen unseres Küchenzirkus, du weißt, ja? Está fatal, hier funktioniert nichts!«

»Was ist denn das Problem?«

»Die Party findet auf einem Schiff statt, das ist das verdammte Problem. Floating dinner nennen diese maricones das. Macht eine Menge her, sí, pero: Die Küche ist zu klein, die Laufwege der Kellner sind zu lang – das gibt morgen una catástrofe. Und Hambichler, ach, der versaut einfach alles. A la mierda!«

»Leo, ich ...«

»Den hält nur noch der Koks auf den Beinen! Der kann nicht mal ein Stück Zander anbraten, ohne dass es trocken wird, geschweige denn eine Menüfolge im Kopf behalten. Und das mir – mir! Wie soll ich so 800 Leute bekochen?«

Kieffer beeilte sich, etwas zu sagen, bevor Esteban seine nächste Tirade abfeuerte. »Leo, ich habe über unser Gespräch nachgedacht. Über eine Zusammenarbeit. Ich bin ohnehin in der Gegend, wie wäre es, wenn ich mir angucke, was ihr da macht, und euch helfe? Als tournant, völlig unverbindlich, du sagst mir, was ich machen soll.«

Esteban schien einen Moment lang nicht zu wissen, was er sagen sollte. Der Argentinier schwieg mehrere Sekunden – ein Kieffer eigentlich unbekannter Zustand. Die Offerte musste ihn wirklich verblüfft haben.

Schließlich sagte Esteban: »Ché, kannst du morgen um zehn im Hotel Président Wilson sein?«

»Ich werde da sein.«

»Excelente! Und jetzt muss ich mich um Hambichler kümmern. Und meine Fernsehshow muss ich auch noch vorbereiten, die läuft am Samstagabend im französischen Fernsehen, du kennst sie, ja?« Bevor Kieffer die Gelegenheit zu einer Erwiderung hatte, fuhr Esteban fort. »Natürlich kennst du sie. Alle gucken das. Und weil es alle gucken, muss ich da jedes Mal mit einem Kracher auflaufen. Und der fehlt mir noch. Madre de dios, ich bezahle eine eigene Redaktion, nur dafür! Leute, die das für mich vorbereiten sollen. Aber alles Primaten! Verstehen vom Kochen so viel wie eine Jungfrau vom Vögeln. Wenn man nicht alles selber macht! Aber das ist eben mein Los. Hasta mañana!« Kieffer wollte noch etwas antworten. Aber Esteban hatte bereits aufgelegt.

29

Das Wetter schlug um. Kurz nach Kieffers Abfahrt hatte es zu regnen begonnen, später hagelte es sogar. Es war schon kurz nach acht Uhr, als er in Genf ankam. Das Hotel, das Esteban ihm genannt hatte, war ein Fünfsternehaus am See. Weil seine Reiseaktivitäten allmählich ins Geld gingen, hatte er stattdessen in einer Backpacker-Pension nahe der Universität reserviert. Sein Zimmer war klein, düster und roch durchdringend nach jenem grünen Plastik, aus dem Tisch, Wandverkleidung und Bett bestanden. Kieffer stellte seine Tasche ab, legte die Glock in das Schließfach und beschloss, dass er hier nicht mehr Zeit als nötig verbringen würde.

Als Erstes ging er abendessen. In einer kleinen Brasserie in der Nähe bestellte Kieffer sich Genfer longeoles, grobe Schweinswürste mit Fenchel. Dazu trank er ein Glas fruchtigen Gamay. Beim Käse studierte er nochmals das Programm des Kongresses. Die eigentliche Veranstaltung fand im Palais des Expositions am Flughafen statt. In das Messezentrum zu gelangen, war ohne eine ordnungsgemäße Akkreditierung vermutlich kaum möglich; laut der Webseite des Veranstalters war der Kongress komplett ausverkauft. Aber selbst wenn es noch Tickets gegeben hätte, wäre Kieffer der Preis von 2400 Schweizer Franken deutlich zu hoch gewesen.

Außerdem interessierte er sich schließlich nicht für die Vorträge, sondern nur für Wyss. Laut Programm endete der erste Kongresstag mit einer Schifffahrt auf dem Genfer See, die gegen 18.30 Uhr begann. Im Prospekt war das Boot abgebildet, ein relativ großer Kahn namens »Saint Sulpice«, der so aussah, als ob er etlichen Hundert Personen Platz böte. Kieffer bestellte ein weiteres Glas Rotwein. Mit Estebans Hilfe, das hoffte er zumindest, würde er problemlos auf das Schiff gelangen. Um 19 Uhr sollte es dort einen kleinen Empfang geben, um 19.30 Uhr begann Estebans Dinnershow. Wyss' Rede war im Programm für 20 Uhr vorgesehen, also vermutlich nach dem hors-d'œuvre, aber noch vor dem Hauptgang.

Kieffer zahlte und schlenderte noch ein wenig am Seeufer entlang. In der Dunkelheit sah er in einiger Entfernung ein bunt beleuchtetes, historisches Dampfschiff über den Lac Léman gleiten. In diesem Moment wurde ihm klar, dass er für den morgigen Abend keinerlei Plan hatte, nicht einmal einen vagen. Sollte er Wyss zur Rede stellen? Oder ihn nach der Kreuzfahrt zu seinem Hotel verfolgen? Er würde improvisieren müssen.

Am nächsten Morgen fuhr Kieffer ins Président Wilson, ein pompöser Kasten aus Stahl und Beton an der westlichen Seepromenade. Vom Concierge erfuhr er, dass Esteban eine Konferenzsuite angemietet hatte, die ihm während seines Aufenthalts in Genf als mobiles Einsatzzentrum diente. Kurz nach einem Anruf des Hotelangestellten erschien eine junge Dame in der Lobby, stellte sich als Estebans persönliche Assistentin vor und geleitete ihn nach oben. Kieffer bedankte sich artig und betrat den Raum.

Estebans Mietbüro hatte die Größe eines Festsaals. Man hätte hier problemlos eine größere Hochzeitsgesellschaft nebst Orchester unterbringen können. Am Eingang befand sich eine Sitzecke mit mehreren Plasmafernsehern sowie eine Büfetttafel, auf der sich Sandwichs, Etagenkuchen und Obstberge türmten. Im hinteren Teil des L-förmigen Raumes erspähte Kieffer ein großes Podest. Es war leer, bis auf Leonardo Esteban Gutierrez, der im Stechschritt von einer Seite zur anderen lief und dabei mit beiden Armen ruderte.

Kieffer ging auf Esteban zu und fragte sich, was sein Kollege da wohl machte, bis er das Headset an dessen rechter Wange sah. Der Starkoch telefonierte, und das Gespräch verlief offenbar nicht zu seiner Zufriedenheit.

»Was soll das heißen, du hast nur 80 Stück? Hat das Kirschwasser dein Gehirn zerfressen? Ich habe 800 bestellt, verstehst du? Zehnmal so viel! Wie kann man eine Null übersehen?« Kieffer hatte sich dem Podest inzwischen bis auf zehn Meter genähert und winkte Esteban zu, was im Gesicht des Argentiniers keinerlei Reaktion auslöste.

»Nein, 200 nützen mir nichts. Es ist ein Galadinner mit 750 Leuten, capito? Und das Thema lautet: ›Surf and Turf‹. Das heißt, es muss ein Scheißsteak auf jedem Teller liegen und daneben ein halber pinche bogavante. Nein, ich kann das Menü nicht kurzfristig ändern. No es posible. Das ist keine Pommesbude! Das ist Eventküche. Paolo, verdammt, es gibt sogar Akrobaten in Hummerkostümen! Ich kann keine verfickten Fischstäbchen auf die Teller legen.«

Esteban wischte sich mit dem Handrücken den Schweiß von der Stirn. Nun bemerkte er Kieffer, der seit etwa zwei Minuten geduldig neben dem Podest wartete. Esteban verzog den Mund zu einem gequälten Grinsen, zeigte auf die Ducal in Kieffers Mundwinkel und bedeutete seinem Kollegen, ihm auch eine Zigarette zu reichen. Kieffer entzündete eine, zog einmal daran und reichte sie dem TV-Koch.

Das Nikotin schien Esteban etwas zu beruhigen, und er hörte dem Mann am anderen Ende der Leitung tatsächlich einige Sekunden ruhig zu, bevor er einen weiteren Wutanfall bekam. »Mein Problem? Wieso mein Problem? Du schuldest mir 800 Maine fucking Lobster. Wenn du nicht willst, dass alle Restaurants in 1000 Kilometern Umkreis erfahren, was für ein impostor du bist, dann bring mir Hummer! Ich will Hummer. Ich bekomme Hummer! Ansonsten werden meine Anwälte dich vierteilen. Das sind nicht solche netten chicos wie ich. Um 15 Uhr sind die geeisten Kisten am Quai Mont Blanc, sonst komm ich höchstpersönlich vorbei, und dann gnade dir Gott!«

Esteban warf die bis auf den Filter heruntergerauchte Zigarette weg, riss sich das Headset vom Kopf und stieg vom Podest. »Bienvenido, Xavier! Wir haben noch kleinere Probleme mit den Bestellungen, Hambichler hat bei der Order ein paar Sachen durcheinandergebracht. Gut, dass du an Bord bist. Schon gefrühstückt?« Er zeigte unbestimmt in Richtung des überladenen Büfetts. »Ist alles für uns, ein Geschenk des Hauses. Man verehrt mich hier, está claro. Komm, wir setzen uns da vorne hin, compañero, dann erkläre ich dir den Ablauf.«

Sie nahmen Platz. »Also. Knapp 800 Leute, Set Dinner, Menüfolge mit fünf Gängen. No es complicado. Es gibt eine amuse-gueule, dann wahlweise gebeizten Lachs oder Austern als hors-d'œuvre. Danach Genfer Brotsuppe fürs Lokalkolorit und dann eines meiner signature dishes, Steaks mit einer Szechuan-Pfeffer-Soße und Hummerschwanz. Danach Birnenkuchen façon Tatin mit Zabaionenockerln und zum Schluss chariot de fromages.«

»Klingt beherrschbar. Wenn ihr genügend Personal habt.«

»Hambichler hat genügend Leute angeheuert, ich bete, dass er zumindest das hingekriegt hat. Aber die Küche macht mir Sorgen, ché. Wir machen ›Fantazzo di Mare‹ normalerweise im Zirkuszelt. Mit einer mobilen Küche – tückisch, aber man gewöhnt sich dran. Zumindest ist das Küchenlayout immer identisch. Aber dieses Schiff! Barco maldito! Schau hier.« Esteban sprang auf und lief zu einem Beistelltisch, auf dem allerlei Papiere aufgetürmt waren. Er griff sich einen DIN-A2-Bogen und legte ihn vor Kieffer auf den Tisch. »Hast du schon mal in einer Kombüse gearbeitet, ché?«

»Ja, auf einem Segelboot in Südfrankreich. Aber da musste ich nur ein paar Doraden braten, für ein Dutzend Leute.«

»Ridículo, das ist nichts! Die einzige Ähnlichkeit dürfte sein, dass es auch in der Kombüse der Saint Sulpice so eng ist wie in einer Teeniemuschi. Aber das war's dann auch. Es gibt riesige Kombüsen, lange Schläuche, vollgestopft mit Salamandern, Mikrowellen, Dampfdruckgarern, todos los cachivaches. Wenn du von hinten nach vorne willst, brauchst du eine Ewigkeit, um an den ganzen fettärschigen commis vorbeizukommen. Und dann der Laufweg. Madre de dios, das ist das Schlimmste.«

»Wie sieht der aus?«

»Alles muss drei Decks hoch. Wir haben cloches aus Plastik, pero: Wenn wir das Zeug halbwegs warm an die Tische bekommen wollen, müssen wir sehr, sehr rápido sein.«

»Wie teilen wir uns auf?«

»Ich werde die ganze Zeit durch die Küchen laufen, meinen beiden souschefs die cojones massieren und zusehen, dass uns nicht alles um die Ohren fliegt. Hambichler soll die Logistik machen – Pass, Kellner, Gänge annoncieren. Hier kommst du ins Spiel, viejo.«

Kieffer ahnte, was nun kam, sagte aber nur: »Ja?«

»Das Problem ist, dass Hambichler rendido ist. Der steht kurz vor dem Exitus.«

»Was hat er denn?«, fragte Kieffer und zündete sich eine weitere Ducal an. Esteban zog die Mundwinkel nach unten und schaute auf seine Hände. »Das kolumbianische Marschierpulver, ché. Dass der Mann noch eine Nasenscheidewand besitzt, ist ein medizinisches Wunder. Und … allerlei anderes Zeug.«

Kieffer war nicht sonderlich überrascht. Der Konsum von Aufputschmitteln und illegalen Substanzen war unter Köchen nichts Ungewöhnliches. Zum einen zog das Metier viele schräge Vögel an. Zum anderen hatten viele Kollegen Probleme, die brutalen 16-Stunden-Tage durchzuhalten – und griffen deshalb zu Amphetaminen, Kokain oder etwas anderem, was sie auf den Beinen hielt.

Auch Schmerzmittel waren Usus. Das stundenlange Stehen auf dem harten Küchenboden, die stets leicht vornübergebeugte Haltung und der stetige Wechsel zwischen sengender Hitze am Posten und eisiger Kälte im Kühlhaus führten zwangsläufig zu Zipperlein. Rheuma, Rückenprobleme, kaputte Knie, chronisch schmerzende Füße – all das waren ganz normale Berufskrankheiten, von zersäbelten Fingersehnen und Brandverletzungen einmal ganz abgesehen.

Fast alle Köche litten erbärmlich und bissen die Zähne zusammen. Wer jammerte, galt als Weichei, getreu dem Motto: »If you can't stand the heat, stay out of the kitchen.« Kieffer selbst hatte jahrelang verschreibungspflichtige Barbiturate gefressen, die er von einem der pâtissiers bezogen hatte.

Hambichler ging auf die sechzig zu. Der Bayer hatte, soweit Kieffer informiert war, bereits mit zwei Sternerestaurants Schiffbruch erlitten. Wahrscheinlich war er hoch verschuldet. Nur deshalb, so vermutete Kieffer, hatte Hambichler seinen trotz aller Skandälchen immer noch respektablen Namen für diesen bizarren Küchen-Wanderzirkus hergegeben, in dem die Gäste von Akrobaten in Hummerkostümen und singenden Fischen unterhalten wurden, während sie ihre cassolettes de Saint-Jacques verspeisten. Irgendwie konnte Kieffer nachvollziehen, dass sich all dies nur mit viel Alkohol und illegalen Drogen ertragen ließ.

»Dass er was nimmt, stört ja niemanden, Leo«, sagte Kieffer. »Aber wenn er kurz vor dem Exitus steht, dann gehört er nicht an den Pass einer Großküche.«

Esteban schaute Kieffer an und machte eine beschwichtigende Handbewegung. »Exitus? Wer sagt denn bitte so was?«

»Du, Leo.«

»Na, da hab ich ausnahmsweise etwas übertrieben.

Hambichler wird schon wieder. Na ja, zumindest wird er heute Abend pünktlich am Pass stehen und es irgendwie durchziehen. Aber in dieser Verfassung bringt der Kerl bestenfalls 70 Prozent, und das kostet mich Zeit, haufenweise Zeit, die ich verdammt noch mal nicht habe. Ché, ich will, dass du regelmäßig nach oben gehst und checkst, was auf die Tische kommt und in welcher Geschwindigkeit. Die Logistik ist es, das kann uns den Arsch kosten, entendés? Kriegst du das auf die Reihe?«

»Kein Problem, Leo.«

»Und wenn da oben irgendwelche Scheiße abgeht, dann sagst du mir Bescheid, inmediatamente, sí?«

»Ist doch klar.«

»Bien.« Esteban klatschte sich auf die Oberschenkel und stand auf. »So, ich muss jetzt noch ein paar Leuten in den Arsch treten. Lass dir von Anita, meiner Assistentin, einen All-Area-Pass geben. Damit kannst du dich auf der Sulpice frei bewegen. Wir treffen uns um 17 Uhr in la cocina.« Dann setzte er sich das Headset auf und verschwand.

30

Die Saint Sulpice war nicht einfach zu finden. Weil der sonnige Spätsommer binnen eines Tages in den November übergegangen war, hatte der noch warme Lac Léman eine neblige Suppe ausgespuckt, einen undurchdringlichen Dunst, der alles unsichtbar werden ließ, was weiter als zehn Meter entfernt war. Kieffer tastete sich Meter um Meter den Quai du Mont Blanc entlang und versuchte, im dichten Nebel die Namen der Schiffe auszumachen. Er konnte kaum die Hotels an der Uferpromenade erkennen, geschweige denn das andere Ufer.

Endlich fand er den Ausflugsdampfer. Er war der größte, den er bisher im Genfer Hafen gesehen hatte. Vor Kieffer ragte eine weiße Stahlwand in den Nebel. Er konnte die Positionsleuchten am Heck des Schiffes ausmachen und schätzte, dass die Sulpice 70 Meter lang sein musste, wenn nicht länger. Er zeigte dem Wachmann seinen Passierschein und kletterte an Bord.

Auf den Unterdecks herrschte Hochbetrieb. Links und rechts überholten ihn Lieferanten, Reinigungskräfte und Techniker, die alles für die Abendveranstaltung vorbereiteten. Auch in der Kombüse wurde bereits gearbeitet. Der lange, schlauchförmige Raum, einer von dreien, die Esteban ihm auf der Karte gezeigt hatte, war voller Vorbereitungsköche. Mehrere waren dabei, einen riesigen Berg von Hummern zu zerlegen – Estebans wüste Drohungen gegenüber dem Lieferanten hatten also offenbar Wirkung gezeigt.

Fünf Männer standen nebeneinander, vor sich riesige Plastiktonnen voller homari americani. Die Hilfsköche waren damit beschäftigt, die Tiere im Akkord zu töten. Eigentlich, dachte Kieffer, müssten sie dafür kochendes Wasser verwenden. So war es gesetzlich vorgeschrieben. Aber niemand hielt sich daran, auch Estebans Truppe nicht. Dutzende oder gar Hunderte Hummer mithilfe siedenden Wassers umzubringen, war ungeheuer zeitaufwendig, weil man jeweils nur ein oder zwei Tiere in den Topf befördern konnte. Ansonsten kühlte das Wasser zu stark ab und die Tiere taten nicht, was man von ihnen erwartete, nämlich schnell zu sterben.

Deswegen verfuhren auch diese Köche nach der althergebrachten Methode. Sie rammten dem Hummer die Spitze ihres Chefmessers in den Nacken und drückten die Klinge nach vorn, um den Schädel zu spalten. Mit einer fließenden Bewegung drehten sie das noch zappelnde Tier dann mit der freien Hand auf den Rücken und teilten es mit einem beherzten Schnitt der Länge nach in zwei Hälften.

Die halbierten Hummer landeten in einem Korb auf der Mittelablage, wo sie von einem commis abgeholt wurden. Der übernahm nun die knifflige und zeitraubende Aufgabe, das Fleisch im ganzen Stück aus den Scheren zu lösen.

Insgesamt 800 Maine Lobster hatte Esteban bestellt.

720 brauchten sie, 80 waren Reserve. Spätestens gegen 18 Uhr, so schätzte Kieffer, mussten die poissonniers fertig sein – weil die Küche danach für andere Dinge benötigt würde. 720 Hummer in drei Stunden, das machte 240 Tiere pro Stunde, was wiederum 4 Stück pro Minute entsprach. Drei Stunden lang mussten diese Vorbereitungsköche alle 15 Sekunden lang einen lebenden Hummer in einen toten verwandeln, der prêt-à-cuire war. Diese Art stupider Akkordarbeit war einer der Gründe dafür, dass Kieffer eigentlich nie wieder eine Großküche hatte betreten wollen.

Im hinteren Teil der Küche erspähte er Hambichler. Er hatte den ehemaligen Sternekoch und Träger diverser Goldmedaillen nie persönlich getroffen, erkannte ihn aber sofort. Kieffer fragte sich, ob dies auch der Fall gewesen wäre, wenn er nicht erwartet hätte, Hambichler hier anzutreffen. Hätte er diesen Mann auch auf der Straße erkannt oder in einer verrauchten Bar? Er bezweifelte es. Denn der Ausnahmekoch hatte kaum noch Ähnlichkeit mit jenem breit grinsenden Charmebolzen, den Kieffer von den Covers diverser Feinschmeckermagazine kannte.

Wie eine gramgebeugte Großmutter tapste Hambichler durch die Küche. Ab und zu hustete er in ein besticktes Taschentuch, das er mit seiner Linken umklammert hielt. Sein wächserner Teint erinnerte Kieffer an den eines ungebratenen Spanferkels. »Herr Hambichler? Xavier Kieffer. Ich nehme an, Leo hat Sie bereits vorgewarnt.« Der Bayer blickte ihn aus müden kornblumenblauen Augen an, die halb von schweren, geschwollenen Lidern bedeckt waren. »Scho recht. Eahna Huif kemmt grad recht. So a groß' Essen mit vui Aushilfspersonal, no' dazu auf einem Schiff … des wird ned leicht. Wo kochen's sonst?«

Er hatte einige Mühe, Hambichler zu verstehen. Der Bayer sprach mit einem breiten Akzent, außerdem hatte Kieffer den Eindruck, dass sein Kollege etwas lallte. »Im ›Deux Eglises‹, in Luxemburg.«

»Hab i' noch nie g'hört.«

»Ein kleiner Gasthof, keine Sterne. Wir versuchen lediglich, die lokale moselfränkische Küche lebendig zu halten, nicht der Rede wert.«

Hambichler hob tadelnd den Zeigefinger. »Mein lieber Kieffer, machen's sich net so kloa. Esteban is a echta Fan vo' eahna.«

»Ist er?«

»Aber ja – und i' sag immer: A g'scheite Regionalküche, das ist die wahre Kunst.« Hambichlers hängende Schultern sackten noch einige Zentimeter weiter nach unten, sein Gesicht nahm einen wehmütigen Ausdruck an. »Glauben's mir, i' würd auch lieber wieder bayerische Spezialitäten kochen, in Waging am See. Ach! A g'scheites Kronfleisch mit Gwixtn! Bauchstecherln mit Kraut! Aba da huift nix. Später, da kemma vielleicht noch a bisserl in der Schiffsmessen sitzen und an Willi kippen. Aber jetzt miaßma erst a'mol d' Viehcha da drunt' fuattern.«

»Wie sehen wir denn aus?«, fragte Kieffer.

»Passt, soweit ich's grad überseh. A paar Austern fehl'n uns no', aber Leo b'sorgt grad welche.«

»Die Laufwege sind problematisch, sagt Leo.«

»Sind's?«

»Das hat er mir erzählt. Sie sind die Kellnerroute doch bestimmt schon einmal abgelaufen, Herr Hambichler.«

»Also bittschön: Alois! Unter Kollegen.«

»Xavier. Aber sag, wie ist denn nun dein Eindruck, kriegen wir die Speisen schnell genug nach oben?« Hambichler blinzelte ihn verständnislos an.

»Ehrlich g'sagt, bin ich's no' ned abg'laufen. 'S war oachfach z'vui los hier, 's werd scho' passen.«

Das, dachte Kieffer bei sich, kann ja heiter werden. Der Mann, der am heutigen Abend für Pass und Auslieferung verantwortlich ist, hat keine Ahnung, wie lange die Speisen vom Küchenausgang bis zu den Tischen unterwegs sind. Er sah, dass Hambichler orientierungslos umherschaute. Dann begann der Bayer, heftig zu husten, und bellte wiederholt in sein nicht mehr allzu sauberes Taschentuch. Als er sich wieder beruhigt hatte, sagte Kieffer: »Macht gar nichts, Alois, ich kümmer mich drum.« Er nickte Hambichler noch einmal zu und ging zum Ausgang der Kombüse. Dann schaute er auf seine Uhr, merkte sich die genaue Zeit und lief los.

Nachdem er mehrere Rolltreppen und Durchgänge passiert hatte, erreichte Kieffer den Saal, in dem das Galadinner stattfinden sollte. Er mochte an die 1200 Quadratmeter messen und befand sich auf dem vorderen Teil des Oberdecks. Die drei Außenwände waren verglast und gewährten den Gästen bei besserem Wetter vermutlich einen spektakulären Blick auf die Ufer des Genfer Sees und die dahinterliegenden Berge. Heute sah man nur gräuliche Suppe. Lichttechniker und Bühnenbauer waren dabei, ein großes Podest und eine monströse Lichtanlage zu installieren. In einer Ecke übten mehrere als Meerjungfrauen verkleidete junge Damen in Paillettenkostümen eine Tanzeinlage.

Kieffer schaute auf seine Uhr. Zwei Minuten hatte er

benötigt. Von hier musste der Kellner noch zu einem der Tische, dort seine sechs Teller abladen und wieder zurück in die Kombüse laufen. Fünf Minuten pro Tour also, eher sechs.

Das machte theoretisch 10 Touren beziehungsweise 60 Teller pro Stunde. So durfte man jedoch nicht rechnen, die Gäste sollten ihr Essen ja gleichzeitig bekommen. Binnen 10, maximal 15 Minuten hatte ein Gang auf sämtlichen Tischen zu stehen.

Zehn Minuten, 720 Portionen – alle acht Sekunden musste ein Teller platziert werden. Da ein Kellner sechs Minuten je Tour brauchte, konnte man ihn maximal für zwei Touren einplanen – also für zwölf Teller. Folglich brauchte Fantazzo 60 Kellner. Was voraussetzte, dass es keine Pannen gab. Es gab aber immer welche, weswegen Kieffer schätzte, dass 75 Servicekräfte das absolute Minimum darstellten, plus Springer und Weinkellner.

Kieffer ging zu einer der verlassenen Bars am Rande des Festsaals, mixte sich einen Pastis und zündete sich eine Ducal an. Warum hatte er sich bloß auf diesen Schwachsinn eingelassen? Weil er möglichst nahe an Wyss heranwollte, natürlich. Das bizarre Küchenkabinett der Herren Hambichler und Esteban interessierte ihn eigentlich nicht. Aber da er nun einmal seine Hilfe angeboten hatte, fühlte er sich verpflichtet, seinen Job zu erledigen, so gut das eben möglich war.

In der Küche sprach er mit Hambichler. Wie sich herausstellte, hatte der mit lediglich 40 Kellnern geplant – aus Kostengründen, wie er sagte. Esteban trug die schlechte Nachricht mit Fassung. Er warf lediglich zwei gusseiserne Le-Creuset-Bräter gegen einen Schrank und zertrümmerte einige Teller. Dann hängte er sich an sein Telefon und besorgte binnen weniger Minuten zwei Dutzend weitere Kellner, deren Wucherlohn ihn, so brüllte er es mehrfach durch die Küche, an den Rand der Insolvenz treibe.

Die nächsten hektischen anderthalb Stunden verbrachte Kieffer damit, orientierungslose Servicekräfte und Postenchefs zu instruieren.

Es war nun fast 19 Uhr. Kieffer hatte etwas Sorge gehabt, dass er Wyss' Rede verpassen würde, wenn er in der Küche festsäße. Doch glücklicherweise waren in den Kombüsen Bildschirme angebracht, auf denen man das Geschehen im Festsaal beobachten konnte.

Die hors-d'œuvres wurden gerade nach oben getragen, als er Wyss auf einem der Monitore entdeckte. Er erkannte den hageren Mann mit dem blonden Meckischnitt sofort. Kieffer beschloss, nach oben in den Festsaal zu laufen.

Als er eintrat, erkannte er den großen Saal kaum wieder. Während er in der Küche gewesen war, hatte die Fantazzo-Crew den Raum in einen Zirkus verwandelt. Über der ausladenden Bühne war ein großes Schild mit Hunderten blinkenden Lampen angebracht, auf dem in bunter Leuchtschrift »Fantazzo di Mare« stand. Lichtkegel tauchten den Saal in ein grünlich-blaues Licht, Laserbeamer warfen stilisierte Meeresmotive an die Decke – Fische, Delfine und Seesterne, die sich langsam im Uhrzeigersinn drehten, als ob sie gemächlich durch die See schwömmen. Zwischen den Tischen flitzten Gaukler und Jongleure umher, deren Kostüme Hummern, Forellen oder Muscheln nachempfunden waren. Links von Kieffer ergötzte ein Taschenspieler im Seepferdchen-Outfit gerade einen Zehnertisch damit, dass er einem der

Gäste eine protzig aussehende Armbanduhr vor die Nase hielt, die er dem Mann anscheinend Sekunden zuvor unbemerkt entwendet hatte.

Angewidert zog Kieffer die Mundwinkel nach unten. Warum hatte er sich eigentlich den Kopf darüber zerbrochen, ob die Speisen es von der Küche halbwegs warm bis zu den Tischen schafften? Die meisten Gäste würden ihrem Essen ähnlich viel Beachtung schenken wie Fußballfans einer Stadion-Bratwurst.

Kieffer schaute auf seine Uhr. Es war fast halb acht. Er suchte sich einen Platz an der Bar, von dem aus er den Raum im Blick hatte, und bestellte Ricard. Als der Barkeeper ihm Karaffe und Glas hinschob, blieb sein Blick an Kieffers Körpermitte hängen. »Ist etwas?«, fragte der Koch. Dann fiel ihm auf, warum der Mann so glotzte. Seine Jacke war hochgerutscht und gab den Blick auf die Halbautomatik frei, die in seinem Hosenbund steckte. Kieffer merkte, wie er zu schwitzen begann.

Der Barkeeper zuckte jedoch nur mit den Achseln und sagte: »Undercover, was? Für eine Dinnerparty habt ihr hier aber mächtig viel Security.« Dann verschwand er. Kieffer zog rasch sein Küchenjackett über die Pistole. Als er sich im Saal umsah, fiel ihm auf, dass neben allen Ausgängen kräftige junge Männer in dunklen Anzügen standen. Sie hatten Walkie-Talkies in den Händen und gehörten definitiv nicht zu Estebans Truppe. Er stürzte den Ricard hinunter und wartete.

Kurz darauf betrat ein fülliger Mann im Anzug die Bühne. Er griff nach dem bereitstehenden Mikrofon. »Verehrte Damen und Herren! Im Namen des Europäischen Verbands für Lebensmitteltechnik heiße ich Sie ganz herzlich zu unserem diesjährigen Galadinner willkommen. Der Blick auf den See bleibt uns heute Abend wohl verwehrt. Doch das ist kein Schaden, angesichts des fantastischen Unterhaltungsprogramms, das Sie erwartet – und dank des sterneverdächtigen Menüs, das Alois Hambichler und Leonardo Esteban, zwei Köche von Weltrang, Ihnen heute Abend servieren werden. Nun aber möchte ich das Mikrofon an einen Mann übergeben, der wie kein anderer in den vergangenen Jahren die moderne Kulinologie geprägt hat – die hohe Kunst, technologischen Fortschritt mit kulinarischer Finesse zu verbinden. Der ›Flavor Report‹ nennt ihn den König der Aromen, und ich gehe sogar noch weiter. Ohne ihn wäre moderne Nahrungsmittelproduktion in ihrer heutigen Form kaum vorstellbar. Das liegt nicht nur an seiner wissenschaftlichen Brillanz, sondern auch an der enormen Courage, mit der er den ungerechtfertigten und falschen Anfeindungen gegen unsere Branche in der Öffentlichkeit immer wieder entschlossen entgegentritt. Meine Damen und Herren, bitte begrüßen Sie Gero Wyss von der Hüetli AG!«

Kieffer hatte erwartet, dass Wyss vom Publikum mit höflichem Applaus empfangen würde. Deshalb war er nicht auf das Klatschkonzert gefasst, mit dem das Publikum den Schweizer begrüßte. Viele johlten und stampften mit den Füßen, als Wyss ruhigen Schrittes die Bühne betrat.

»Danke, Philippe, vielen Dank, sehr verehrte Damen und Herren. Es ist mir eine große Freude, hier sprechen zu dürfen, und es ist mir, wenn ich das hinzufügen darf, auch ein großes persönliches Anliegen.« Im Saal war es nun ganz still geworden. »Denn unsere Branche, diese wichtige Branche, die Milliarden von Menschen jeden

Tag mit qualitativ hochwertigen Nahrungsmitteln versorgt, die ihnen ein längeres Leben und Gesundheit beschert, in einem Ausmaß, das in der menschlichen Zivilisationsgeschichte beispiellos ist – diese Branche ist seit einiger Zeit Gegenstand einer Hexenjagd, die ebenfalls ohne Präzedenz scheint.«

Wyss sprach mit bedächtiger Stimme und leicht gesenktem Kopf. Dabei ging er gemäßigten Schrittes auf und ab. Kieffer fiel auf, dass der Hüetli-Vorstand weder ein Manuskript in der Hand hielt noch von einem Teleprompter ablas. Auf der Leinwand hinter Wyss wurde nun eine Auswahl von Magazincovers eingeblendet. »Dies hier sind nur ein paar der Überschriften aus dem vergangenen Jahr – erschienen in Deutschland, Frankreich, den USA. ›Die Lebensmittelpanscher‹. ›Wie wir von der Industrie vergiftet werden‹. ›Aromatisierter Müll‹. Viele unter Ihnen, meine lieben Freunde, werden vielleicht denken, dass dieser Sturm vorüberzieht. Dass all diese Anfeindungen zwar unerfreulich sind, aber keineswegs so beispiellos, wie ich eben behauptet habe. Schließlich geraten Großunternehmen immer wieder ins Visier der Medien. Mal ist es der Chemiesektor, der Flüsse vergiftet haben soll. Mal werden die Autohersteller angeprangert, weil ihre Pkw zu viel Kohlendioxid emittieren.

Aber, meine lieben Kolleginnen und Kollegen, was uns derzeit widerfährt, hat eine völlig andere Qualität. Warum? Weil die Forderungen, die man an uns richtet, jeder Logik, jeder Vernunft entbehren. Ein Pkw-Hersteller kann kleinere Motoren in seine Autos einbauen und so der Forderung nach Umweltfreundlichkeit Rechnung tragen. Und ein Chemiekonzern installiert einfach neue

Filtersysteme. Und wenn man uns vorwürfe, wir schütteten zu viel Zucker in ein Kindermüsli oder verwendeten einen Rohstoff, der unter Naturschutz steht – was wir natürlich nicht tun«, vereinzeltes Gelächter ertönte im Publikum, »dann würden wir darauf umgehend reagieren. Wir alle sind ja, anders als diese Food-Aktivisten es die Öffentlichkeit glauben machen wollen, an den bestmöglichen Produkten interessiert. Das ist doch überhaupt keine Frage.«

Wyss zeigte nun mit der Rechten ins Publikum. »Aber die Kritik an den großen Lebensmittelkonzernen ist so absolut, so rigoros und vor allem so irreal, dass wir, anders als Konzerne in den gerade genannten Branchen, keinerlei Möglichkeit haben, die gegen uns geäußerten Vorwürfe zu entkräften. Was genau meine ich damit? Lassen Sie mich dazu ein wenig ausholen und Ihnen etwas zeigen.« An der Wand erschien nun die Großaufnahme einer Pflanze mit kleinen gelben Blüten. »Vanilla planifolia. Die Azteken nannten sie cacixanatl, die tiefgründige Blume. Köche bezeichnen die aus ihren Kapselfrüchten gewonnene Vanille als die Königin der Gewürze. Nicht ganz zu Unrecht, denn Vanille ist rar. Und sie ist teuer.« Auf der Leinwand erschien nun das Bild einer Vanilleschote.

»Warum ist Vanille so kostbar? Zum einen, weil es nur wenige Anbaugebiete gibt. Zum anderen, weil ihre Herstellung geradezu absurd kompliziert ist. Jede Vanillepflanze wird von Hand befruchtet. Mit einem kleinen Stöckchen muss das Jungfernhäutchen der Blüte durchstochen werden, welches zwischen dem männlichen Pollenpaket und der weiblichen Blütennarbe liegt.« Die Leinwand zeigte das Bild einer grünen Vanilleschote, die ein bisschen wie eine grüne Bohne aussah. »Nur dann erhalten wir diese Kapseln, die noch recht wenig mit jener Gewürzvanille gemein haben, die Sie heute Abend auf Ihrem Dessert vorfinden werden. Die abgeernteten Schoten müssen nämlich zunächst noch einem überaus komplexen Fermentationsverfahren unterzogen werden, der sogenannten Schwarzbräunung. Sie dauert viele Wochen und ist ein weiterer Grund dafür, dass Vanille so teuer ist. Der letzte und vielleicht offensichtlichste ist natürlich, dass Vanille, vor allem dank des enthaltenen Aromastoffs Vanillin, äußerst wohlschmeckend ist.«

Kieffer war nicht ganz klar, worauf Wyss mit seinen Ausführungen hinauswollte – aber es war offensichtlich, dass er das Publikum komplett in seinen Bann gezogen hatte. Es wurde weder getuschelt noch verschwanden Gäste, um vor der Tür rauchen zu gehen. Alle Augenpaare waren auf den hageren Mann mit dem schwarzen Rollkragenpullover geheftet, der auf der Bühne auf und ab marschierte. Hinter dem Schweizer tauchte nun das Bild eines glücklich lachenden Kindes auf, vor dem ein großer Becher Vanilleeis mit Schokoladensoße stand. »Eiscreme, Kekse, Coca-Cola – zur Herstellung all dieser Produkte braucht man Vanillearoma. Es ist deshalb der weltweit wichtigste Aromastoff. Glücklicherweise können wir Vanillin seit Jahrzehnten problemlos synthetisieren. Lange hat das niemanden gestört. Denn chemisch betrachtet ist das nach der Haarmann-Methode gewonnene Vanillin identisch mit jenem, das wir auch in der tiefgründigen Blume der Azteken vorfinden – die für den modernen Lebensmittelchemiker trotz aller mystischen Überhöhung eben auch nur eine Aneinanderreihung von Kohlenstoffketten ist. Das ist vielleicht unromantisch, es ist aber eine wissenschaftliche Tatsache.

Neuerdings jedoch ist Vanillin angeblich Teufelszeug. Ich zitiere Arno Wels, den Vorsitzenden der Ihnen sicherlich bekannten, selbst ernannten Verbraucherschützer von Food Focus«, Unruhe machte sich im Publikum breit, es gab vereinzelte Buh-Rufe, »der Folgendes gesagt hat: ›Die Industrie will uns glauben machen, Vanilleeis enthalte echte Vanille. Dabei benutzt sie aus reiner Profitgier das viel billigere, künstlich hergestellte Vanillin.‹

Food Focus und die von ihnen gefütterten Medien insinuieren also, Vanillin sei minderwertig – eine lachhafte Behauptung, denn ich erwähnte bereits, dass es chemisch betrachtet keinen Unterschied zwischen Vanillin und Vanille gibt.« Wyss hatte sich inzwischen in Rage geredet. Seine bedächtige Art war sichtbarer Erregung gewichen. Er gestikulierte mit den Armen, seine Wangen waren gerötet.

»Der Hauptvorwurf unserer Kritiker ist letztlich stets der gleiche. Er lautet, wir würden aus Profitgier hochwertige Zutaten durch minderwertige ersetzen – Vanille durch Vanillin, Zimt durch Kumarin, Erdbeeren durch Erdbeeraromen. Aber was die Medien den Menschen nicht sagen, ist die bittere Wahrheit.« Der Projektor warf nun eine Infografik an die Wand, die zwei Balken zeigte. Der eine füllte die Leinwand von links nach rechts beinahe aus, der andere war lediglich ein winziger Stummel. »15 000 Tonnen Vanillin konsumiert die Menschheit im Jahr. Aber die Vanillefrüchte, die weltweit geerntet werden, enthalten nur etwa 40 Tonnen Vanillin. Ich wiederhole: Nur 40 Tonnen! Diese Menge reicht nicht einmal, um den Bedarf eines Landes wie Deutschland zu decken.« Wyss ließ die Zahl bei den Zuschauern einen Moment wirken, dann fuhr er fort. »Genauso verhält es sich mit vielen anderen populären Lebensmitteln. Alle wollen Parmesan über ihre Spaghetti raspeln, aber die Jahresproduktion Oberitaliens reicht nicht einmal für den europäischen Bedarf. Jeder möchte Pesto mit echten Pinienkernen, aber es gibt nicht genug pinoli.

Sie sehen also, liebe Freude, warum die Forderungen unserer Gegner so absurd sind – diese Food-Fundamentalisten blenden die Realität völlig aus! Food Focus, Amis de Fromage und wie sie alle heißen – sie wollen den Verbrauchern vorgaukeln, es sei möglich, Milliarden von Menschen mit handgeschöpftem Jura-Käse und feinster Madagaskar-Vanille zu versorgen – aber das ist es nicht. Es ist auch keine Frage des Preises, sondern es ist schlichtweg unmöglich.«

Er war nun stehen geblieben und schaute ins Publikum. Als der Schweizer den Blick schweifen ließ, bildete Kieffer sich ein, dass Wyss ihm zunickte. Konnte das sein? Einen Moment lang war er zu geschockt, um zu reagieren. Inzwischen war der Chemiker wieder in die Mitte der Bühne zurückgekehrt und sprach weiter. »Deshalb müssen wir aufhören, uns zu entschuldigen, und der Gesellschaft wieder klarmachen, welche ungeheure Leistung wir für sie vollbringen. Ohne uns würden Millionen von Kindern niemals erfahren, wie köstlich Vanilleeis schmeckt, Millionen von Menschen erführen niemals, wie wunderbar die säuerlichen Aromen des Parmesans mit Spaghetti Arrabiata harmonieren.

Ohne uns wäre ihr Leben ärmer, ihre Diät fade und eintönig. Und ihre Lebenserwartung wäre geringer. Wir müssen den Menschen klarmachen, dass die Forderungen der Slow-Food-Lobby darauf hinauslaufen, dass die Menschen sich wieder so ernähren müssen wie vor Hunderten von Jahren, als unsere geliebte Vanille ein Gewürz für die oberen Zehntausend war. Lassen Sie mich zum Schluss noch einmal auf einen Aspekt zurückkommen, der …«

Hatte Wyss ihn erkannt? Oder waren das nur seine Nerven? Kieffer beschloss, dass es höchste Zeit war, den Saal zu verlassen. Er ging raschen Schrittes hinaus, die Hand über der eckigen Ausbeulung an seiner Hüfte. Als er an der Tür angekommen war, fiel ihm auf, dass er über Wyss' Rede seine andere Aufgabe völlig vergessen hatte. Er blickte sich im Gang um. Wenn der Schweizer bereits kurz vor dem Ende seiner Ansprache war, wo waren dann die Kellner? Die Vorhut hätte bereits hier versammelt sein müssen mit den ersten Tabletts voller Steaks und Hummer. Er suchte in seiner Tasche nach dem kleinen Walkie-Talkie, das Esteban ihm gegeben hatte. »Leo, hier Xavier, wir brauchen den Hauptgang.«

»Jetzt schon? Hambichler sollte das Startzeichen geben.«

»Hat er aber nicht. Hier oben ist niemand, und die Rede ist gleich zu Ende.«

»Hijo de puta …«, schrie Esteban, dann brach die Verbindung ab. Auf dem Monitor, der neben dem Eingang zum Saal angebracht war, konnte Kieffer sehen, dass Wyss noch immer sprach. Er ging zur Rolltreppe und hastete nach unten. In der Kombüse herrschte Hochbetrieb. Esteban stand im hinteren Teil des Raums und bellte Kommandos. Er winkte Kieffer zu sich heran. »Wir sind in Rücklage, und zwar mächtig. Und das, noch bevor wir das erste beschissene Steak rausgehauen haben.«

»Wo ist denn Hambichler?«

»Keine Ahnung. Verschwunden. Such ihn. Aber nicht länger als zehn Minuten. Wenn wir den maricón bis dahin nicht finden, müssen wir es ohne ihn durchziehen.«

Kieffer rannte durch die Kombüsen und die Gänge des Unterdecks, fand den Bayern aber nicht. Wo konnte er abgeblieben sein? Hambichler hatte vorhin eine Schiffsmesse erwähnt. Kieffer erkundigte sich bei einem Matrosen, den er auf dem Gang traf, und fand sie nach kurzer Zeit. In der Messe saßen drei Männer und rauchten, vor ihnen stand ein großer Teekessel und eine kleine Flasche Rum. »Guten Abend, ich suche einen unserer Köche. Haben Sie einen fülligen Mann gesehen, Ende fünfzig?«

Einer der Matrosen nickte. »Der war eben hier. Sah nicht gut aus. Ein bisschen, als ob er seekrank wäre.« Der Matrose grinste. »Seekrank, auf dem Léman, hat man so was schon gehört.« Kieffer vermutete, dass es nicht der moderate Seegang war, der Hambichler zu schaffen machte. Es war wahrscheinlicher, dass ihm ein schlecht verträglicher Cocktail aus Paracetamol, Schnaps und Koks zu schaffen machte. »Wissen Sie, wo er hin ist?«

»Wir haben ihm geraten, an die frische Luft zu gehen. Er hat sich von uns den schnellsten Weg an Deck beschreiben lassen, dann ist er weg, vor vielleicht fünf Minuten.« Kieffer nickte den Männern zu und eilte zur nächsten Treppe. Oben angekommen stieß er die schwere Außentür auf. Der Nebel war inzwischen noch dichter geworden. Kieffer befand sich auf dem Promenadendeck, das um das Schiff herumführte. Die Sicht betrug bestenfalls fünf Meter, und augenblicklich kroch feuchte Kälte durch seine dünne Küchenjacke. So schnell es ging, lief er die Promenade Richtung Bug entlang. Außer ihm war kein Mensch auf Deck zu sehen.

Auf dem Vorderschiff fand er Hambichler. Der Koch lag in einem Liegestuhl und bewegte sich nicht. Seine Augen waren geschlossen. Anderthalb Meter neben dem deckchair fiel Kieffer eine Pfütze auf, die wie Erbrochenes aussah. »Alois? Was zum Teufel machen Sie hier draußen, Sie werden sich den Tod holen.«

Der Bayer öffnete seine Augen einen winzigen Spalt und murmelte etwas Unverständliches. In seinem Mundwinkel klebte weißlicher Brei. »Aarmséilege beniwwelte Soffkapp«, entfuhr es Kieffer. Dann griff er Hambichlers Arme und zog ihn mit Mühe hoch. Der protestierte zwar nicht, unternahm aber auch keine Anstrengungen, selbst auf den Beinen zu bleiben. Ächzend steuerte Kieffer das nächstgelegene Schott an, das sich an der Wand des Vorderdecks befand. Durch das Bullauge schien Licht. Während er den schnaufenden, bayerische Flüche grunzenden Hambichler gegen die stählerne Wand drückte, legte er mit der anderen Hand den Hebel des Schotts um.

Die Tür war offen. Er zog seinen weggetretenen Kollegen durch die Tür ins Innere des Schiffs und ließ den schweren Mann dort zu Boden gleiten. Hambichler war viel zu schwer, als dass er ihn allein durch das halbe Schiff hätte schleppen können. Der bayrische Koch wog mindestens 100, eher 110 Kilo. Hambichlers wächserne Gesichtsfarbe hatte einen leichten Grünstich angenommen, und seine Augen waren wieder geschlossen. Aber sein Atem ging regelmäßig, und soweit Kieffer das feststellen konnte, war er auch nicht unterkühlt. Er beschloss, Hilfe zu holen.

Er schaute sich kurz um. Er befand sich in einem Aufenthaltsraum mit Pullman-Liegesesseln, in einer Ecke standen mehrere Videospielgeräte, die vor sich hin blinkten. Ansonsten war der Raum leer. Er wuchtete Hambichler in einen der Sessel und ging zur Tür. Er fand sich in einem schmalen Gang wieder, der in der Nähe des Festsaals liegen musste. Nachdem er etwas umhergelaufen war, sah er jemanden vor sich. Die Beleuchtung war gedimmt, doch er konnte einen Mann im Anzug erkennen, der sich anscheinend hierher zurückgezogen hatte, um ungestört eine Zigarette zu rauchen. Der einsame Raucher war eine imposante Erscheinung. Er hatte dem Luxemburger den Rücken zugewandt, sein breites Kreuz spannte sich unter einem zu engen Jacket. Kieffer ging auf ihn zu und sprach ihn auf Französisch an. »Guten Abend, Monsieur, können Sie mir helfen? Ein Freund von mir hatte auf dem Vorderdeck einen Schwächeanfall.«

Der Mann drehte sich um. Seine Nasenpartie war eingegipst, seine linke Hand bandagiert. Es dauerte einen winzigen Moment, bis sie einander erkannten. Dann weiteten sich die Augen des Legionärs, und sein Gesicht verzerrte sich zu einer wütenden Fratze. »Du!«, schrie er. »Diesmal entkommst du mir nicht!«

Panik erfasste Kieffer. Er rannte. Rannte den schmalen Gang entlang, bis er vor sich ein Schott sah. Er hörte den Legionär von hinten näherkommen. Kieffer riss den Hebel des Schotts nach unten. Der Türgriff bewegte sich einige Zentimeter, dann blockierte er. Keuchend drückte er den Hebel erneut mit aller Kraft nach unten. Nichts.

Er griff mit der rechten Hand die Glock, zog mit der linken den Schlitten zurück, während er sich gleichzeitig umdrehte und die Waffe emporriss. Er sah den Legionär auf sich zukommen. Der Mann hatte Kopf und Oberkörper nach vorne geworfen und hielt wie ein wütender Kampfstier auf ihn zu. Bevor Kieffer die Pistole richtig in Anschlag gebracht hatte, war der Franzose schon über ihm. Er schlug nicht nach Kieffer, sondern drückte den Koch wie ein Rugbyspieler aus vollem Sprint gegen das Stahlschott. Das Letzte, was Kieffer registrierte, war ein hässliches metallisches Geräusch, als sein Kopf gegen die schwere Schiffstür krachte.

31

Ein pochender Schmerz weckte ihn. Seine ganze linke Gesichtshälfte schien zu glühen, und es dauerte einen Moment, bis er wusste, wo oben und wo unten war. Er lag mit angezogenen Beinen auf einer schmalen Pritsche. Es war dunkel. Von irgendwoher drang ein gedämpftes Rauschen an sein Ohr. Ihm war übel, und er hatte das Gefühl, die Liege bewege sich vor und zurück wie eine Hollywoodschaukel.

Zur Übelkeit und den Schmerzen kam die Angst. Er fühlte sich wie paralysiert, war sich sicher, dass dies seine letzten Stunden oder gar Minuten waren. Der Legionär hatte ihn in seiner Gewalt. Ihm drohte vermutlich das gleiche Ende wie Boudier. Gilbert würde ihm ein Gewicht an die Füße binden und sich seiner in irgendeinem See entledigen.

Eine Zeit lang lag er da und nahm kaum wahr, was um ihn herum vor sich ging. Doch irgendwann ließ die Panik, die ihm die Kehle zuschnürte, ein wenig nach. Nun fiel ihm auf, dass es sich bei der vermeintlichen Pritsche um die lederbezogene Rückbank eines Autos handelte. Offenbar erklomm der Wagen gerade eine Steigung, denn Kieffer konnte fühlen, wie die Schwerkraft seinen Körper gegen die Rückenlehne drückte. Er verspürte einen leichten Druck auf den Ohren, sie mussten irgendwo in den Bergen sein. Kieffer versuchte, aus einem der Seitenfenster einen Blick auf die Umgebung zu erhaschen, konnte aber nur den dunklen Nachthimmel und das vorbeihuschende Licht der Straßenlaternen erkennen.

Kieffer probierte, mit der linken Hand seine noch immer pochende Schläfe zu ertasten, doch etwas hielt seinen Arm fest. Es gab ein rasselndes, metallisches Geräusch – sein Handgelenk steckte in einer Handschelle, die am Griff der Autotür befestigt war. Er versuchte, seine Beine weiter anzuziehen. Das linke war ebenfalls angekettet.

»Na, aufgewacht?« Die Stimme kam vom Fahrersitz. Kieffer erkannte den breiten Marseiller Akzent des Legionärs. »Bleib ruhig liegen, sonst muss ich dir meine Magnum über den Schädel ziehen.«

»Wohin fahren wir?«

»In einer halben Stunde sind wir da. Mehr musst du nicht wissen.«

Irgendwann bog das Auto ab. Es ging nun noch steiler bergauf, und Kieffer hörte unter den Reifen Kies knirschen. Kurz darauf stellte der Legionär den Motor ab und öffnete eine der Hintertüren. »Hör zu. Ich nehme dir jetzt die Handschellen ab. Wir sind in den Alpen, weit oben. Fliehen zwecklos. Wenn du es trotzdem versuchst, erschieße ich dich.« Der Legionär schloss die Handschellen auf und löste die Fußfessel von der Tür des Wagens, nur um sie kurz darauf an Kieffers zweitem Knöchel zu befestigen.

Unbeholfen kletterte Kieffer aus dem Auto, das sich

als Geländewagen mit abgedunkelten Scheiben entpuppte. Sie befanden sich auf einem kleinen Plateau, von dem aus man in der sternenklaren Nacht einen guten Ausblick ins Tal hatte. Die Alpenluft war eisig; Kieffer schätzte, dass sie sich auf mindestens 2000 Metern Höhe befanden. An der dem Berg zugewandten Seite des Plateaus, nur wenige Meter von ihnen entfernt, stand ein mehrstöckiges Haus, im Stile eines Schweizer Chalets. Die Wände des Gebäudes bestanden aus grob gehauenen Granitquadern, über ihnen ragten ein mit Schnitzereien verzierter Balkon und ein mit Holzschindeln bedeckter Spitzgiebel empor. Kieffer stützte sich mit einer Hand an dem Geländewagen ab und beobachtete den Legionär dabei, wie dieser die Haustür aufschloss und einen Seesack ins Vestibül wuchtete. Dann drehte er sich um und rief: »Los jetzt!«

Kieffer tat, wie ihm geheißen, zumindest versuchte er es. Mit den Fußschellen konnte er nur Tippelschritte machen. »Muss ich noch weit gehen?«, fragte Kieffer. Der Legionär schaute ihn an und grinste spöttisch. Dann riss der Mann mit einer schnellen Bewegung die rechte Hand hoch und schlug etwas gegen Kieffers linke Schläfe. Wieder wurde es dunkel.

Als Kieffer erwachte, war der stechende Schmerz in seiner Schläfe erneut das Erste, was er wahrnahm. Zumindest lag er diesmal nicht auf dem Rücksitz eines Autos, sondern in einem großen Bett. Jemand hatte ihm seine Kleidung ausgezogen und ihn mit einer dicken, rot-weiß karierten Daunendecke zugedeckt. Er war nun nicht mehr gefesselt. Kieffer versuchte aufzustehen, doch vehementer Protest seines brummenden Schädels und seiner brennenden Nackenmuskeln vereitelten diesen Plan. Deshalb ließ er sich wieder auf das Daunenkissen zurücksinken und musterte den kleinen Raum.

Die Decke war angeschrägt, er befand sich offenbar direkt unter dem Giebel. Das Zimmer war so eingerichtet, wie sich ein Innenraumdesigner ein Bauernhaus vorstellen mochte. Der Besitzer des Chalets musste sehr wohlhabend sein, alle Möbel sahen neu und teuer aus. Neben seinem Bett fand Kieffer eine Wasserflasche. Er trank gierig. Nach etwa 15 Minuten wagte er es nochmals aufzustehen. Mit Mühe wuchtete er seinen schmerzenden Körper hoch. Am Ende des Zimmers befand sich ein Durchgang zu einer Toilette. Es gab auch noch eine weitere Tür, die vermutlich auf den Gang führte, aber Kieffer war sich ziemlich sicher, dass der Legionär sie verriegelt haben würde. Deshalb ging er zunächst ins Bad und betrachtete sich im Spiegel. Sein linkes Jochbein und die Wange waren tiefblau verfärbt, die Oberlippe war aufgeplatzt. Jemand hatte das Blut notdürftig abgewischt und eine Mullkompresse auf seine pochende Schläfe geklebt.

Auf dem Toilettensitz lagen eine Trainingshose, ein weißes T-Shirt und ein Norwegerpullover mit Rollkragen. Seine eigene Kleidung war verschwunden, ebenso wie sein Handy und seine anderen Sachen. Kieffer stieg unter die Dusche und ließ das heiße Wasser seinen Rücken herunterlaufen. Er fühlte, wie sich seine verkrampften, schmerzenden Muskeln etwas entspannten. Dann zog er die bereitliegenden Kleidungsstücke an und setzte sich an den Tisch. Draußen war es taghell, es ging wohl gegen Mittag. Auf dem Tisch stand eine Schüssel mit Obst, Nüssen und einer Tafel Schweizer Schokolade. Mandel-Honig. »Fast wie im Hotel«, brummte Kieffer.

Er schlang die Schokolade hinunter – es musste fast 24 Stunden her sein, seit er zuletzt etwas gegessen hatte.

Er hörte, wie jemand die Tür aufschloss. Es war der Legionär. »Ausgeschlafen?« Er wartete Kieffers Antwort nicht ab. »Dann los. Er wartet schon.«

»Wer wartet?«

»Maul halten, mitkommen.«

Der Franzose eskortierte Kieffer hinunter ins erste Geschoss und führte ihn in ein großes Zimmer, dessen Wände komplett mit Holz verkleidet waren. Es handelte sich um einen Wohn- und Aufenthaltsraum, der mit allen Annehmlichkeiten ausgestattet war. Es gab einen steinernen Kamin, in dem ein Feuer prasselte, bequem aussehende Ohrensessel und einen wuchtigen Esstisch aus Eiche, hinter dem sich ein Durchgang zu einer großen Küche befand. Vor dem Panoramafenster stand Gero Wyss und blickte auf die sonnenbeschienenen Berge. Er drehte sich um und breitete die Arme aus, als ob es sich bei Kieffer um einen lange vermissten Freund handelte. Statt ihn zu umarmen, verharrte Wyss jedoch, wo er stand, und ließ die Arme wieder sinken. »Mein lieber Kieffer, willkommen! Mir war klar, dass wir uns irgendwann über den Weg laufen würden. Aber ich hätte ehrlich gesagt nicht gedacht, dass es so schnell geht. Sie haben uns überrumpelt – deshalb ließ sich die etwas rüde Behandlung auch nicht vermeiden, für die ich mich selbstverständlich entschuldige. Ich glaube, Gilbert ist etwas verstimmt. Er hat es Ihnen übel genommen, dass Sie seinem Vorgesetzten den Schädel eingeschlagen haben.«

»Nicht meine Schuld. Ihr Mann ist gegen meine Laube gelaufen«, knurrte Kieffer.

»Ach, Schnee von gestern«, sagte Wyss. »Setzen Sie

sich doch bitte in diesen Ohrensessel. Kann ich Ihnen etwas anbieten? Dies ist, so befürchte ich, ein Nichtraucherhaushalt, Sie werden ohne Ihre Zigaretten auskommen müssen. Aber vielleicht einen Schümli? Gilbert, hol uns doch bitte zwei Café crème und ein Wasser dazu.«

Nachdem Kieffer vor dem Kamin Platz genommen hatte, setzte Wyss sich in den zweiten Ohrensessel und lehnte sich behaglich zurück. Er trug ebenfalls einen Norwegerpullover, mit exakt dem gleichen Muster wie Kieffer. Wyss seufzte. »Das ist alles sehr misslich. Sie haben meine Pläne ziemlich durcheinandergebracht, lieber Kieffer. Und alles letztlich nur wegen dieses bedauerlichen Unfalls.«

»Wieso Unfall? Mord scheint mir die korrektere Umschreibung zu sein.«

»Niemand sollte zu Tode kommen, das war nicht der Plan. Aber wer konnte ahnen, dass dieser Gastrokritiker, wie war sein Name …«

»Agathon Ricard.«

»Ja, danke. Wer konnte denn ahnen, dass Monsieur Ricard beim Betreten des von Ihrem Ziehvater Paul Boudier geführten ›Renard Noir‹ erkannt wird? Und dass Boudier dann auf die, wie ich sagen möchte, höchst törichte Idee kommt, diesem Gabin-Kritiker ein Gericht mit unserer Frucht vorzusetzen?«

»Ich dachte, Sie hätten den Köchen das Zeug gerade deshalb gegeben – damit sie es ausprobieren und die Restaurants außerdem für ein bisschen Publicity sorgen?«

»Ah, nein, so war es in diesem Fall nicht gedacht. Aber grundsätzlich haben Sie recht: Unser Geschäftspartner Aaron Keitel – den haben selbst Sie noch nicht auftreiben können, nicht wahr, Herr Kieffer? Keitel ist für uns regelmäßig bei einigen Spitzenköchen vorstellig geworden und hat sie mit exotischen Zutaten versorgt, mit denen sie ihre Speisekarten ein wenig aufpeppen konnten. Wir haben im Gegenzug von den beteiligten Restaurants Informationen über die möglichen Verwendungen und Zubereitungen dieser Gewürze und Nahrungsmittel bekommen. Und wenn wir uns später für eine Vermarktung entschieden, dann nutzten wir die Restaurants erneut – diesmal, um das Produkt bekannt zu machen.«

»Sie haben den Köchen Geld geben, damit die es in die Kamera halten und begeistert tun.«

»So in der Art. Aber dann hat Herr Keitel in Papua-Neuguinea Solanum catvanum entdeckt. Mir war bereits nach den ersten Tests klar, dass die Einsatzmöglichkeiten dieser Pflanze weit über alles hinausgehen, was bisher denkbar war.« Wyss schaute Kieffer an, seine Augen leuchteten. »Sie haben sie probiert, nicht wahr?«

»Ja, sie schmeckt sehr gut.«

»Oh ja, Catvanum macht jede Ein-Franken-Tiefkühlpizza zu einem Festmahl. Die Frucht wird die industrielle Lebensmittelproduktion völlig revolutionieren.« Gilbert brachte ihnen ein Tablett. Zwischen den beiden Kaffeetassen lag neben einigen gezuckerten Gipfeli ein Mobiltelefon. Kieffers Mobiltelefon. »Ah, da ist ja auch Ihr Handy. Da gibt es noch eine kleine Formalität zu erledigen, bevor wir fortfahren. Aus nachvollziehbaren Gründen benötigen wir für Ihr abruptes Verschwinden eine plausible Erklärung. Die ganze Sache hat schon viel zu viel Staub aufgewirbelt. Sagen Sie, ist jetzt schon jemand in Ihrem Restaurant?«

»Ich habe nach zweifacher längerer Ohnmacht leider

keine Vorstellung mehr davon, wie spät es ist, Monsieur Wyss.«

»Natürlich, natürlich, wie unachtsam von mir. Es ist«, Wyss blickte auf seine wuchtige Schweizer Armbanduhr, »nun drei viertel elf.« Dann fügte er hinzu: »Freitag.«

Kieffer schüttelte den Kopf. »Freitagmittag haben wir zu. Erst gegen 16 Uhr kommt der Vorbereitungskoch.«

»Aber Ihr ›Deux Eglises‹ verfügt sicherlich über einen Anrufbeantworter?«

»Natürlich.«

»Dann seien Sie doch bitte so freundlich und rufen Sie in Ihrem Restaurant an. Sagen Sie, Sie hätten einen äußerst wichtigen Termin – einen familiären Notfall vielleicht? Und dass Sie in den kommenden Tagen nicht erreichbar sein werden. Und bitte machen Sie keine Dummheiten.«

»Warum sollte ich Ihnen diesen Gefallen tun?«

Aus Wyss' Gesicht war nun alle aufgesetzte Freundlichkeit gewichen. »Sie haben es selber in der Hand, wie rasch es zu Ende geht, Kieffer. Ich persönlich halte nichts von unnötiger Gewalt. Aber wenn Sie sich unkooperativ verhalten, dann übergebe ich Sie Gilbert. Und der ist, wie Sie vielleicht schon bemerkt haben, ein äußerst grober Mensch.«

Kieffer spürte, wie sich sein Magen zusammenkrampfte. Er griff nach seinem Telefon und öffnete die Anrufliste, dann drückte er auf den Wahlknopf. Nach einigen Sekunden sagte er: »Claudine, hier ist Xavier. Ich habe einen … einen Todesfall in der Familie und muss einige Tage weg. Werde nur schwer erreichbar sein, du bist so lange der Chef.« Dann unterbrach er das Gespräch und sah Wyss fragend an.

»Sehr gut, wenn Sie das Telefon nun bitte außerhalb der Reichweite Ihres Sessels ablegen könnten? Dort auf dem Kaminsims ist es gut.« Kieffer tat, wie ihm geheißen, und setzte sich wieder in den Ohrensessel.

»Nun, wo waren wir stehen geblieben? Ja, richtig. Diese wunderbare Frucht ist natürlich viel zu schade, um sie als Trendlebensmittel im Supermarkt zu verramschen. Und außerdem schmeckt sie, wie Ihnen ja bekannt ist, bei unsachgemäßer Zubereitung auch nicht besonders gut. Nein, mir war schnell klar, dass Hüetli diese Frucht in großem Stil selbst anbauen, weiterverarbeiten und als generischen Aromaverstärker einsetzen muss. Und so stellten wir bereits vor zwei Jahren die Catvanum-Lieferungen an unsere Partnerrestaurants ein und wiesen diese an, ihre restlichen Lagerbestände umgehend zu vernichten.«

»Wie haben Sie das begründet?«

Wyss zuckte mit den Achseln. »Wir haben Boudier und den anderen gesagt, dass es Lizenzprobleme gebe und dass jedem, der das Produkt weiterhin verwendet, durch einen unserer Konkurrenten Schadenersatzforderungen in Millionenhöhe drohen.« Wyss nippte an seinem Schümli und verzog missbilligend die Mundwinkel. »Aber da haben wir die Rechnung wohl ohne den Wirt gemacht, wie man so schön sagt.«

»Die Köche haben ihre Anweisung ignoriert?«

»Boudier zumindest, ja. Ich hätte eigentlich wissen müssen, dass ein Koch etwas, was er für unglaublich wohlschmeckend hält, nicht einfach wegwirft. Boudier besaß damals mehrere Kisten Catvanum. Vermutlich hat er sie einfach tiefgefroren und weiter damit herumexperimentiert. Und als dann Ricard auftauchte, da hat er wohl seine Chance gesehen, einen der einflussreichsten Gastrokritiker Frankreichs zu beeindrucken.«

»Was ja funktioniert hat. Agathon Ricard war begeistert.«

»Natürlich war er das. Wahrscheinlich hätte Ricard eine Jubelkritik für den Gabin geschrieben und das ›Renard‹ für den dritten Stern vorgeschlagen.«

»Aber wie haben Sie davon Wind bekommen?«

»Boudier dämmerte, dass er nun bald weitere Früchte brauchen würde. Deshalb rief er Keitel an und versuchte, ihn zu bequatschen. Er brauche Nachschub, der Preis spiele keine Rolle, irgendetwas in der Art. Keitel verständigte mich, und da klingelten bei uns natürlich die Alarmglocken. Wir waren gezwungen zu handeln, um unser Investment zu schützen.«

»Sie waren gezwungen, mehrere Menschen zu ermorden und drei Restaurants anzuzünden? Wegen einer verdammten Frucht?«

»Vielleicht hätten wir das Ganze anders lösen können, wenn Boudier kooperativer gewesen wäre. Aber er wollte unserem Werkschutz ja nicht einmal sagen, wo er das restliche Catvanum versteckt hatte. Und da kam es dann zu dieser Kettenreaktion. Als die Sache erst einmal ins Rollen gekommen war, da mussten wir auch die anderen Restaurants, die wir seinerzeit beliefert hatten, neutralisieren. Zur Sicherheit. Sie werden verstehen, dass wir Boudier nicht laufen lassen konnten. Und im Falle Ricards mussten wir dann ebenfalls sehr schnell handeln.«

»Sie haben ihn mit meinem Essen vergiftet.«

»Ich könnte verstehen, dass Sie mir das besonders übel nehmen – aber keine Sorge, Ihre Ehre als Koch ist völlig intakt. Wir haben Ricard bereits in seinem Hotel Hyoscyamin in seine Wasserflasche gemischt. Das ist ein Nervengift, das sehr langsam wirkt und praktisch nicht nachzuweisen ist. Ricard war also schon tot, als er bei Ihnen zum Essen eintraf.«

Wyss wischte sich mit der Linken einige Gipfeli-Krümel vom Pullover. »Aber jetzt lassen wir diese unerfreulichen Geschichten, das führt ja nirgendwohin. Schauen wir nach vorne! Mein lieber Kieffer, Sie haben, glaube ich, immer noch nicht verstanden, worum es eigentlich geht. Warum wir diese Frucht unbedingt brauchen!«

»Natürlich habe ich das kapiert. Um noch mehr Geld zu scheffeln und dem Konsumenten noch minderwertigere Lebensmittel anzudrehen.«

Wyss schaute ärgerlich. »Nein, Sie haben wirklich nicht verstanden, was in den nächsten Jahren passieren wird. Nicht Hüetli braucht die Chatwa-Frucht. Die Welt braucht sie!« Wyss war nun aufgesprungen und lief vor dem Kamin auf und ab. »Begreifen Sie denn nicht? Der gesamte Nahrungsmittelmarkt wird demnächst auf den Kopf gestellt, alles wird knapp. Nur mit Catvanum können wir das verhindern.«

»Das ist doch Unsinn, Wyss. Ich habe Ihren Vortrag gehört, über das Vanillin – es mag ja sein, dass Vanilleschoten und andere Delikatessen ein knappes Gut sind. Aber es gibt keine allgemeine Lebensmittelknappheit. Es ist genug zu essen da, für alle Menschen auf diesem Planeten.«

Wyss setzte ein mitleidiges Lächeln auf. »Vielleicht gibt es genug – aber genug von was? Falls wir uns alle mit ein bisschen Reis und Gemüse bescheiden, dann reicht es unter Umständen. Aber wenn alle so schlemmen wollen wie die Europäer und die Amerikaner, dann werden bestimmte Lebensmittel schon bald nicht mehr überall verfügbar sein. Und Sie können davon ausgehen, dass jeder Inder und jeder Chinese nicht nur ein Auto und einen Plasmafernseher will, sondern auch all jene Delikatessen, die Sie und ich für selbstverständlich halten. Es hat bereits angefangen, Kieffer. Der Normalverbraucher hat es noch nicht gemerkt, weil es zunächst nur die ganz teuren Lebensmittel betrifft. Bei einer Trüffelversteigerung in Grinzane Cavour, das liegt …«

»… im Piemont, ich weiß.«

»Dort hat ein Kerl aus Schanghai unlängst eine Viertelmillion Euro für einen einzigen großen Trüffel bezahlt.«

»Na und? Preise für Piemonteser Trüffel waren schon immer absurd.«

»Das war nur ein Beispiel, Kieffer. Ich steuere die Produktion des zweitgrößten europäischen Lebensmittelkonzerns – ich weiß sehr genau, wovon ich rede. Unsere Einkäufer schlagen Alarm, weil sie ganz gewöhnliche Rohstoffe nicht mehr in ausreichender Menge bekommen – Parmesan, Kabeljau, Spargel. Es wird alles knapp.«

»Und wie soll uns Ihr Superglutamat da helfen?«

»Dank Catvanum können wir völlig neue Lebensmittel erschaffen. Wir experimentieren seit Jahren mit Dingen, die sich problemlos in großen Mengen züchten lassen, die aber niemand essen will – Insekten zum Beispiel oder Pilzkulturen. Wenn diese Produkte demnächst unglaublich lecker schmecken, wird man sie uns aus den Händen reißen. Niemand wird mehr nach seltenen Spezialitäten gieren. Die Verteilungskämpfe, die uns bevorstehen – Unruhen, vielleicht sogar Kriege –, all das können wir so verhindern.«

»Es gibt Hinweise darauf, dass Ihr Superaroma gefährlich ist. Dass es das Gehirn angreift.«

»Das hat Ihnen Klaus Scheuerle erzählt, nicht wahr? Er ist ein brillanter Chemiker, aber ich denke, er überbewertet die Probleme ein bisschen.«

»Woher wissen Sie …«

»Oh, er hat mich angerufen. Haben Sie geglaubt, dass er diese sensationelle Entdeckung still in seinem Herzen tragen wird? Dass er Ihnen aus purer Menschenliebe hilft?« Wyss lachte leise. »Erst dank Scheuerle sind wir Ihnen doch auf die Spur gekommen.«

Kieffer konnte spüren, wie ohnmächtige Wut in ihm emporstieg. »Wieso hat er das getan?«

»Ich kann verstehen, dass Sie sich betrogen fühlen, aber versuchen Sie doch, den guten Scheuerle zu verstehen. Ein so ehrgeiziger Wissenschaftler. Sitzt in diesem mittelmäßig ausgestatteten Institut und muss seine Familie mit einem Gehalt durchbringen, das bei uns Berufseinsteiger schon im ersten Jahr bekommen.«

»Dafür genießt er dort wissenschaftliche Freiheit.«

»Pah. Bei uns hat er mehr Gestaltungsspielraum, als er an der Uni je haben wird. Er wird der neue Chef unserer Forschungsabteilung.«

Kieffer wusste nicht, was er sagen sollte. Er hatte sich komplett einwickeln lassen. »D'accord, Wyss, Sie haben gewonnen. Ich kann trotzdem nicht glauben, dass Sie Millionen von Menschen diesen gesundheitlichen Risiken aussetzen wollen.«

Wyss machte eine abwiegelnde Geste. »Kleine Dosierungen werden bei den allermeisten keinen nachweislichen, keinen messbaren Schaden verursachen. Da sind wir uns sicher. Sonst würden wir Catvanum ja wohl kaum auf den Markt bringen, das Risiko von Schadenersatzklagen wäre gar nicht beherrschbar.

Unsicher bin ich mir allerdings, ganz offen gestanden, was die Auswirkungen der Exzitotoxizität bei sehr hohen Dosierungen angeht. Wie sich die Neurotransmitter in einem Überdosisszenario auf den menschlichen Verstand auswirken, dazu habe ich noch keine Daten.« Wyss lächelte eisig. »Noch nicht. Aber vor Ihrem leider unvermeidlichen Hinschied werden Sie mir helfen, dieser interessanten Frage nachzugehen.«

Gilbert trat an den Kamin. »Steh auf.« Er bedeutete Kieffer mit gezogener Pistole, sich auf den Platz am Kopfende des Esstisches zu setzen. Dann kettete der Legionär ihn mit den Fußfesseln am Stuhl fest und setzte sich auf einen Platz rechts von Kieffer. Die Magnum legte er vor sich auf den Tisch.

Es war bereits eingedeckt. Er konnte Wyss sehen, der in der offenen Edelstahlküche vor sich hin werkelte. »Ich komme nur noch selten dazu, selber etwas zu kochen, mein lieber Kieffer. Früher, da habe ich häufig im Restaurant meiner Eltern ausgeholfen, aber heute habe ich für so etwas leider kaum noch Zeit. Aber dies ist schließlich ein besonderer Anlass.«

Wyss schien bester Laune. »Gilbert, bring Herrn Kieffer doch bitte ein Glas von dem Petite Arvine, der auf der Theke steht. Ein ganz hervorragender örtlicher Wein, wie überhaupt das Essen aus dieser Gegend ganz hervorragend ist. Sie sind, wenn ich richtig informiert bin, ein Verfechter der authentischen, lokalen Küche, stimmt's? Dann wird Ihnen die hiesige gefallen, sie ist wirklich einzigartig«, plapperte Wyss, während er in einem Topf rührte. »Wir sind hier in der Nähe des Aostatals. Dort isst man eine Mischküche mit italienischen, französischen und schweizerischen Einflüssen, sehr schlicht und sehr unverfälscht. Sie werden es lieben, glauben Sie mir. Ich zaubere Ihnen ein kleines Degustationsmenü. Probieren Sie zunächst das hier.«

Gilbert brachte ihm ein Glas Weißwein und ein Jausenbrett. Darauf lagen Speck, eine Art Schinken und dunkles Roggenbrot. Wyss war neben den Tisch getreten und erläuterte gestenreich die Zusammenstellung. »Dies ist ein Lardo di Arnad, und daneben haben wir eine Motzetta vom Hirsch und von der Gämse, gepökelt und in Bergkräuter eingelegt.« Trotz der absurden Situation konnte Kieffer nicht abstreiten, dass er großen Hunger hatte. Der hauchdünn geschnittene Speck und das Trockenfleisch sahen ganz ausgezeichnet aus. Er probierte ein Stück Hirschmotzetta, die beim Schneiden etwas zäh wirkte, in seinem Mund jedoch förmlich zerging. Er nippte an dem Wein, der frisch und leicht erdig schmeckte. »Mundet es Ihnen, lieber Kieffer?«

»Ich weiß noch nicht genau, was Sie mit dieser Show bezwecken, Wyss. Aber der Schinken ist vorzüglich.«

»In der Tat, den bekommen Sie sonst nirgendwo in dieser Qualität. Ich verspreche Ihnen jedoch, dass diese Motzetta nichts ist im Vergleich zu der nächsten Spezialität, die Sie kosten dürfen.« Wyss ging zurück in die Küche, bückte sich und verschwand hinter der Theke. Kieffer konnte hören, wie der Schweizer etwas aus dem Ofen holte. »Dies hier ist ein Produkt, das unsere Experten für den europäischen Markt entworfen haben. Ich denke, es wird sich sehr gut verkaufen.« Wyss kam mit einem großen Teller aus der Küche. Auf ihm lag eine knusprige, dampfende Pizza. Wyss stellte den Teller ab und legte eine Verpackung daneben. Es war eine Tiefkühlpizza-Schachtel. »Pizza Valle d'Aosta« stand darauf. »In den Tälern dieser Gegend machen die Einheimischen eine sehr rustikale Pizza aus Roggenmehl, mit frischem Lardo und einem scharfen Ziegenkäse«, erläuterte Wyss. »Davon haben sich unsere Flavouristen bei diesem Gourmetprodukt inspirieren lassen.«

Kieffer rümpfte die Nase. »Lassen Sie mich raten: Da ist kein Lardo drin, geschweige denn irgendein anderer Speck. Sondern aromatisiertes Formfleisch, das aus Schlachtabfällen und Geliermasse besteht. Und der Käse besteht nicht aus Aoster Gämsenmilch. Stattdessen ist das Ihr widerlicher Kadaverkäse.«

»Ihr abwertender Tonfall missfällt mir, aber im Prinzip haben Sie recht. Doch was Sie sagen, trifft freilich auf so ziemlich alle Fertigpizzen zu, die Sie heutzutage kaufen können. Bei dieser hier ist es uns jedoch gelungen, auch auf Olivenöl, Kräuter und Roggenmehl zu verzichten und alles durch preiswertere Rohstoffe zu ersetzen. Statt des Getreides haben wir zum Beispiel pulverisierte Eiweiße aus einer Pilzkultur verwendet, die wir auf einer Mischung aus Holzspänen und Fischabfällen züchten.«

»Ich gratuliere.«

»Gegen Ihren Sarkasmus bin ich unempfindlich, Kieffer. Diese Pizza ist ein Meisterwerk der Kulinologie. Hier handelt es sich um ein äußerst komplexes Herstellungsverfahren, und es war sehr schwierig, alle Off-Flavours zu überdecken. Probieren Sie.«

»Lieber nicht.«

»Ah, aber ich bestehe darauf.«

Kieffer sah, wie Gilbert nach seiner Magnum griff;

rasch schnitt er ein Stück Pizza ab und schob es in seinen Mund. Als er auf den Belag biss, trafen ihn die perfekt aufeinander abgestimmten Aromen von Käse und Speck mit unbeschreiblicher Wucht. Dies war nicht irgendeine Pizza; es war die beste Pizza seines Lebens. Sein Gaumen, seine ganze Mundhöhle war von dem salzigen Geschmack des Lardo erfüllt, von dem scharfen, aber zugleich sahnigen Aroma des Ziegenkäses, von dem säuerlichen Prickeln des Roggenmehls. Irgendwo in seinem Hinterkopf mahnte eine Stimme, dass diese Pizza nicht ein einziges Gramm Roggen enthielt, doch wen interessierte das schon angesichts dieser kulinarischen Offenbarung?

Kieffer schnitt ein weiteres Stück ab und ließ es in seinem Mund zergehen. Es existierte in diesem Moment nichts mehr außer dem Geschmack der köstlichsten Pizza der Welt. Als er sich das dritte – oder war es schon das vierte? – Stück vom Teller in den Mund hieven wollte, merkte er, dass Wyss ihm die Pizza weggenommen hatte. Wie konnte er es wagen?

»Lieber Kieffer, ich freue mich ja, dass es Ihnen so vortrefflich mundet, aber dies ist ein Degustationsmenü. Sie haben sich ja schon fast die ganze Pizza einverleibt. Wir wollen uns doch nicht schon an einem Vorgang überfressen, es kommen ja noch so viele weitere Gerichte.«

Kieffer fühlte, wie ein Zittern durch seinen Körper ging. Er war kurz davor, aufzuspringen und Wyss den Teller zu entreißen. Dann verflüchtigte sich das köstliche Aroma allmählich und mit ihm auch der Drang, noch mehr zu essen. »Was haben Sie mir da eingetrichtert«, stöhnte Kieffer. »Wie viel Catvanum war in dieser Pizza?«

»Ungefähr das Fünffache der Menge, die in der Normalverbraucher-Version steckt. Je Gramm Nahrungsmittel ist das übrigens die höchste Dosis, die wir menschlichen Probanden überhaupt jemals verabreicht haben.«

»Sie wollen mich umbringen!«

»Ja, aber nicht mit Pizza. Eine Toxikose, also Vergiftungserscheinungen im klassischen Sinne, können wir aufgrund umfänglicher Tierversuche ausschließen. Es gibt keine letale Dosis, oder zumindest wäre diese absurd hoch. Aber die psychische Wirkung, die Folgen für den menschlichen Geist, wer kann die schon voraussehen? Vor allem wenn es sich um einen so verletzlichen handelt wie Ihren.«

»Was meinen Sie damit?«

»Ach, das wissen Sie doch sehr genau, lieber Kieffer. Glauben Sie etwa, ich hätte mich nicht umfassend über Sie informiert? Lehre bei Boudier, Gewinner des »Concours du meilleur apprenti cuisinier d'Europe«, danach nur Topjobs, aber irgendwann war der Druck zu groß, nicht wahr? Die 16-Stunden-Tage, der Stress, die Drogen – totaler Nervenzusammenbruch, eine Therapie wegen schwerer Depressionen und über zwei Jahre Rekonvaleszenz. Sie waren in Rennes, geschlossene Abteilung, korrekt? Ich bin kein Psychiater, aber ich bin mir sicher, das hinterlässt Spuren.

Ein belastbarer Proband ist zur Untersuchung der Exzitotoxizität meines Erachtens uninteressant. Aber Sie, lieber Kieffer, mit Ihrem schon etwas lädierten zentralen Nervensystem, Ihrem mutmaßlich niedrigen breaking point, Sie sind natürlich ein Glücksfall für mich. Noch etwas Weißwein? Oder möchten Sie vielleicht lieber einen Roten probieren? Ich habe hier einen Humagne aus dem Wallis.« Wyss deutete Kieffers Schweigen offensichtlich als Zustimmung, denn Gilbert brachte ihm kurz darauf ein Glas des Rotweins.

In den nächsten zwei Stunden verzehrte Kieffer Gang um Gang, und obwohl er gegen seinen Willen speiste, aß er wie ein Besessener. Wyss kredenzte ihm frische Polenta mit gedünstetem Bachwels und kurz darauf mit Catvanum aromatisierte Fertigfischstäbchen an einem Kartoffelpüree, das keine Kartoffeln enthielt, sondern vollständig aus hydratisiertem Separatorenfleischpulver bestand. Er servierte Kieffer frisches Wildbret, gefolgt von aus Hühnerabfällen bestehendem Mikrowellen-Hasenpfeffer. Gericht um Gericht, so schien es Kieffer, erhöhte der Lebensmittelchemiker die Chatwa-Dosierung. Die frisch zubereiteten Speisen schmeckten ihm Gang um Gang fader, jedes weitere Fertiggericht erschien ihm hingegen köstlicher und rauschhafter als das vorangegangene.

Kieffer schwitzte nun am ganzen Körper, sein Gesichtsfeld war von Speise zu Speise immer schmaler geworden. Jetzt, nach dem zehnten Gang, vielleicht auch schon dem zwölften, nahm er den Raum und die Dinge um sich herum kaum noch wahr. Es gab nur noch den Teller vor ihm, der sich leerte, nur um sich kurz darauf aufs Neue mit aromatischen Köstlichkeiten zu füllen, immer wieder.

Irgendwo aus der Ferne vernahm er Wyss' Stimme: »Blanc-manger wird in dieser Gegend schon seit dem Mittelalter zubereitet. Wussten Sie, dass diese Mandelsulz ursprünglich aus Arabien stammt? Die Moslems nannten sie ›weißes Essen‹, weil der Pudding nur Zutaten dieser Farbe enthält. Es ist eine schlichte kleine

Speise, aber dank der wirklich enorm hohen Chatwa-Dosis, die ich hineingerührt habe, wird sie den Höhepunkt unseres Menüs darstellen.«

Ein kleiner, kobaltblauer Teller mit einer gestürzten Mandelsulz rückte in Kieffers Blickfeld. Jemand drückte ihm einen Löffel in die Hand. Er beobachtete, wie seine Hand diesen über den Teller führte, um ein Stückchen blanc-manger aufzunehmen. In diesem Moment erscholl in der Ferne ein gewaltiges Krachen, wie von dickem Holz, das plötzlich birst. Von irgendwo meinte Kieffer Schritte und Schreie zu hören. Er versuchte, diese überaus störenden Eindrücke aus seiner Wahrnehmung zu verdrängen und sich wieder ganz auf das Essen zu konzentrieren.

Die Sulz hatte eine milchige Farbe, ihre leicht angeschlagene Oberfläche schimmerte verheißungsvoll golden. Ein betörender Duft von Vanille und Mandelmilch stieg ihm in die Nase. Er hob etwas auf den kleinen Silberlöffel und wollte ihn gerade zum Mund führen, als ein grollendes Donnern in sein Bewusstsein drang. Kieffer fühlte Empörung und Ärger in sich aufwallen. Warum ließ man ihn nicht in Ruhe sein Dessert genießen? Solch anbetungsvolles Essen verlangte nach totaler Hingabe, gebot dem Speisenden höchste Konzentration. Wieder versuchte er, sich von dem Lärm abzukapseln, der sein köstliches Mahl zu stören drohte. Doch es folgten weitere Schläge, jeder einzelne laut wie ein Peitschenknall. Und plötzlich merkte er, dass etwas mit seinem Dessert passiert war. Die eben noch milchgoldene Sulz war nun bedeckt mit großen Klecksen einer tiefroten Flüssigkeit, die wie sauce framboise aussah. Himbeersoße, dachte Kieffer, passt überhaupt nicht zu diesem Dessert. Sie ist viel zu kräftig und wird das feine Mandelaroma erschlagen. Er ließ den Löffel sinken. Nun bemerkte er, dass jemand an seinen Schultern rüttelte und eine Stimme nach ihm rief. »Monsieur Kieffer, was ist mit Ihnen? Wachen Sie doch auf!«

32

Als er die Augen aufschlug, sah er als Erstes ihr Gesicht. Licht fiel durch die halb zugezogenen Gardinen, es schien früher Morgen zu sein. Valérie Gabin saß zusammengesunken auf einem Stuhl am Fußende seines Bettes. Sie schien schon die ganze Nacht dort gesessen zu haben und schlief. Kieffer schaute sich um. Er befand sich im Einzelzimmer eines Krankenhauses. Es roch nach Formalin, an seinem rechten Arm waren Kanülen und Kabel befestigt. Neben dem Bett stand ein EKG-Gerät.

Er setzte sich vorsichtig auf und versuchte, sich an die Ereignisse in Wyss' Chalet zu erinnern. Sein Höllenmahl, das hatte er wie durch einen dunstigen Schleier noch halb wahrgenommen, war abrupt unterbrochen worden. Er meinte, bewaffnete Männer in dunkelblauen Overalls gesehen zu haben, die das Kaminzimmer stürmten. Oder hatte er das nur geträumt? Nein, es hatte einen Schusswechsel oder einen Kampf gegeben, dessen war er sich sicher. Überall war Blut gewesen, auf dem Tisch, auf dem Dessert, auf seiner Serviette. Danach musste er die Besinnung verloren haben.

Valéries brauner Schopf geriet in Bewegung. Die Gabin-Erbin blickte zu ihm hinüber. »Guten Morgen, Xavier. Wie geht's dir?«

»Wie nach einer durchzechten Nacht – mein Schädel fühlt sich an, als wäre er voller Gips. Ansonsten fehlt mir nichts, glaube ich zumindest. Ich kann mich allerdings nicht an alles erinnern.«

»Du warst im Haus von diesem verrückten Gero Wyss. Er hat dich mit irgendwelchen Chemikalien vollgestopft – der Arzt sagte mir, du seist komplett weggetreten gewesen. Dann hat eine französische Spezialeinheit die Berghütte gestürmt. Wyss' Leibwächter hat sich ihnen in den Weg gestellt und eine Schießerei angefangen. Die Polizei hat ihn getötet. Wyss selbst hat auch was abbekommen, Streifschuss am Arm.« Sie stand auf und streckte sich. »Er sitzt jetzt in Untersuchungshaft. Die PJ vermutet, dass er was mit den Morden an Boudier und Ricard zu tun hat. Ich hab der Polizei bereits das Transkript ausgehändigt. Und unter diesen Umständen wird Valedictum ihnen vermutlich auch die Originalaufnahmen schicken.«

Valérie rückte ihren Stuhl an sein Bett und nahm seine Hand. Einen Moment lang saßen sie schweigend da und schauten einander nur an.

Nach einer Weile sagte Kieffer: »Dann ist Wyss hoffentlich dran. Ich möchte mal sehen, wie er sich da rausreden will.«

»Wie hast du das eigentlich gemacht, du Superdetektiv? Das mit der Aufnahme, meine ich.«

»Erinnerst du dich, wie wir am Knuedler frühstücken waren und du mir gezeigt hast, wie Ricards digitaler Aufnahmedienst funktioniert? Du hast dafür mein Handy verwendet. Deshalb war die Nummer noch in der

Anrufliste gespeichert. Wyss hat mich gezwungen, auf meinen Restaurant-Anrufbeantworter zu sprechen, damit mein plötzliches Verschwinden nicht auffällt. Danach sollte ich das Handy weglegen. In dem Moment wurde mir klar, dass dies meine einzige Chance ist, und da habe ich mit einem schnellen Knopfdruck, den Wyss zum Glück nicht bemerkt hat, die Valedictum-Nummer angewählt. Ich wusste, dass dann alles, was wir sagen, aufgezeichnet würde.«

Kieffer suchte nach einem Glas Wasser. Valérie ging ins Bad und füllte ihm einen Becher. Nachdem sie zurückgekommen war, fragte er: »Wo sind wir hier eigentlich?«

»In Lyon«, sagte sie. »Die Ärzte wollen noch ein paar Tests machen – aber sie sagen, du kannst vermutlich schon heute Nachmittag nach Hause gehen.«

»Wie habt ihr mich eigentlich so schnell gefunden?«

»Na ja, dein Steinzeithandy muss fast leer gewesen sein und hat nur einen Bruchteil des Gesprächs mit Wyss aufgezeichnet.«

Kieffer schlug mit der flachen Hand auf die Matratze. »So ein Pech!«

»Vermutlich dein Glück. Denn als das Telefon den Geist aufgab und die Verbindung abriss, wurde euer Gespräch umgehend von Valedictum bearbeitet. Irgendwann gegen Mittag bekam ich dann dieses seltsame Transskript auf meinen Blackberry geschickt. Da war mir sofort klar, dass du in Schwierigkeiten steckst. Ich hab dann die PJ angerufen.«

»Und die Polizei hat dann mein Handy lokalisiert?«

»Ach was, die wollten gar nichts tun. Ein Luxemburger, der in der Schweiz gekidnappt wurde? Außerhalb ihrer Jurisdiktion, uninteressant. Die Verbindung zu Boudier und Ricard erschien ihnen ebenfalls zu vage. Der zuständige Kommissar hat mir gesagt, sie würden die Sache zunächst prüfen. Ich war unglaublich wütend. Ich hatte solche Angst um dich.«

»Aber irgendwie musst du sie dann doch überzeugt haben.«

Sie zuckte mit den Achseln. »Ich hab Allégret angerufen, dann ging alles ganz schnell.«

»Wer ist das jetzt wieder, einer deiner einflussreichen Freunde?«

»François Allégret.«

Kieffer schaute sie verständnislos an. Sie nahm wieder seine Hand und streichelte sie sanft.

»Du Armer, musst ganz schön was abbekommen haben. Allégret? Der Bürgermeister von Paris? Ist ein guter Bekannter von mir, und er schuldet mir was. Er isst nämlich für sein Leben gern und lässt sich von mir am laufenden Band mit Restauranttipps versorgen.«

»Du hast dem Pariser Bürgermeister verraten, wo er das perfekte Entrecôte Bercy bekommt – und im Gegenzug hat er dem Polizeipräfekten Dampf gemacht?«

»So ungefähr, aber er hat es bestimmt nicht nur wegen meiner Restauranttipps getan. Anders als dieser dämliche Kommissar hat François gleich erkannt, dass ihm eine Mordspublicity winkt. Er ist ein eitler Hund – und da sah er vor seinem geistigen Auge natürlich sofort die Schlagzeile: ›Komplott gegen Frankreichs haute cuisine – vereitelt durch das beherzte Eingreifen des Pariser Bürgermeisters‹. So in der Art. Das lässt sich ein gewiefter Politiker nicht entgehen.«

»Und dann?«

»Dann ging alles ziemlich schnell. Anhand deiner Handynummer haben die Ermittler binnen Minuten herausgefunden, wo dein Telefon zuletzt ins Netz eingeloggt war und wo in etwa dein Aufenthaltsort sein müsste – irgendwo südöstlich von Genf, auf französischem Gebiet. Dann mussten sie nur noch recherchieren, dass Wyss dort ein Chalet besitzt – eine simple Computerabfrage. Nachdem sie das Haus gestürmt hatten, haben sie dich dann in das nächstgelegene französische Universitätsklinikum gebracht.«

»Du hast mir das Leben gerettet, Valérie.«

»Bild dir nichts drauf ein. Purer Egoismus, du schuldest mir schließlich noch das Hasenzibi.«

»Huesenziwwi.«

»Genau.«

»Ich koche dir alles, was du möchtest. Aber später. Die nächsten Tage werde ich mich ausschließlich von Gemüsebrühe und Porridge ernähren.«

»Du meinst Haferschleim? So etwas essen doch nur geschmacksverirrte Engländer, das schmeckt doch nach nichts.«

»Exakt. Es mag etwas seltsam klingen, aber in den letzten 24 Stunden habe ich einfach zu viele Aromaexplosionen erlebt. Mein Bedarf an kulinarischen Offenbarungen jeder Art ist jetzt erst einmal gedeckt.«

Am Vormittag kam der behandelnde Arzt zu Kieffer und erklärte ihm, man stehe vor einem Rätsel. Die durchgeführten Bluttests zeigten, dass Kieffer weder vergiftet noch mit Betäubungsmitteln sediert worden sei. Der Doktor führte Kieffers Ohnmacht stattdessen auf die Misshandlungen durch den Legionär zurück, diagnostizierte ferner eine leichte Gehirnerschütterung und riet zu viel Ruhe. Kieffer widersprach dem Mann nicht, denn er wollte so schnell wie möglich nach Hause. Valérie setzte ihn am Nachmittag in einen Schnellzug Richtung Luxemburg-Stadt, gab ihm noch einen Kuss und verschwand dann.

Während der Fahrt schaute Kieffer aus dem Fenster und betrachtete die rasch vorbeiziehende Landschaft. Noch immer fühlte er sich etwas seltsam. Ihm war zwar weder übel noch schwindlig, doch er befand sich in einem Zustand seltsamer Entrücktheit. Das Abteil, die Schaffner, das Geplauder der anderen Fahrgäste – all das kam ihm weit entfernt und unwirklich vor. Kieffer versuchte, etwas zu dösen, doch als er die Augen schloss, sah er vor sich die mit Blutspritzern bedeckte Mandelsulz. Und wenn er seine Zunge gegen den Gaumen drückte, blitzten längst vergessene Erinnerungen in seinem Gehirn auf, Erinnerungen an Dinge, die er vor Jahren gekostet hatte.

Er schmeckte das Meeresaroma frischer bretonischer Austern, die sahnige Würze eines Morbier, den goût terreux frischer Hausmacherblutwurst. Es waren keine Nachgeschmäcke, keine bruchstückhaften Erinnerungen, die in ihm emporstiegen. Kieffer fühlte sich, als ob die boudin in diesem Augenblick in seinem Mund zerging, und er wusste genau, wann und wo er sie gegessen hatte. Es war die Blutwurst Eugène Bavards, eines Fleischers aus dem Périgord. Er konnte die Kastanienstückchen schmecken und den Hauch von Zitronenthymian, die der Meistermetzger unter sein Brät gemischt hatte. 20 Jahre musste das her sein.

Nach einiger Zeit gelang es Kieffer, sich auf die am Fenster vorbeiziehende Bourgogne zu konzentrieren und seine Zunge im Zaum zu halten. Den Speisewagen mied er, von dem Brötchenmann, der in seinem Abteil vorbeikam, kaufte er lediglich zwei Flaschen Wasser, das seltsam schmeckte.

33

Nach einigen ruhigen Tagen in der ville basse verschwanden die seltsamen Aroma-Flashbacks allmählich. Das »Deux Eglises« hatte Kieffer vorerst Claudine überlassen und sich für den Rest der Woche krankgemeldet. Er ruhte sich zu Hause aus, spazierte die Alzette entlang und brachte seinen vernachlässigten Gemüsegarten auf Vordermann.

Pekka Vatanen hatte beschlossen, den seiner Ansicht nach erschreckend abgemagerten Kieffer schnellstens wieder an Essen und Trinken heranzuführen. Jeden Abend tauchte der Finne in Kieffers Garten auf, bepackt mit Käsespezialitäten, saucissons secs, Antipasti und diversen Alkoholika. Das meiste musste Vatanen selber vertilgen, aber zumindest der Rivaner schmeckte Kieffer schon wieder.

»In ›Le Monde‹ war ein Artikel über diesen Wyss«, erklärte der Finne eines Abends schmatzend. »Hast du ihn gelesen?«

»Noch nicht. Aber ich habe vorgestern ausführlich mit dem Journalisten gesprochen, der ihn geschrieben hat. Er hat mich zwei Stunden lang ausgequetscht.«

Vatanen schenkte ihnen Weißwein nach, dann tippte er mit dem Finger auf die Zeitung, die vor ihm auf der Bank lag. »Also hier steht, dass gegen Wyss wegen des Verdachts des mehrfachen Mordes, der Brandstiftung und der Freiheitsberaubung ermittelt wird. Die Schweizer haben um seine Auslieferung ersucht, aber die Franzosen sagen, das komme überhaupt nicht infrage. Sie wollen dem Kerl selbst den Prozess machen. Hier wird der Pariser Bürgermeister zitiert, der von einem ›besonders hinterhältigen Angriff‹ spricht, ›auf unsere glorreiche Gastronomie, auf das Herz unserer Nation‹.«

Kieffer nahm einen Schluck Rivaner und nickte zufrieden. »Ich hoffe, Wyss verschwindet hinter Gittern. Die Chancen dafür stehen gar nicht so schlecht. Schreiben sie da auch etwas über seinen Arbeitgeber?«

»Ja, die Hüetli AG hat ihren Chefpanscher umgehend vor die Tür gesetzt. Und natürlich weisen sie jede Verantwortung von sich. Aber was mich wundert, Xavier: Hier steht nirgendwo klipp und klar, dass diese verdammte Teufelsfrucht an allem schuld ist. Nichts über ihre außergewöhnlichen Eigenschaften, nichts über ihre Nebenwirkungen – und schon gar nichts darüber, dass Hüetli das Zeug benutzen will, um irgendwelchen Müll zu aromatisieren und als Humanfuttermittel an die Verbraucher zu verscherbeln.«

»Ich hatte befürchtet, dass es so laufen wird, Pekka. Aber was will man machen? Scheuerle hätte alles aufdecken können, aber der ist ja jetzt bei Hüetli unter Vertrag. Ich bin mir sicher, dass die französische Staatsanwaltschaft den Konzern unter die Lupe nehmen wird. Aber die sitzen in der Schweiz und haben vermutlich ausreichend Zeit, alles zu vertuschen. Valérie Gabin ist ebenfalls skeptisch. Sie sagt, Hüetli habe schon viele Lebensmittelskandale unbeschadet überstanden.«

Vatanen schaute etwas unglücklich. »Vielleicht könnten die Medien das alles aufdecken«, schlug er vor.

Kieffer schüttelte den Kopf. »Perigot sagt, ohne vernünftige Belege könne er so etwas auf keinen Fall schreiben.«

»Er glaubt dir nicht.«

»Das könnte ich ihm nicht einmal verübeln, die Geschichte klingt ja auch ziemlich fantastisch. Außerdem hat Perigot meiner Meinung nach Angst, und das vermutlich zu Recht. Wenn seine Zeitung behauptet, einer der größten Nahrungsmittelkonzerne der Welt produziere vorsätzlich einen gesundheitlich bedenklichen Inhaltsstoff, um ihn in großem Stil in seinen Produkten einzusetzen, dann wird Hüetli sofort seine Anwälte von der Leine lassen und Schadenersatz in Millionenhöhe fordern.«

»Ja, du hast recht. Niemand, der ganz bei Trost ist, wird mit dieser Geschichte hausieren gehen.«

»Niemand. Höchstens ein Wahnsinniger.«

»Xavier, du willst doch nicht etwa …«

»… elo geet et duer.«

»Was sagst du?«

»Ich sagte, dass es mir reicht. Diesen Krieg kann jetzt gerne ein anderer Irrer ausfechten. Aber sag mal, was ist das da auf dem roten Teller? Lëtzebuerger Rieslingpaschtéit?«

»Ja, aus deiner Lieblingsschlachterei in Pfaffenthal.«

»Gib mir ein dickes Stück. Und, Pekka?«

»Ja, Xavier?«

»Die ist verdammt fett. Wir werden den Birnenbrand brauchen.«

Epilog

Die meistenteils älteren Herren, die an diesem Sonntagmorgen in ihren schwarzen Limousinen vor der Hauptverwaltung der Hüetli AG vorfuhren, sahen durchweg übellaunig aus, trotz oder gerade wegen des schönen Wetters. Sie alle hatten für den heutigen Tag andere Pläne gehegt, hatten ihre Chalets aufsuchen oder mit Freunden einen frühen Apéro im Golfclub einnehmen wollen.

Aber die außerordentliche Verwaltungsratssitzung ging natürlich vor. Angesichts der prekären Lage, in der sich der Konzern befand, war gar nicht daran zu denken, sich unter einem fadenscheinigen Vorwand zu absentieren. Und so versammelten sich die eilig zusammengerufenen Kontrolleure und das Konzernmanagement in dem mit Nussholz getäfelten Konferenzsaal, um den Rapport von Vorstandschef Witterling entgegenzunehmen.

Städeli, der Vorsitzende des Verwaltungsrats, sah von allen Anwesenden mit Abstand am übellaunigsten aus. Er hatte nicht einfach nur aus einem Alpendorf in die Zürcher Niederung hinabsteigen müssen wie die anderen. Die sich überschlagenden Ereignisse hatten ihn gezwungen, in der Nacht mit dem Firmenjet aus Sevilla in die Schweiz zurückzufliegen. Deswegen verpasste er nun den morgendlichen Ausritt über sein andalusisches Landgut.

Statt der üblichen Begrüßungsfloskeln sagte Städeli: »Meine Herren, ich komme gleich zur Sache. Die Wyss-Affäre beschert uns unerfreuliche Schlagzeilen in ganz Europa. Wir haben Dr. Wyss bereits freigesetzt, uns ausdrücklich von ihm distanziert und mit den internen Aufräumarbeiten begonnen. Es stellt sich aber die Frage, wie wir mit Projekt Superspice weiter verfahren. Dr. Witterling, wie ist der Sachstand?«

Der Vorstandschef stand auf und nickte Städeli kurz zu. Er wirkte abgekämpft, sein sonst stets makellos sitzendes Maßsakko war zerknittert. Witterling ging zum Kopfende des Tisches und zeigte auf einige zahlenlastige Diagramme, die in diesem Moment an der Wand hinter ihm erschienen. »Projekt Superspice befindet sich in der finalen Pre-Market-Phase. Wir haben Chatwa-Anbaugebiete in Spanien, Frankreich und China erschlossen, mit einer Produktionskapazität von 12 000 Tonnen im Jahr. Außerdem halten wir Lagerbestände für weitere sechs Monate vor. Über 20 Produkte für den Massenmarkt sind in der Pipeline.« Witterling wischte sich mit einem Stofftaschentuch den Schweiß von der Stirn. »Wir sind, zusammenfassend gesagt, ganz kurz davor, den Startschuss zu geben.«

»Können wir den Start nicht zunächst einmal verschieben, auf unbestimmte Zeit?«, fragte einer der Verwaltungsräte. »Das löst unser Problem nicht«, entgegnete Städeli barsch. »Die Frage lautet, ob wir es durchziehen oder nicht. Wenn die Presse von der Sache Wind bekommt, ist die Frage, ob wir mit den Catvanum-Produkten bereits auf dem Markt sind oder dies nur planen, völlig irrelevant – die werden uns dann so oder so schlachten. Der Schaden für das Unternehmen wäre kaum zu beziffern. Die Alternative ist, dass wir das Projekt komplett beerdigen, die Lagerbestände vernichten und alle Produktionsanlagen dichtmachen.« Städeli wandte sich dem Vorstandschef zu. »Was kostet es uns, wenn wir terminieren, Dr. Witterling?«

Witterling schaute unglücklich. »Alles in allem würde ich die sunk costs auf etwa fünf Milliarden Franken beziffern.« Ein Raunen ging durch den Raum.

»Das kann uns das Genick brechen«, wandte Reitler ein, der Investor-Relations-Chef. »Bilanziell lässt es sich verschmerzen, irgendwie. Aber es wird unseren Aktienkurs ins Bodenlose stürzen lassen. Dann sind wir ein takeover target. Dann kommen ganz schnell Tricatel oder American Foods, und wir sind weg vom Fenster.«

Städeli blickte nun noch grimmiger drein als zu Beginn der Sitzung. »Fünf Milliarden Franken! Vielleicht müssen wir einfach darauf hoffen, dass sich die öffentliche Erregung legt und die Sache versandet. Wo ist denn der Herr Berninger? Einen Kommunikationschef könnten wir jetzt ganz gut gebrauchen. Wo steckt der Mann?«

»Herr Berninger scannt gerade die neuesten Presseclippings, um Ihnen den aktuellsten Sachstand referieren zu können«, erwiderte Witterling. »Ah, da ist er ja schon.« Ein Mittdreißiger mit modisch kurzem Vollbart und strubbeligen Haaren betrat in diesem Moment den Konferenzraum.

»Herr Berninger«, sagte Verwaltungsratschef Städeli, »wir diskutieren gerade die Frage, ob man Superspice nicht einfach weiterlaufen lassen könnte wie geplant – in der Hoffnung, dass niemand die Geschichte en détail thematisiert und das Catvanum gar nicht in die Medien gerät. Wie lautet Ihre Einschätzung? Kommen wir damit durch?«

Berninger verzog das Gesicht. »Meine Herren, ich befürchte, es gibt in der Sache eine gänzlich neue, unerwartete Entwicklung. Das hier habe ich soeben erhalten«, erklärte der Pressechef und hielt eine DVD hoch. »Aber sehen Sie selbst.« Berninger schob die Disc in einen bereitstehenden Videorekorder, woraufhin auf der Leinwand die Gestalt eines Kochs erschien, der mit weit ausladenden Gesten in einer Showküche herumhantierte. Der Mann trug eine dunkelblaue Küchenjacke mit großen Goldknöpfen und glitzernden Epauletten. Er sah aus wie der Diktator einer südamerikanischen Bananenrepublik, der sich in eine Küche verirrt hatte. Der Koch war gerade dabei, mit der linken Hand Jakobsmuscheln in eine Pfanne zu setzen, während er gleichzeitig mit der rechten in einem kupfernen Soßentopf rührte. Dabei redete er ununterbrochen.

»Wer ist der Typ?«, knurrte Städeli, der sich nichts aus Essen machte. »Das ist Leonardo Esteban von Ritterdorf«, antwortete der Kommunikationschef. »Der berühmteste Fernsehkoch Europas. Er hat unter anderem Sendungen in Deutschland, Italien, England und Frankreich. Was Sie hier sehen, ist TF1 von gestern Abend. Moment, ich stelle den Ton lauter.«

»... habe ich etwas ganz Neues für euch mitgebracht, chicas y chicos. Un condimento, ein Gewürz, das ihr nur ganz schwer bekommen werdet, und das ist vielleicht auch besser so. Aber trotzdem – das müsst ihr gesehen haben. Dies hier«, sagte Esteban und hielt eine längliche, blau schimmernde Frucht in die Kamera, »ist eine Chatwa aus Papua-Neuguinea. Sie ist der größte Aromaverstärker, den die Welt kennt. Wirkt wie Natriumglutamat, das kennt ihr vom Chinesen, aber tausendmal stärker.«

Esteban griff nach einem Messer und würfelte etwas von der Chatwa. Dann gab er die kleinen, festen Fruchtstücke in eine Pfanne und schwenkte sie in Butter an. »Mittlere Temperatur, gut anbräunen, chicas y chicos! Wir wollen unsere Chatwa nämlich tostada, schön angeröstet – das ist der Trick. Das hat mir ein guter Freund verraten.« Der Küchenleonardo setzte einen Verschwörerblick auf und lächelte direkt in die Kamera. »Eigentlich ist diese Frucht nämlich un gran secreto. Die meisten Leute wissen nicht einmal, wo genau sie wächst, geschweige denn, wie man sie zubereitet.«

Esteban gab nun einige Zucchiniwürfel sowie eine Handvoll Kirschtomaten in die Chatwa-Pfanne. Kurz darauf transferierte er den Inhalt in eine Schüssel, eilte dem vor der Bühne auf einem Podest sitzenden Publikum entgegen und reichte den Zuschauern Plastikgäbelchen. »Probiert das, chicas y chicos! Nur Zucchini, Tomaten, Salz. Habt ihr je so etwas Köstliches gegessen? Fantástico, oder?« Die Kamera hielt nun auf die Zuschauer und fuhr ganz nah heran, während diese Estebans Gemüsepfanne kosteten. Einigen entglitten die Gesichtszüge, andere warfen erstaunt die Hand vor den Mund oder fassten sich an die Brust, als ob ihnen der Atem stockte.

Esteban verschwand wieder hinter seinen Induktionskochfeldern und schaute in die Kamera, die sein perfekt abgepudertes Gesicht und sein Porzellanlächeln nun in bildschirmfüllender Größe zeigte. »Ja, diese Chatwa-Frucht schmeckt fantastisch – aber man darf nicht zu viel davon essen, denn sie ist in größeren Dosierungen giftig. Keine Sorge, un poquito, so ein kleines bisschen, das macht nichts. Aber wenn man sehr viel davon isst, dann wird man muy loco! So wie Esteban!« Der Küchenleonardo rollte mit den Augen und grinste sein Publikum breit an, das nun begeistert klatschte.

»Ja, so verrückt wie ich. Nicht umsonst nennen die Bewohner von Neuguinea das Zeug auch Teufelsfrucht! Und deshalb könnt ihr die Chatwa leider auch nirgendwo im Supermarkt kaufen. Ein Schweizer Nahrungsmittelkonzern namens Hüetli wollte sie in Europa als Mega-Geschmacksverstärker auf den Markt bringen – die ganzen Chinarestaurants waren schon total heiß drauf! Aber nach Tests haben sie den Plan dann verworfen, wegen gesundheitlicher Bedenken. Verantwortungsvolle Leute, diese Schweizer! Chicos y chicas, ihr seht, wir müssen ohne das Zeug auskommen, wir müssen einfach selber gut kochen, ohne Geschmacksverstärker. Deshalb nun zum nächsten Gericht: papa asada einmal ganz anders.«

Berninger schaltete den DVD-Spieler aus. »Wir haben heute Morgen bereits mehrere Presseanfragen bekommen. Die Journalisten wollen wissen, ob wir bestätigen können, was Herr Esteban in seiner Show behauptet hat.«

»Ist das nicht bald wieder vergessen?«

Der Kommunikationschef schüttelte den Kopf. »Im Gegenteil. Das Video steht bereits im Internet, in mehreren Diskussionsforen für Hobbyköche wird bereits darüber diskutiert.« Berninger atmete hörbar aus. »Vor einer Stunde ergab die Suche nach Chatwa und Hüetli bei Google bereits 2000 Treffer, Tendenz stark steigend.«

Städeli strich sich mit der Rechten über seinen Stiernacken und sagte: »Meiner Ansicht nach war es das. Projekt Superspice wird gestoppt, die Plantagen werden abgewickelt. Irgendwelche Einwände?« Niemand sagte etwas. Städeli seufzte. »Dr. Witterling, veranlassen Sie alles. Die Sitzung ist geschlossen.«

Städeli ließ seinen Wagen vorfahren. Er schaute auf seine Uhr, die teurer war als das Auto, das ihn zum Flughafen bringen würde. Die Sache hatte sich schneller geklärt, als er geglaubt hatte; mit etwas Glück würde er am Abend noch einige Stunden ausreiten können. Diese Aussicht besserte seine Laune erheblich, und nachdem er einige Minuten lang aus dem Fenster geblickt hatte, kam ihm eine Eingebung. Städeli nahm das Handy aus der Tasche und rief seinen Vorstandschef an. »Lieber Dr. Witterling, dieser Fernsehkoch wird uns viel Geld kosten, aber zumindest hat er mich auf eine Idee gebracht.«

»Welche denn, Herr Städeli?«

»Erinnern Sie sich an den dummen Witz mit den Chinarestaurants?«

»Ja, Herr Vorsitzender, eine Frechheit.«

»Aber der Mann hat einen entscheidenden Punkt getroffen. Der Asiate hat ein viel unverkrampfteres Verhältnis zu diesen Geschmacksverstärkern, meinen Sie nicht? Wenn wir den ganzen Mist an die Chinesen verkaufen könnten, dann bekämen wir zumindest einen Teil unseres Einsatzes wieder heraus. Wie sieht es mit unseren Freunden von Xin Foods aus?«

»Eine ausgezeichnete Idee, Herr Städeli. Ich werde mich gleich darum kümmern.«

Glossar: Küchenlatein

aboyeur	Ausrufer, der Köchen oder Kellnern Speisen annonciert
amuse-gueule	Wörtl. Gaumenkitzler; kleines Häppchen, das vor der eigentlichen Gangfolge serviert wird
ballottine de faisan au genièvre	Rollpastete aus farciertem Fasan mit Wacholderbeeren
beurre manié	Mischung aus Mehl und Butter, zum Andicken von Soßen
bouquet garni	Bund aus getrockneten Kräutern, der Schmorgerichten beigegeben wird
Bouneschlupp	Deftiger luxemburgischer Bohneneintopf
braisé	Geschmort
canard à la bigarade	Ente mit Pomeranzensoße
cassolettes de Saint-Jacques	Jakobsmuscheln
chapelure	Semmelbrösel
chef de partie	Postenchef, der für einen bestimmten Teil der Küche (Beilagen, Fleisch, Süßspeisen) zuständig ist
chiffonade	In sehr feine Streifen geschnittene Kräuter